Über dieses Buch

Ungewöhnlich wie ihr Name ist die Stadt Neu-Spuhl, in die Gerd Gaiser die Ereignisse seines Romans verlegt hat: Sie gipfeln in einem Ball, bei dem sich die Schicksale der Hauptfiguren noch einmal kreuzen und zwei Menschen den Tod finden. Ungewöhnlich und eigenwillig ist auch die Technik, mit der die Chronik der Stadt gegeben wird: in Monologen, in ›Stimmen‹ treten ihre Bewohner auf, in ›Stimmen‹ werden Nöte und Hoffnungen, Sehnsucht und Bedrängnis einer modernen Gesellschaft laut.

»Dieses Buch ist voller Reichtum und voller Geheimnis in all seiner knappen Strenge. Gaiser hat alles zu dem großen deutschen Erzähler unserer Tage.« *Günter Blöcker*

Der Autor

Gerd Gaiser wurde am 15. September 1908 in Oberriexingen (Württemberg) als Sohn eines Landpfarrers geboren. Er absolvierte das »Landexamen« und trat in die evangelisch-theologischen Seminare Schöntal und Urach ein. Bald aber wandte er sich der bildenden Kunst zu, bezog als Malschüler die Stuttgarter Kunstakademie und promovierte in Kunstgeschichte. Ausgedehnte Reisen führten ihn in die baltischen Länder, nach Frankreich, Italien und Spanien. Sie regten ihn zu ersten schriftstellerischen Arbeiten an. Während des Zweiten Weltkrieges war Gaiser Jagdflieger; das Erlebnis dieser Zeit hat in dem Roman ›Die sterbende Jagd‹ seinen Niederschlag gefunden. 1952 wurde ihm der Fontanepreis der Stadt Berlin zuerkannt, 1955 erhielt er den Literaturpreis der Bayerischen Akademie der Schönen Künste und 1960 den Wilhelm-Raabe-Preis der Stadt Braunschweig. Gerd Gaiser starb am 9. 6. 1976.

GERD GAISER

Schlußball

Aus den schönen Tagen
der Stadt Neu-Spuhl

FISCHER
TASCHENBUCH
VERLAG

Umschlagentwurf: Jan Buchholz/Reni Hinsch

Fischer Taschenbuch Verlag
238.–247. Tausend September 1977
248.–255. Tausend Juni 1979
256.–265. Tausend November 1979
Ungekürzte Ausgabe

Fischer Taschenbuch Verlag GmbH, Frankfurt am Main
Lizenzausgabe des Carl Hanser Verlages, München

Gesamtherstellung: Hanseatische Druckanstalt GmbH, Hamburg
Printed in Germany
480-ISBN-3-596-20402-x

καὶ φασκούσας οὐ ζῆν τὸ ζῆν

Und Frauen, die sagen: Leben sei nicht Leben

Aristophanes (Frösche, 1081)

Die Stimmen

DAS LAHME MÄDCHEN

DITTA

SOLDNER

DIE SCHNEIDERIN

TATZEN-FÖRCKH

HERSE ANDERNOTH

Vier Stimmen von außen

STIMMEN ÜBER EINE NACHT

Nicht die Nacht, in der Neu-Spuhl verworfen wurde, nicht die Nacht, in der es unterging. Gesund in seiner Wirtschaft, kann Neu-Spuhl noch lange stehen.

Sich kreuzende Stimmen. Keine, die mit einer anderen redet. Jede von sich und für sich allein. Stimmen noch in der Zeit, Stimmen von außen, durch die Zeit stoßend, schwebend wie Vögel. Einmischungen, Beschwörungen, Fieber-Inseln. Mit einem Ende beginnt es und endet mit einem Anfang. Wenig Fabel, aber doch zwei Tote gegen Morgen.

Eine Nacht zum Sonntag, eine solche also, in der getanzt wird. Eine Nacht mit viel Tratsch als Vorbereitung und darnach: Spesen und Hosenweite, hoher Konsum. Manches von ersten Marken. Fremde Töne dazwischen. Im Wohlstand steht es sich gut, Wohlfahrt fährt am besten. Die Männer voll weicher Stellen, falls man von Männern reden will. Die Frauen gesünder: darum näher am Tod.

Soll Neu-Spuhl verworfen werden? Die meisten Menschen leben in Neu-Spuhl, leben allgemeinverständlich, den Blick auf das, was zusteht. Wer keinen Anschluß hat, besteht schwer, und wer ihn verweigert, schneidet sich. Glas ist durchsichtig, aber es macht Hände blutig. Draußen heult der Hund. Niemand kann seiner Schuld ausweichen.

Solche Nächte kommen viele. Jeder bekommt seine Schuld. Die Welt ist eng, aber im Pfuhl rühren sich die Larven. Larve, Puppe, Imago. Einmal bleibt die Hülle zurück. Imago: die Flügel zittern. Sie straffen sich. Was wird sein? Aber: was ist gewesen?

I

EINE STIMME OHNE NAMEN: VIELLEICHT MUSSTE ICH DABEI SEIN

»Für tot erklärt«, sagte jemand. Jemand: »Es ist doch eine Formsache.«

Ich zitterte noch. Ich zitterte vor Freiheit, weil ich jetzt gehen konnte, wohin ich wollte. Wonach mich zuerst verlangt hatte, als ich gehen konnte, wohin ich wollte: eine Landstraße, das war es, und eine Nacht, das war es, eine feuchte, sternlose Nacht, weit draußen, ohne Lichter. Eine Nacht noch ohne Regen, aber so, daß Regen nicht fern ist: tiefer Behang, der von unten Helle empfängt. Die Helle ist gering, sie rührt von einem Dorf her oder einer sehr weit entfernten Stadt, und sie darf nicht mehr erkennen lassen als schwarze Apfelbäume, deren Äste sich winden. Die Straße darf einen Rest Helligkeit fangen, aber nicht mehr, als daß die Schwärze zur Rechten und Linken davon schwärzer wird. Die Straße, schmutzig und feucht, braucht nirgends hinzuführen. Wenn sie irgendwo hinführt, sind dort Namen und wohlunterhaltene Qual. Auf einer solchen Straße fortgehen, nicht ankommen; nur die schöne Schwärze, keine Stimme, kein grelles Licht.

So wollte ich gehen, wie ich einmal und oft die langen Straßen gegangen bin. Die schwarze nasse Luft atmen ohne Namen, und bei nichts dabei sein, nur in meinem Schritt meinem Schritt meinem Schritt –

Aber in dem Saal war es hell, eine fade verschwommene Helle. Die Luft war dick, warm und voll Rauch, so daß ich nicht viel erkannte, voll von Geräuschen und Stimmen. Wohlunterhaltene Qual: ich mußte abwarten, bis ich etwas unterscheiden würde, denn ich war noch sehr benommen und noch nicht lange frei. Viele farbige Flecke, Gesichter und Blumen, schwammen in dem Rauch, flache Flecke. Wenn eine Tür ging, wogte der Rauch träge. Alles noch flach, alles ohne Namen. Gegen das Viele war ich fast nichts und kam nur langsam zu mir. Ich war noch benommen, sehr matt. Ich fragte mich mühsam, ob dies der Ort sein könne, an den ich bestimmt sei, obwohl ich doch nirgends ankommen wollte; fragte mich, ob mich etwas zwinge. Ob es gerufen habe, so wie man oft aus dem Traum sich quält und wach liegt und glaubt, es habe gerufen. Man möchte sich sammeln und kann nicht darauf kommen, ob es und wer gerufen hat.

Es war gut, daß ich schon einen Platz hatte, als ich merkte, wo ich mich befand: Es wäre nicht leicht geworden, einen zu finden für mich, der ich ja die Regeln nicht kannte und nicht einmal den Ort, der ich nicht einmal wußte, ob ich überhaupt eingeladen war. Mit den Damen und Herren, unter denen ich saß, war ich vielleicht schon gekommen, so daß sie mich nicht als fremd empfanden; ja sie kümmerten sich wenig um mich, im Grunde gar nicht; ich war nicht lästig, ich hatte für sie keine Gegenwart. Schwieriger wurde es mit den jungen Leuten, wenn ein Herr oder auch ein Fräulein bisweilen an unseren Tisch traten, um jemand zu begrüßen. Es gab dann Spaß; eine Hand streckte sich aus nach einem Glas, um daraus zu trinken, eine Hand reichte ein Glas hin oder hielt eine Zigarette mit schlanken Fingern, eine schlanke ganz weiße Zigarette; und es kam vor, daß der junge Besucher einfach auf meinem Stuhl Platz nahm, ohne sich umzusehen nach mir oder um Erlaubnis zu fragen. Und sie breiteten ihr Kleid aus, wenn es Mädchen waren, ihre Wolke von Kleid, ehe sie auf der Wolke Platz nahmen, sie beugten sich vor und steckten die Köpfe über dem Tisch zusammen, denn sie wollten ja lachen miteinander und verstehen, was sie zueinander sagten, und es war sehr laut; es war großes Getümmel in dem Saal. Ein Mädchen das seine Röcke ausbreitete, oder auch ein schwitzender junger Mensch, der sogleich nach etwas griff, das auf dem Tisch lag, nach Bierdeckeln etwa, um damit zu spielen. Allmählich sah ich die Dinge deutlicher.

Ich sah die lange Tafel, an der die jungen Leute ihren Ort hatten und die leerstand, sobald getanzt wurde, außer daß etwa ein einzelnes junges Mädchen dort noch saß, etwas abgerückt; viele Blumen standen die lange Tafel hinab und hinauf. In dem Rauch rote und hellrosa Nelken, fleischlich, frisch und süß auf ihren Stengeln wie Brunnenstrahlen, und langsam erschlaffende Rosen. Und ein Wirrwarr von Gläsern und Flaschen und Besteck, und bunte Schleifen und Seidenpapier, achtlos fortgeworfen, und Handschuhe und bunte Taschen lagen da. An anderen Wänden des Saales saßen Männer und

Frauen an vielen Tischen. Und an zwei oder drei Tischen saßen nur Frauen allein beisammen und sahen zu. Ich sagte mir: Das sind die Witwen.
Das alles sah ich, und es blieb immer noch alles flach, lauter flache Flecke, ich konnte nicht hinein, und wie ich sah, so hörte ich auch, Worte, Worte, ich dröselte sie nicht auf; Damen und Herren, wie sie sich unterhielten an meinem Tisch, an den Tischen, zu denen ich bisweilen kam, um inzwischen Platz zu finden: »Verpflichtungen« –, »Anzug« –, »Kleine Sauferei machen«, – »Eine Anzeige für sechstausend lohnt immer. Die bringt zwölftausend ein.« – Ich hörte: »Ja wenn alles geblieben und sonst nichts gekommen wäre, sie hätte sich anderes ausgesucht. Aber Geld ist auch was.« – »Und was ich für Pflichten habe, sagt mir mein Mann; zusehen, sagt er mir, daß uns jetzt nichts abgeht, sagt er; er sagt: ob es bleibt so, kannst du nicht wissen, du kannst nicht wissen, wie es weiter kommt. Und ja, ich verstehe ihn, wenn er was verlangt.« – Und ich hörte: »Alles recht, aber wie steht einer da, wenn er die neuen Tänze nicht kann.« – Ich hörte: »Helfer in Steuersachen« – »Alles auf Spesenrechnung« – »Zu unserer Zeit«.
In der Mitte des Saals, wo sie tanzten, war es am lichtesten, Licht strömte von der Decke, und die lichten Kleider machten Licht; die lichte Masse wogte. Es war keine Bewegung, die sich drehte oder floß, es war ein stehendes, gleichmäßiges Gleiten. Alles sehr dicht, man unterschied keine Bewegung von einzelnen. Nur selten teilte die Masse sich so, daß man eines der Kleider frei fluten oder einen Schritt sah oder ein Stück Boden, über den der Schritt hinglitt. Nur manchmal bei einem Tanz, den wenige tanzten, weil jemand ihn ausrief, sah ich die Mädchen; ich sah die Mädchen, weiß, rot und braun, sah sie gehen, ruck und herum, und wiederkommen, auch die Tänzer, deren Hände sie führten. Mich wunderte, daß alle die Menschen so schön waren, ich bewunderte sie. Nicht deshalb, weil ich so lange Zeit keine Menschen mehr gesehen hatte, die ausgeruht und gebadet und ordentlich hergerichtet waren, und nur wenige, die im Gesicht überhaupt noch etwas hatten, das an Menschen erinnerte. Aber ich glaube, daß zu meiner Zeit wirklich die Menschen nicht so schön gewesen sind. Vielleicht nicht, was den Ausdruck angeht oder die Gebärden, das nicht, aber so perfekt alles, so aufgeklärt, so teuer in der Pflege. Schön,

nicht zu leugnen; und ich hörte wieder »Helfer in Steuersachen«, »Spesenrechnung«, »auf dem laufenden«.
Ich sah wieder, als sie tanzten, an einer langen Tafel zur Seite das Mädchen sitzen, die erste, die sich mir einprägte, ich konnte sie behalten und unterscheiden und wiedererkennen, obwohl sie nicht groß und nicht klein war und weder hell noch dunkel. Wie ich sie sitzen sah, dort an ihrer Tafel, war plötzlich das Flache fort, das mich belästigt hatte. Das Bild wurde deutlich und ging in die Tiefe.
Jetzt war Raum da, ein Raum, sehr tief, in der Tiefe des Raums sie, das Mädchen, das mir aufgefallen war. Ich hatte mich noch zu gewöhnen, ja, die Tiefe flößte Furcht ein. Dann verstand ich auch Namen, ich hatte ein Ohr für Namen bekommen, hörte sie durch viele Geräusche hindurch. Auch die Namen fingen an, sich mir einzuprägen. Ich konnte hören: »Ditta«, oder »Die Förckh dort – so ein schönes Haus und alles drin, was Geld kostet, und dabei ein Gesicht, als ob ihr wer was getan hätte. So eine kriegt nie genug«, oder »Frau Rakitsch. Ja, freilich ist es ihr Sohn.« Ich hörte sagen: »Diemut Andernoth«, und sofort wußte ich, sie sprachen von dem Mädchen dort in der Tiefe.
Also war ich doch bei den Namen angekommen, bei der wohlunterhaltenen Qual. Diemut Andernoth, ich kannte sie sofort, obwohl ich sie doch nicht kennen konnte. Ich war doch so lange krank gewesen, stinkend krank und gefangen. Ich hatte die Läuse, die Ruhr und das Fieber gehabt und war zu lange gefangen gewesen und zu unheilbar krank. Die Freiheit machte mich noch zittern.
»Für tot erklärt«, sagte jemand. Jemand anders: »Eine Formsache.«
Ich sammelte mich mühsam auf Namen. Ich war noch matt, aber ich wollte auch willens sein. Vielleicht war das Verlangen eitel, nirgends ankommen zu wollen. Vielleicht mußte ich dabei sein.

2

DAS LAHME MÄDCHEN: NEU-SPUHL WAR WEDER GROSS NOCH KLEIN

Ich weiß nicht viel. Ich kann ja nirgends dabei sein. Lächerlichkeiten, wenn nicht der Tod drin gewesen wäre. Der Geruch des Todes drang ein, der Geruch der Hunde und Mörder, die auf der Schwelle lagern.

Weil ich nirgends dabei sein kann, weiß ich viel oder wenigstens mehr als alle, die an irgend etwas beteiligt sind. Ich sage also, es war ein Abend in Neu-Spuhl unter vielen Abenden. Vergessen wäre der Abend und weggehängt, abgehängt wie eines von den Kleidern, die in Neu-Spuhl an solchen Abenden getragen wurden. Wenn der Morgen heraufkam und lang in den Tag hinein hingen diese Kleider in Fluren oder auf Küchenbalkonen und stanken. Ich weiß das noch alles von Nächten, in denen meine Schwestern tanzten oder Cousinen da waren, die Einladungen bekommen hatten.

Ball! Schöner Klang. Nie auf einem Ball gewesen. Bälle kannte ich damals nur aus Grimms Märchen oder aus dem Geschichtenbuch. Ja, auch aus den Illustrierten, aber das waren schon nicht mehr Bälle, so wie »Ball« klang. Schöner Klang, und ich bildete mir ein, Bälle müßten auch einen Duft haben. Ein Duft von Ball, dachte ich, müßte in solchen Kleidern gefangen sein. Aber nur ekelhafter kalter Qualm hing darin, der Gestank des Aschbechers. Die Menschen, dachte ich mir damals, als die Cousinen tanzten, riechen nach nichts mehr, sie tun sich etwas zugut auf Mittel, die ihnen ihren Geruch nehmen; aber auf diesen Gestank kommt es ihnen nicht an. Ich habe meine Cousinen einmal schlafen sehen nach so einem Ball in Neu-Spuhl, sie lagen da, und das erste Morgenlicht kam, und der widerwärtige Geruch hing in ihren Haaren, die sich auf dem Kissen ringelten. Sie mußten keine freudigen Bilder sehen in ihrem Schlaf, so blaßgefleckt lagen sie da, mit fest zugedrückten Lidern, ganz erschöpft, fast zornig angestrengt.

Ball! Schöner Klang. Aber wäre in diese Tanznacht nicht ein freiwilliger Tod gefallen, der Tod dieser Frau Förckh, die kein Mensch begreifen konnte und von der die Leute sagten,

das sei eben auch so eine, die nie genug kriegen kann, – und wäre nicht noch ein zweiter zu Tode gekommen, kein Tänzer, sondern ein Mensch, den bis dahin nur wenige wahrgenommen hatten, nicht einmal Herse Andernoth, die an diesem Tod schuldig war, – und wären nicht einige andere Unebenheiten zu bemerken gewesen, Dinge, auf die sich keiner einen Vers machen konnte, warum etwa Diemut Andernoth plötzlich unterwegs war, »um eine kleine Sauferei zu machen«, und warum sie dann mit blutigen Händen über eine Gartenmauer gesprungen kam, während ihre Mutter anstatt ihres eigenen den Mantel der Tochter auf sich gehängt hatte –: ohne all das, worüber viel Rätseln stattfand und manches unsinnige Gerücht umlief, wüßte heute kein Mensch mehr etwas von diesem Abend zu sagen.
Die Teilnehmer jener Tanzstunde, deren Abschluß gefeiert wurde, die vielleicht: Über einem alten Foto stiege die oder jene Nichtigkeit ins Gedächtnis, der Ballstrauß vielleicht, den Gole Groepsch seinem Gör gebracht hatte für siebzehn Mark, was damals für einen Ballstrauß ein ziemliches Geld war, oder daß Bibi Jenisch als erste ein schulterfreies Kleid trug. Eine Kleinstadt-Erinnerung, vage und ein bißchen muffig.
Kleinstadt, sage ich. Dabei war Neu-Spuhl keine und ist es heute noch weniger. Kleinstadt ist viel zu viel. Was aber dann? Großstadt auch nicht. Bedenke ich es genau, ist Neu-Spuhl überhaupt keine Stadt. Neu-Spuhl ist etwas, in dem Einwohner leben. Die Welt, denke ich mir, das sind die großen Städte. Nie in einer gewesen. Nur in der Klinik des Professors Kindler, und die war doch nicht eigentlich ein Großstadtaufenthalt. Trotzdem bilde ich mir ein, schon die Gesichter der Schwestern, sogar die Luft in den Fluren seien anders gewesen als Neu-Spuhler Schwesterngesichter oder die Luft in den Fluren im Krankenhaus von Neu-Spuhl. Denke ich aber weiter, rechne ich mir leicht aus, daß in den großen Städten von allen Menschen nur ein geringer Teil lebt. Und wer lebt denn auf dem Lande? Nein, die weitaus meisten Menschen leben in Neu-Spuhl.
Die Welt! Schöner Klang. Nie in die Welt gekommen. Und doch glaube ich heute manchmal, außer mir lebt in Neu-Spuhl kaum jemand in der Welt.
Die Welt ist für mich in den Ausschnitten meiner beiden Fenster, von denen eines in den Nußbaum hinausgeht, das andere

gegen den ehemals Förckhschen Garten mit dem altmodischen roten Haus dahinter. Dort ist ja auch das mit Frau Förckh passiert. Außer dem Nußbaum und dem Garten sind die Welt die paar Ausfahrten, und die werden seltener, seitdem Herse Andernoth mich nicht mehr abholen kommt. Jeder hat ja mit sich selber zu schaffen. Der Rest sind Bücher und die Illustrierten. Bis ich sie unterscheiden lernte, vergingen Jahre. Schwer für jemanden, der nie in der Welt gewesen ist. Erst las ich ohne Auswahl rein alles, was man mir auf die Knie legte. Ich bekam jeden Tag einen Stapel von Hauszeitschriften und von Illustrierten auf die Knie. Damals hatte mein Vater die Anzeigen-Agentur noch und betrieb nebenher die Toto-Annahmestelle, dort wurden auch die vielen Zeitungen und Bücher, die gut gingen, verkauft. O ja. Ich habe viel gelesen.

Sogar durch die Illustrierten ist ja der Ball in Neu-Spuhl gegangen. Den Rakitsch, an dessen Tod Herse Andernoth schuldig war, den holten sie sich. Rakitsch, der war genau etwas für Illustrierte. Aber was sollten die Illustrierten mit Herse Andernoth? Kaum das Gericht wußte etwas mit Herse Andernoth anzufangen. Was sie gesagt hat, war wohl für ein Gericht kaum verständlich. Das, was sie nicht sagte, wäre schon gar nicht für ein Gericht gewesen. Bloß ich allein, denke ich manchmal, weiß Bescheid. Für mich war es hart, daß Herse Andernoth aus Neu-Spuhl fortziehen mußte; Neu-Spuhl war nach dem allem kein Ort mehr für sie.

Außer Frau Andernoth habe ich im Grunde nie jemand auf der Welt gehabt. Ich würde sagen: außer ihr und Diemut. Aber Diemut, lieber Gott, Diemut war jung. Sie mußte leben und konnte für mich nicht viel Zeit aufbringen. Ihre Mutter nahm sich Zeit für mich, obwohl auch sie keine alte Frau war. Sie hatte es nicht leicht, Herse Andernoth, nein, es ging ihr nicht besonders. Trotzdem kam sie zu mir. Solche wie Herse Andernoth laufen nicht viele herum.

Schon damals hat mich ja mein Leiden an den Rollstuhl gefesselt. An den Rollstuhl gefesselt, das ist die eingeführte Wendung. Ich hätte damals nicht hoffen mögen, daß es so lang mit mir währen würde. Ich wäre gerne gestorben, je eher, desto lieber. Schließlich bin ich ja jung gewesen, da denkt man ungenügsamer und denkt achtloser über den Tod.

Mein Onkel Martin, der selten ins Haus kommt – er ist der einzige Mensch außer Herse Andernoth, der mit mir redet wie mit seinesgleichen, ohne Schonung und den Krimskrams, den sie in Fällen wie dem meinen für taktvoll halten –, er sagte einmal zu mir: »In der Jugend denkst du, du willst alles oder nichts haben. Wenn du etwas bekommst, willst du es nur annehmen unter der Bedingung, daß es auch ewig währen soll. Aber eines Tages bist du froh dran, wenn du dir sagen kannst, daß du vielleicht noch zwei Wochen vor dir hast oder sogar drei und vielleicht ein paar Stunden ohne Schmerzen, und willst auch das gerne leben.« Und als ich ihn einmal fragte: »Eine Kreatur wie ich, wozu muß sie leben, warum soll sie denn weiterleben?« – sagte er zu mir: »Das ist eine unbesonnene Frage. Warum und wozu, das sind Fragen von Realschülern. Mit solchen Fragen kannst du Ingenieur werden; das ist ein bißchen was, aber nicht viel. Sprichst du aber vom Leben, so fang nicht mit warum und wozu an. Dann gibt es auch keinen Standard. Ich denke, es gibt keine Form Leben, auf die ein Mindestanspruch vorliegt so wie bei der Krankenkasse oder der Rentenversicherungsanstalt. Ob das sogenannte normal verlaufende Leben, das der Gesunden und Unbelasteten, jener Leute, die nichts verlieren und mit dem Tod kaum in Berührung kommen außer eines Tages mit ihrem eigenen, und von dem merken sie nicht mehr viel, – ob das so normal ist, bleibt die Frage. Was eine wie du lebt, ist die unverhülltere Form. Sei still«, sagte er, »ich kenne auch davon ein bißchen. Die eindeutigere Form, sage ich, wenn auch natürlich schmerzhafter.« Er meinte wohl etwas Richtiges, auch wenn ich ihm damals nicht folgen konnte. Heute habe ich es mit dem Sterben schon weniger eilig. Ich möchte mir, was ich sehe, die kleine Zeit noch ansehen, ein Jahr oder zwei. Oder auch nur die zwei oder drei Wochen, von denen mein Onkel Martin geredet hat.

Auch Herse Andernoth habe ich es immer hoch angerechnet, daß sie mit mir redete wie vielleicht mit anderen jungen Mädchen. Schöner Klang. Dabei bin ich doch nie ein junges Mädchen gewesen. Für Besucher immer ein Neutrum, vor dem sie sich wanden. Sie wollen uns ja nicht an unsere Lage erinnern. Als ob wir an unsere Lage erinnert zu werden brauchten. Unsere Lage ist immer da.

»Vielleicht«, sagte Frau Andernoth zu mir, »ist es dir recht langweilig, wenn ich dir vorerzähle von den Wichtigkeiten der jungen Leute. Es sind ja nicht deine Wichtigkeiten. Noch schlimmer wäre, wenn dir das Hören wehtäte.« Aber ich sagte: »O nein, Frau Andernoth, ich möchte es schon alles auch wissen. Auf irgendeine Art muß man mitleben, und wie sollte es wehtun? Tun Sie mir tüchtig weh!«

Ich habe einmal Bildhauerin werden wollen. Das schien mir das Wunderbarste an der Welt, es werden zu können. Aber meine Krankheit begann ja dann bei den Händen. Die Jahre vergesse ich mit Willen, in denen ich Gott gehaßt habe, weil er es mich nicht werden ließ. Gott haßte, weil er mich so zurichtete. Heute, ein oder zwei Jahre, bevor ich sterbe, halte ich es nicht mehr für so sehr wichtig, ob ich Bildhauerin geworden bin oder nicht. Man meint in jungen Jahren, es werde der Welt an etwas gebrechen, wenn unser Ton ungesungen bleibt. Aber in der Welt ist wohl Verschwendung. Eine Weile später spürt man es noch mit Bitterkeit, wenn man nicht zur Wirkung gelangen kann. Man sieht sein Leben verfehlt, beraubt, betrogen. Endlich gelangt man dahin, daß man einsieht, es kommt nicht so sehr darauf an, etwas gemacht zu haben, etwas geworden zu sein. Möglich, daß man um sein Leben betrogen werden kann, falls das Wort nicht dumm ist. Sich selbst braucht man nicht zu verfehlen, auch wenn alles andere daneben geht.

Ich hätte Bildhauerin werden wollen, und so habe ich auch immer gesehen, was Diemut Andernoth für einen Kopf hatte. Ich bin älter als Diemut. Trotzdem bin ich eine Weile ihre Klassengenossin gewesen; mit mir hatte man ja gewartet, ob es besser mit mir würde, ehe man mich in eine Schule tat. Lang konnte ich in der Schule nicht bleiben, ich wurde ja älter, es war nicht mehr so recht angemessen: die Rücksichten, zu denen ich zwang. Aber auseinander kam ich mit Diemut nicht. Ich wollte ihr bloß um keinen Preis lästig fallen.

Diemut würde sich heute wundern darüber, was ich ihr noch berichten könnte, Kleinigkeiten, Vorfälle damals, die sie sicher längst vergessen hat. Ich aber habe ja Zeit, Dinge zu behalten. Lieber Gott, sage ich manchmal zu mir — o lieber Gott, wenn ich an Diemut Andernoth denke. Ganz sinnlos sage ich: Lieber Gott — obwohl ich zu dem lieben Gott nicht die Be-

ziehungen unterhalte, die der Gemeindepfarrer in meiner Lage für geziemend hält. Diemut also hatte einen Kopf auf, und sah man sie unter den Neu-Spuhlern, mußte man sich fragen, mit was die eigentlich herumliefen. Sie sahen an einem Kopf nur, was daran Geld kostete: die Frisur.
Sie wurde zur Tanzstunde ihrer Klasse eingeladen, und als sie beginnen sollte, kamen zwei Abgesandte über den Schulhof auf sie zu. Die Abgesandten sagten zu ihr: »Mittwoch ist der erste Abend. Und die Tanzstunde bittet dich, daß du dir bis Mittwoch die Haare legen läßt.«
»Die Haare legen?« sagte Diemut in ihrer Verwirrung, »was meint ihr damit?«
»Außer dir«, sagten die Abgesandten, »lassen sich alle Damen die Haare legen. Unsere Tanzstunde muß einen Schlag haben. Jemand mit einem Zopf möchten wir deshalb nicht in unserer Tanzstunde. Es ist auch wegen der anderen Schulen. Man guckt aufeinander, und da will niemand hinterher sein.«
»Zopf?« sagte Diemut, wurde rot und ärgerte sich, weil sie rot wurde. »Was meint ihr damit? Einen Zopf habe ich doch gar nicht.«
»Nun, eben das, was du auf dem Kopf hast.«
Ich besinne mich gut auf das, was Diemut auf ihrem Kopf hatte.
»Was du auf dem Kopf hast«, sagte ich zu ihr, »das ist schon in Mykene schön gewesen.«
»In Mykene vielleicht«, sagte Diemut. »Aber nicht in Neu-Spuhl.«
Ich sagte zu Diemut: »Aus meinen Illustrierten geht hervor, daß man in großen Städten anfängt, das Haar wie du zu tragen. Wer nichts hat, klebt sich einen falschen Schwanz dran. In dreiviertel Jahren wird Neu-Spuhl bemüht sein, so wie du herumzulaufen.«
»Ja, aber eben in dreiviertel Jahren, nicht jetzt. Jetzt und in Neu-Spuhl ist es so, wie es ist. Schließlich muß ich froh sein, wenn sie mich überhaupt einladen.«
»Du?« sagte ich und mußte lachen. »Du und in Neu-Spuhl und froh sein, wenn sie dich einladen?«
»Ich weiß genau, daß gesagt worden ist: Die kommt nicht in Frage. Erstens hat die einen Zopf und zweitens ein schwarzes Fahrrad. Die hat keinen Wert.«

»Wieso ein schwarzes Fahrrad?« sagte ich.
Diemut sagte: »Ein Fahrrad muß bunt lackiert sein. Was um zwölf sich am Schelmeck trifft, hat ein rosa oder ein grünes Fahrrad. Jemand mit einem schwarzen Fahrrad hat keinen Wert.«
Und ich mußte lachen, und Diemut mußte auch lachen. Sie sagte: »Du hast es gut, du brauchst kein grünes Fahrrad. Ich aber bin immer nebendraußen.«
»Du wärst auch mit einem grünen Fahrrad nebendraußen. Du bist nicht nebendraußen wegen irgend etwas, das fehlt. Du bist nebendraußen, weil du es bist.«
»Im Grunde möchte ich gern wie alle anderen sein.«
»Versuch es doch. Laß dir den Zopf abschneiden. Hast du ihnen das nicht angeboten?«
»Nein. Es war mir nicht um den Zopf. Aber auf einmal kam mir der Zorn, daß ich mir das gefallen lassen sollte. Ich sagte: Als ihr mich eingeladen habt, ist mein Zopf mit dabeigewesen. Und er bleibt dabei.«

3

Reiche Tochter

DITTA: FÜNFUNDDREISSIG METER TÜLL DRAUF, DAS WIRD NICHT ZUVIEL

Ich würde es gleich nochmal mitmachen. Das in Neu-Spuhl, das war doch eine schöne Zeit. Soll einer kommen und sagen, da sei nichts dran gewesen. Nein, wenn ich noch einmal könnte, ich sagte gleich ja.

Es gab bloß auch schon damals Leute, die nicht genug kriegen konnten und nicht zugeben wollten, daß es ihnen gut ging. Uns auf jeden Fall ging es gut. Was richtig ist, soll man sagen. Meine Mutter sagte es auch. Sie sagte: »Ditta, man darf nicht davon reden. Aber unser Herrgott hat uns den Krieg doch gewinnen lassen.« Sie sagte: »Unberufen, Ditta, darum sollst du nicht verschlampen. Du sollst lernen, wo Geld herkommt und wie es gemacht wird. Aber von deiner Jugend was haben, Dittachen, das sollst du auch.« An Neu-Spuhl habe ich lange nicht gedacht. Aber jetzt mit dem alten Foto kommt alles wieder.

Unser Schlußball. Das sind wir. Was für Kinder. Aber doch ganz schön stramm und was dran. Mein Kleid; das ist mein Kleid gewesen. Mein erstes großes Kleid. Wie ich da hineinstieg, das weiß ich noch, hinein, das kann ich noch riechen und spüren, das habe ich noch auf der Haut. Alles frisch, und die Haare frisch gelegt, stramm, ein bißchen fest bin ich ja immer gewesen, aber mir gefällt es ganz gut so und auch manchem anderen; wem es nicht gefällt, den gehe ich schließlich ja nichts an. Vorne auch was, damals kamen ja gerade die neuen Dinger, schön stramm, jedes in seine Richtung, damit es keine Verwechslungen gab. Alle guckten; sowie du nicht hinguckest, guckten alle drauf; ein schönes Gefühl ist das gewesen. Alles schön in der Richtung, und nicht zuviel drunter; hinein in die weiße Wolke. Fünfunddreißig Meter Tüll, das wurde nicht zuviel. Es war ja grade die Zeit, in der man wieder die Sachen haben konnte. Haben natürlich auch nur, wenn man was gehabt hat. Aber das walte Gott, wir brauchten nicht zu klemmen.

Ich sagte zu Mutter: »Für unseren Schlußball muß es ein Kleid nicht unter dreihundert sein, eins, von dem man auch sagen kann, es ist ein Kleid.« Meine Mutter sagte: »Eins um neunzig ist oft grade so schön oder häßlich, man braucht es ihm gar nicht anzusehen.« – »Schön oder nicht schön«, sagte ich, »es ist einfach ein anderes Gefühl. Man muß sich sagen können, daß das was kostet. Man muß es auf der Haut spüren, man muß es im Kreuz und über dem Magen spüren, daß man für so ein Kleid etwas ausgegeben hat. Fünfunddreißig Meter Tüll oder vierzig müssen auf mich drauf. Ich kann nicht daherkommen, als wäre es bloß so ein bißchen Zwischenball.«

Damals ging es uns schon gut. Als wir frisch nach Neu-Spuhl gekommen waren, hatten wir es noch nicht so. Zum Glück hatte ich da noch nicht das Alter, in dem man etwas auf sich wenden muß. Ich weiß nicht, ob ich das ausgehalten hätte, daherzukommen wie eine Beamtentochter, der man was Getragenes von der Mutter hergerichtet hat. Nicht für einen Wald voll Affen.

Aber Vater kriegte die Vertretungen alle, und die gute Zeit kam. Er konnte sagen: »Gott segne Neu-Spuhl, Dittachen. Hier ist goldner Boden. Jetzt habe ich vor dem Frühstück schon wieder dreihundert verdient und weiß selber kaum wie.« Und ich sagte: »Papa, dann kann auch mein Tanzkleid dreihundert kosten«, und er lachte und sagte: »Da hast du ganz recht, Dittachen, sollst nicht klemmen müssen. Sollst nicht leben wie ein junger Hund.« Und weil er viel auswärts war und im Haus nicht so viel zu tun, fing Mutter die Autovermietung an. Viel Arbeit, erst vier Wagen, dann noch der stratosphärenblaue dazu, da ging was ein, aber auch immer Schererei mit den Rechtssachen, Haftpflicht, Kaskoversicherung, Alkoholpromill. Ich half schon viel mit und konnte eine Menge lernen. Wie sich Mutter auskannte, das war allerhand.

Wir wohnten noch zur Miete, da in der Bebelstraße, keine besondere Gegend. Es war noch die alte Wohnung, aber doch hatten wir schon die Flüchtlinge rausbekommen, die man uns reingelegt hatte. Ehe die nächste Partie kam, ließ Vater die Handwerker anrücken, die schlugen so viel Wände heraus, daß man fünf Zimmer für drei zählen mußte, und so viel stand uns zu. Mit den Ämtern ist Vater nachträglich fertig geworden. Das walte Gott. Warum sollten wir grade Flücht-

linge haben? Vater kaufte allerhand, wie nun alles neu gerichtet war, Stehlampen, einen Teewagen, ein paar Figuren aufs Radio. Es sah direkt hübsch aus, wenn natürlich auch noch kein Vergleich mit später. Aber ich war gern dort. Abends saß ich an meinen Schulaufgaben. »Siehst du auch zu, Dittachen«, sagte Mutter, »daß du was Rechtes lernst? Ich komme ja nicht mit bei deinen Sachen. Aber es ist das beste, was dir deine Eltern geben können. Geld allein tut's nicht, es kommt auch auf den Schick an und den Verstand.« »Natürlich, Mutter«, sagte ich, »Köpfchen muß sein.« Und ich guckte mir an, was ich arbeitete, machte die Sachen, in denen es die Noten gibt fürs Fortkommen und wo die Chefs drauf gucken, wenn eine sich meldet. Abends war es manchmal arg. Die Burschen standen unten in der Bebelstraße, die aus meiner Klasse und auch ältere, machten Lärm mit ihren Fahrradklingeln und pfiffen, bis ich ihnen den Gefallen tat und hinuntersah. Ich weiß auch, daß Mutter sich manchmal Sorgen machte; heimlich sah sie mich manchmal an, ich weiß schon, was sie dachte, ganz schön stramm und was dran. Aber für mich waren diese Jungen ja Kinder. Grade recht für die Tanzstunde. Und ins Kino ging ich manchmal mit oder wir ließen sie auch herauf in unsere Wohnung und machten Spiele oder ließen Schallplatten laufen. Aber sonst, das walte Gott, sah ich zu, daß ich meine Sachen beisammen hielt.
Und da stehen wir aufgebaut zur Aufnahme. Vordere Reihe sitzend. Mein Kleid, eine Wolke. Schade, daß nicht auch ein paar von den Lehrern drauf sind. Eltern waren natürlich da und ein Haufen Tanten, von den Lehrern bloß Soldner, aber der kam spät, ich denke, da war die Aufnahme schon vorüber. Soldner, der auf dem Jahrmarkt: »Meine nette junge Schwägerin« von mir sagte, und: »Der möchte ich eine Schürze kaufen.« Von ihm hätte ich ganz gern ein Bild. Auf einmal hieß es ja dann: Schwindler. Die Leute regten sich auf. Ich konnte ihn trotzdem gut leiden. Schließlich, in jedem Geschäft wird geschwindelt. Da findet keiner was dran.
Alle stehen sie da aufgebaut. Was hatten wir doch für Tüten in unserer Tanzstunde. Lustige Tüten. Die da, das sind die Klöppler und Blecher, alle auf einem Haufen. Sehe ich sie da stehen, so meine ich gleich, ich höre sie auch, ich stünde mit

ihnen am Schelmeck und höre sie durcheinanderreden: »Kleine Sauferei machen« – »Der Kurszettel« – »Mal was vom Konto abheben«.

Einer wie der andere; man hieß in Neu-Spuhl, was zu den Fabrikanten gehörte, die Klöppler und Blecher. Wo das Geld saß, da waren es Klöppler oder Blecher oder beide zusammen, einige Firmen hießen sogar so: Klöppler und Blecher. Wir gehörten nicht zu ihnen, weder Klöppler noch Blecher, als wir nach Neu-Spuhl kamen, aber mittun konnten wir bald, das walte Gott. Wir brauchten uns nicht zu verdrücken. »Neu-Spuhl«, sagte mein Vater, »hat einen goldenen Boden, Ditta. Da gibt der Herrgott Gedeihen.«

Es gab den Krach mit Soldner, als die Klöppler damals eine Tanzstunde für sich allein und bloß mit den Blechern einrichten wollten. Soldner wollte, es sollten alle beisammen sein, und als der Krach im Gang war, meinte er sogar, ich sollte ihm dabei helfen, denn die Burschen hörten ja auf mich. Aber ich war schon aufgefordert worden bei den Klöpplern und Blechern, und so sagte ich zu ihm: »Es tut mir leid, Herr Soldner, aber ich bin selbst schon eingeladen.« Was Verrücktes konnte er schließlich ja nicht verlangen. Eines Tags will man seine Stellung, und da ist es ganz gut, wenn man mit dem oder dem in der Tanzstunde war. Aber Soldner hat die Leute vor den Kopf gestoßen. Es war sein Schade. Wer das Geld hat, darf schließlich verlangen, daß man sich nach ihm richtet. Da führte auch Soldner nichts Neues ein.

Das da ist Menne Drautzmann, der hatte das meiste zu sagen. Er kam nicht mal gerade von da, wo das meiste Geld saß, aber Köpfchen hatte er. Die Klöppler und Blecher hatten meistens kein Köpfchen und blieben in der Schule sitzen. Bloß im Geschäft nachher waren sie durchweg gut. Drautzmann allein hatte auch in der Schule Köpfchen. Zum Beispiel hier Gole Groepsch neben ihm, der war von den allerteuersten, aber gegen Drautzmann kam Gole überhaupt nicht auf. Gole Groepsch war selig, wenn Drautzmann ihn einen Hammel hieß, wenn er bloß mitmachen durfte. Dafür hielt sich Drautzmann an seinen Likörschrank. Für Gole gab es in Neu-Spuhl keinen Friseur; um sich seinen Haarschnitt richten zu lassen, fuhr er immer mit, wenn das Auto den Hund Struppi nach Vioms brachte und wieder abholte. Der Hund kriegte dort

eine Kieferregulierung und Jackettkronen. Hammel, sagte Drautzmann immer zu ihm und trank ihm seinen Likörschrank leer, und dann war Gole selig. Ja, der gab uns zu lachen.
Zu lachen gab uns auch Timme Däumling, der wahrhaftig Timotheus getauft war und den sie den Epiktet nannten. Epiktet muß ein Buch geheißen haben, in dem er las und von dem er manchmal was verlauten ließ. Ich weiß nicht, ob das in dem Epiktet stand: jedenfalls einmal in der schlechten Zeit, als es noch die Schulspeisung gab und in der Pause Kakao ausgeschenkt wurde an die, welche angemeldet waren, fährt mit dem Läuten Timme wie angebrannt aus der Bank und mit dem Blechbecher in seiner Hand durch die Tür, damit er der erste wird. Denn Timme ist klein und dünn wie ein Licht und deshalb zu dem Kakao angemeldet. Wie wir nun alle im Haufen nachkommen, ist Timme umgekehrt und schiebt seinen Blechbecher unter den Tisch zurück, bleibt dort sitzen und sagt kein Wort. Und wir rufen alle: »Epiktet, was ist denn? Hast du deinen Kakao schon drunten?« Und Epiktet sagt: »Nein«, und ist still und bleibt die Pause über ganz still so sitzen. Nachher frägt ihn Wildermuth: »Sag, Epiktet, was ist in dich gefahren?« Und Timme sagt: »Als ich hinausging, merkte ich, daß mich zu sehr nach dem Kakao gelüstet hatte. Da kehrte ich um und sagte mir: gut, nun gibt es heute keinen Kakao.«
Und das ist Sissi, und das: Usch, und das ist Bibi Jenisch, die hatte das erste schulterfreie Kleid an, oben herum ganz frei, nichts zum Festhalten; die Burschen kannten das nur aus dem Kino und alle wollten einmal mit ihr tanzen. Alle guckten sie heimlich an, ob es nicht herunterrutschte. Natürlich rutschte es nicht herunter, kein Gedanke. Und das ist Glen, die hatte immer so trübselige Farben an, sah aus wie ihre eigene Tante. Ich kann heut nicht begreifen, wie ihre Mutter sie anzog. Ja, das sind sie, und das sind die anderen Burschen, Hum, Gacks und Wildermuth und der Stichling. Koteletten, Vatermörder und Bärtchen, sie machten damals die historischen Tänze vor. Der kleine Korfiz mit dem Vordach, der die Lehrer eingesperrt hat, und dann mit dem Biedermeiersträußchen. Er dachte sich wohl, das passe sich für Diemut Andernoth. Die brachte er auf den Ball. Das ist sie.

Ich war an dem Abend mal draußen, und als ich wieder hereinkam, tanzten alle. Nur eben Diemut saß allein an der leeren Tafel hinter allen den Rosen und Nelken. Ich setzte mich zu ihr, denn stehen bleiben und warten wollte ich ja auch nicht, und sagte: »Warum tanzt du nicht? Dann laß mich auch ein bißchen sitzen.« Diemut sagte: »Mit mir tanzt niemand als wer mich eingeladen hat, hast du das noch nicht gemerkt?« Und ich dagegen: »Mach dir nichts draus. Ich sage dir, es ist so, daß sich die Burschen vor dir genieren.«
Ich wußte nicht, wie ich darauf kam, einen Augenblick vorher hätte ich das gar nicht parat gehabt. Ich wollte ihr etwas Freundliches sagen, aber dann kam es mir plötzlich vor, als sei das ganz richtig. Diemut sagte: »Genieren? Du bist komisch. Warum sollte sich jemand vor mir genieren?«, und ich sagte: »Sie meinen, sie können mit dir nicht so reden, wie sie es gewohnt sind. Man will es ja bequem haben.« – »Mit mir«, sagte Diemut, »kann man reden, was man mit allen anderen auch redet.« Und ich: »Vielleicht schon. Aber anders sein, als du bist, kannst du nicht, wenn du auch meinst, du willst.« Und Diemut: »Das möchte ich erst noch sehen.«
Wie wir so sitzen, kommt Drautzmann, der auch nicht tanzt, sondern aus einer Ecke mit Erwachsenen, wo der Sekt auf dem Tisch steht, uns beobachtet hat. Er setzt sich hinter uns und legt die Hände auf unsere beiden Stuhlrücken: »Was meint ihr zwei? Ein Tapetenwechsel wäre nicht falsch. Ein kleiner Ausflug, wie denkt ihr darüber?«
Merkwürdig war, daß gerade Drautzmann etwas von Diemut Andernoth wollte. Korfiz Niehl mit dem Sträußchen, und dann Drautzmann; nur Drautzmann machte es natürlich beiläufiger. Ich glaube, Drautzmann war ganz einfach neugierig. Seine Klöpplerinnen und Blecherinnen kamen ihm alle Tage vor. Drautzmann studierte, und immer probierte er was, wenn er eine nach Hause begleitete. Das legte er immer so an, als wäre es purer Spaß, oder als wollte er eine bloß reinlegen. Hinterher mußte sich eine genieren, wenn sie sich anstellte, als habe er wirklich was gewollt.
Mit mir ging er auch mal nach Hause, und im Nikolaipark gab ich ihm eins auf die Finger und sagte: »Mich kannst du nicht anfassen oder doch bloß da, wo ich damit einverstanden bin. Du hast doch eine Freundin, wie, die Inge Klöppler,

machst du das auch bei der so?« Am besten ist immer, man sagt es direkt. »Der könnte ich so nicht kommen«, sagte Drautzmann. »Mir noch weniger«, sagte ich, »die Sachen gehören mir allein.«

Nein, dumm war ich auch damals nicht mehr, und woher Drautzmann kam, in der Ecke stand schon lange der Sekt. Trotzdem sagte ich: »Wohin soll denn dein Ausflug gehen?« – »Ein bißchen zu mir. Was trinken und ein paar Platten anhören. Ich habe ein paar prima neue Platten. Einen neuen Musikschrank mit zehn Platten übereinander. Prima Sachen. Ich werde euch mal in meinen Wigwam einführen.« – »Mich nicht«, sagte ich zu ihm, denn gegen Drautzmann brauchte ich ja kein Blatt vor den Mund zu nehmen. »Führe du die Eiserne Lina in deinen Wigwam ein.«

Die Eiserne Lina war eine Figur auf dem Brunnen am Schelmeck. Nicht für einen Wald voll Affen wäre ich um die Zeit mit Drautzmann auf den Bau gegangen. Und ausgerechnet diese Diemut brachten sie ein paar Viertelstunden später dazu. Oder vielmehr, es sieht mir so aus, als ob Diemut sie hinbrachte. Sie hatte ja Streit mit ihrer Mutter, behauptete Bibi Jenisch. Oder sie wollte, wie sie gesagt hatte, mal probieren, wie die andern zu sein. Oder beides. Korfiz mit dem Sträußchen, dann Drautzmann, der zwar das Köpfchen hatte, aber doch im ganzen ein fieser Hund war, und dann vor der Tür Rakitsch, die paßten ihr auf. Rakitsch war auch nicht aus Neu-Spuhl.

Für Rakitsch wurde es der letzte Abend. Aber besser Rakitsch als sonstwer. Den hätten sie nicht frei laufen lassen sollen. Rakitsch noch einmal? Nicht für einen Wald voll Affen. Mich ging er, Gott sei Dank, nichts an. Für mich war der Abend schön und bleibt ein schöner Abend. So jung! Zum Glück habe ich immer gewußt, woran ich war.

So wie diese Diemut hätte ich es nicht haben wollen, die immer etwas anderes war und doch gern wie die andern hätte sein wollen. Nein, ich war schon wie die andern und wollte nicht anders sein, alles war doch da und gut angewachsen, alles schön stramm wo es hingehörte und so, daß man die Richtungen nicht zu verwechseln brauchte. Ich war mit dem lieben Gott zufrieden, daß er mich gemacht hatte, wie ich war. Ich bin noch heute mit ihm zufrieden. So jung, sechzehn, alles neu und ganz gut, schön fest unten und oben drauf nur so wie Luft, fünfunddreißig Meter Tüll, da sollst du nicht davonfliegen. Und wenn mich einer fragte und wenn ich könnte, gleich würde ich alles nochmal machen. Und ich wäre mir recht, gerade wie ich gewesen bin, nicht mal eine Änderung würde ich verlangen. Jawohl: ich würde Neu-Spuhl auf der Stelle wieder mitmachen.

4

SOLDNER: DER VERLORENE SCHEIN

Als ich mich auf Neu-Spuhl einließ, hätte ich nicht zu sagen gewußt, was daraus werden solle. Auf irgend etwas mich einlassen mußte ich ja, und ich wollte mich auch auf etwas einlassen. Zwar Schuhe an meinen Füßen hatte ich noch, gut besohlt und sogar hart benagelt, das war aber ziemlich alles. Und der Mensch muß essen, wenn heute auch selbstverständlich scheint, daß er zu essen hat.

Als ich aus Neu-Spuhl abzog, trug ich auf dem Leib ein wenig bessere Sachen, aber zu packen brauchte ich nach wie vor nicht viel. Das erleichterte den Aufbruch, denn ich hatte es ja eilig. Abzug mit Schimpf und Schande, würde ich sagen, wenn das mit dem Schimpf nicht so lachhaft und das mit der Schande nicht so traurig wäre. Sonderbares Beginnen am Ende: der Gedanke, ich könnte Herse Andernoth bekommen. Aber ich dachte damals: warum nicht? Ich dachte: wozu ist sie da? Auch Herse Andernoth, dachte ich, ist nicht von Göttern, und für Gespenster allein ist sie doch auch nicht. Aber ich dachte falsch, und vielleicht wird das Ende wie immer und bei allen: der Glanz bleicher, kleine Nachlässigkeiten im Auftreten, erlahmendes Augenmerk für die Außenwelt, chirurgische Eingriffe, die Frage der Altersversorgung.

Ich war einmal etwas gewesen, bevor ich nach Neu-Spuhl kam und am Ende von Neu-Spuhl wieder nichts war. Ich hatte fast alles vergessen wie von einem Schlag auf den Kopf. Ich hatte mich selbst vergessen, alles, auch zum Beispiel Rosamund. Merkwürdiger Name, als gehörte er bloß ihr und hätte nie auch zu mir gehört. Sie ist für mich eine Figur gewesen mit ihrem seltsamen Namen. Rosamund, im Feuer umgekommen. Ich weiß nicht, ob ich zu ihr ins Feuer gegangen wäre oder für sie. Erst neuerdings, und seitdem ich das zweitemal nichts war, rede ich mit ihr manchmal in Gedanken. Ich nenne sie bei Namen und sage: Rosamund.

Aber damals in Neu-Spuhl kannte ich sie gar nicht mehr. Alles war klein; alles das Geringe nahm ich ganz ernst, ich wollte irgendein Ding klein und ernst anfangen. Und dann erhob ich

die Augen zu Herse Andernoth. Auf Befragen, ob ich für diese Herse durchs Feuer gehen wolle, hätte ich gesagt: ja, – obwohl man so alte Platten nicht spielen sollte. Aber sie wollte gar nicht, daß ich für sie ins Feuer ging. Nicht einmal einen Totschlag habe ich ihr abgenommen. Sie mußte es selber tun.
Ein einziges Mal habe ich seitdem Neu-Spuhl wiedergesehen, ich denke, es war ungefähr zwei Jahre nach jenem Aufbruch; mich überraschte selbst, wie es dazu kam. Ich war damals viel unterwegs mit dem Wagen, lange Strecken, und als ich auf Neu-Spuhl zufuhr, kam mir noch deutlicher als anderswo zu Bewußtsein, wie sich die Landschaft änderte, besser gesagt das Terrain. Lauter Häuser, kaum noch eine Luft dazwischen, Häuser wie ein Ausschlag, der um sich greift, alles inclusive Wohlstand, nichts als Vorgärtchen mit Zwergen drin, sichtbaren oder kaschierten Gartenzwergen, nichts als Fahrbahnen, Kanalisation und Gittermasten. Neu-Spuhl in unaufhaltsamer Ausbreitung. Dazu die wachsenden Schwierigkeiten, den Ausstoß des Komforts unterzubringen, die Riesenhalden von Flaschen und Dosenblech, unter denen die letzten Schafrasen und Bachklingen erstickten, die Abschäume und Färberjauchen in der stinkenden Flußrinne. Verdruß überfällt mich dabei, ohne daß ich ihm wehren kann, eine kranke, vernunftlose Trauer. Das sind die Augenblicke, in denen mich der Gedanke erleichtert – auch wenn ich den Zustand nicht erleben kann –: die Zeit kommt, in der all der Spuk wieder abgefegt und eingeschluckt ist. Dann bleibt auch von Neu-Spuhl weiter nichts als eine Bodenverfärbung.
Aber obwohl der Glanz bleich wird, ich möchte doch die Welt nicht aufgeben. Besser eine Welt wie Neu-Spuhl, und darin Herse Andernoth, als gar keine Welt.
Neu-Spuhl lag nicht in meinem Plan, und ich hätte schon gar nicht in Neu-Spuhl anzuhalten brauchen. Ich hätte die Stadt vermeiden können, denn es gibt ja die neue Umgehungsstraße. Ich sah Neu-Spuhl, es liegt flach, es besitzt keinen nennenswerten Umriß gegen den Himmel, der Neu-Spuhl dem Gedächtnis einprägen würde; keine alten Türme zum Beispiel oder sonst einen charaktervollen Krimskrams. Die Hauptkirche, die von den Herrnhutern erbaut worden ist, trägt nur einen Dachreiter, und den nur, damit man dort eine Glocke hineinhängen kann. Dafür allerhand an Schornsteinen,

Pansalva = Firma

dann der Wasserturm mit dem dicken Kopf. Der dicke Wasserturm ist die Kathedrale für das Stadtbild von Neu-Spuhl. Weder Engel noch goldene Hähne; lauter Firmenzeichen. Im Westen die Pansalva, die Neu-Spuhl einpudert.

Als die Neu-Spuhler die Pansalva hereinließen, die etliches an Steuern versprach, ahnte niemand, was die Folgen sein würden. Hätte man ein bißchen aufgepaßt, wäre es vielleicht möglich gewesen, das Werk nach der anderen Seite der Stadt zu legen. Es ist nicht gesagt, daß es nach Westen hinausliegen muß. Die große Ebene von Neu-Spuhl hat fast immer Westwind, und der Westwind trägt jeden Tag den Staub der Pansalva in die Stadt. Der Staub, für Neu-Spuhl so einträglich, hängt in der Luft und senkt sich nieder. Es ist ein rötlicher Staub, und er legt sich auf jedes Dach, jeden Vorsprung, jedes Gesims. Er überzieht jeden Baum in Neu-Spuhl, jeden kümmerlichen Strauch mit einem rötlichen Meltau; das Bett, das ausgelegt wird, die Spätzin im Nest werden filzig vom roten Staub. Man verließ sich zuerst auf den Regen, der Neu-Spuhl abschwemmen und wieder blank machen sollte, aber der Regen bewirkte etwas anderes. Er verwandelte das Zeug in haftende Schmiere, eine rotlila Räude, die von da an über Neu-Spuhl ausgebreitet lag. Man müßte es von Neu-Spuhl wie einen Rost herunterkratzen, wenn das möglich wäre.

Zu Neu-Spuhl gehörte, ich sah es auf älteren Ansichten, das Grau von Schieferdächern. Neu-Spuhl hat noch ein paar alte Straßen mit den nüchternen, sauberen Häusern seiner Herrnhuterzeit. Es hat noch Straßen vom ersten Wohlstand her mit den Häusern, die sich die Klöppler und Blecher zuerst bauen ließen, französische Dächer, hohe Mansardenfenster. Diese Häuser stehen zurück in großen, ein wenig düsteren Gärten, und damals lagen diese Straßen draußen vor der Stadt – stille Straßen. Jetzt wohnen dort die Klöppler und Blecher nicht mehr, es sitzen jetzt Heilpraktiker drin, Zahnärzte und Grundstücksagenten. Der rötliche Schimmel liegt auf allen den ehemals grauen Dächern, er liegt auf den Gärten, die früher grün, auf den Tannen, die einstmals schwarz waren, er fällt in weißen Blüten, wenn der Jasmin dort aufgeht, und er fällt von den Bäumen erst, wenn die Blätter mit ihm fallen.

Als ich den eisenroten Hauch wieder sah, den Puder über Neu-Spuhl und den dicken Wasserturm, spürte ich die Jahre, die ich in Neu-Spuhl verbracht hatte. Die ich mir ausgerissen habe so gründlich, daß ich mir manchmal vorsagen muß: du bist in Neu-Spuhl gewesen. Ich wäre außen herum gefahren; als ich aber an die Gabelung kam, standen da die zwei Schilder, die »Umfahrt« hießen und »Stadtmitte«. Sehr schnell und ohne daß ich damit rechnete, hatte ich nach der »Stadtmitte« abgebogen. Es war eben zwölf. Plötzlich fiel mir ein, ich könnte zu den Barfüßern hinfahren. Ich könnte dort zusehen, wie die Schule aus war.

Man hieß das Gymnasium von Neu-Spuhl »Zu den Barfüßern«. Der Bau war das einzige alte Stück in Neu-Spuhl, vormals ein Klösterchen und der letzte sichtbare Rest des alten Spuhl, das bis auf den Namen abgegangen ist. Es schlug Mittag, es hatte ein wenig geregnet. Der alte Kasten lag da über dem Platz unter seinem rotbraunen Dach, und der Platz glänzte, die Bäume spiegelten sich in den Pfützen. Ich hielt an der Straße und brauchte mich nicht sehr in acht zu nehmen, denn in einen parkenden Wagen blickt man gewöhnlich nicht hinein. Es waren auch nicht mehr viele, die mich kennen konnten. Die Türen platzten jetzt auf, und zuerst knallte das junge Volk heraus, das noch einen Drang hat und sich nicht kennt vor Geschrei und bei dem man keinen Augenblick weiß, was es im nächsten tun wird, und das kollerte und füllte den Hof; eine Masse, was da zu den Türen herausquoll. Erst allmählich ließ der Drang nach, und die oberen Jahrgänge kamen langsamer und drückten breitspurig durchs Gewühl. Jetzt fing ich an, einen und dann einen um den anderen zu erkennen. Ich erkannte die jungen Herren, die einst meine Klasse gebildet hatten.

Sie kamen als die letzten und blieben unter dem Vordach ein paar Augenblicke stehen und hatten sich noch etwas zu erzählen, und dann prüften sie die Luft und spähten, ob es noch regne. Und da es eben wieder zu regnen anfing, so spannten sie ihre Schirme auf und gingen über den nassen Hof heran und davon, einer hierhin und einer dorthin und ein paar in Gruppen, und sie gaben auf den Boden gut acht, damit sie sich ihre Schuhe nicht schmutzig machten. Ich dachte daran, daß ein Regenschirm ein vernünftiger und sehr zweckmäßiger Gegenstand ist, und ich dachte an mich selber und meine Jahrgänge, was wir doch damals im Kopf gehabt haben mochten, daß es uns so darauf ankam, partout die Stiefel dreckig zu machen, und daß wir uns lieber mit Knüppeln hätten totschlagen lassen, als einen Regenschirm über uns aufgespannt. Das mit Herse Andernoth war so etwas ohne Regenschirm. Aber ich fahre jetzt einen Wagen und habe gleichfalls einen Schirm im Fond liegen, ein praktisches, unauffälliges Ding, wenn ich es auch kaum benütze. Es ist schwer, aus der Gewohnheit zu kommen.

Ein paar von den jungen Leuten konnte ich gerade ins Gesicht sehen, wie sie gegen mich kamen. Ich sah sie unter ihren Schirmen, und wie ihre Hosen vom neuesten Schnitt und ihre Mäntel bequem und kurz und weit ausgeschnitten waren, und sie gingen da spitz und plattfüßig und hatten den gleichen Blick bekommen, der mir schon einstens an jungen Leuten von Neu-Spuhl aufgefallen war, sobald sie erwachsener wurden, einen merkwürdig harten und ganz leeren Blick, der an ausgeräumte Schaufenster erinnerte. Ich fragte mich: Möchtest du einen ansprechen? Hast du einem etwas zu sagen oder er dir?

Ich erinnerte mich an meine ersten Tage in Neu-Spuhl, als ich bei den Barfüßern die Klasse bekam, diese Klasse, die sich den Igel nannte. Denn sie waren widerborstig, und keiner ließ etwas auf den andern kommen. Was waren das graue Morgen damals, grau und naß; es konnte nur ein mündlicher Unterricht stattfinden, weil Strom mangelte. Warm wenigstens war es, und in der Wärme und in dem leeren Dämmern saßen sie da und dunsteten ihren gebrochenen Schlaf aus und dösten und waren willig und wollten, wenn sie auch nicht immer wollen konnten. Immer wollen so wie die Lehrpläne es vorschreiben, das kann kein Mensch. Sie waren noch müde, die kleinen Burschen, und ich sah die vielen, die geflickt und gestopft herumsaßen, und einigen sah man an, daß es mit ihrem Frühstück nicht weit hergewesen war. Die Klöppler und Blecher hungerten nicht, aber sie fielen nicht auf, man sah sie nicht so unter den andern, auch hatte ich damals noch wenig Ahnung von Neu-Spuhl. Und ich war ebenso müde, ich war so verdammt müde wie es für ein Mannsbild unschicklich ist, aber woher sollte der Übermut kommen. Es war eine Sauzeit; eine schöne Zeit war das damals. Es gab gewisse Morgen, ich weiß nicht woran es lag, an manchen Morgen rochen sie alle so schlecht, sie rochen aus den Mündern oder durch die Haut, und die Seife taugte ja nicht viel damals oder man mußte sie sparen. Sie ließen sich gehen und hatten nicht viel Komment oder gar keinen; aber doch hatten sie damals Augen. Wenn ich sie anguckte, und einer wandte plötzlich seinen Blick auf mich, dachte ich: Nein, morgen doch nicht. Dieses Jahr tust du es weiter.

Ich kam sogleich wieder auf die Namen. Und wie sie spitz und plattfüßig unter ihren Schirmen sich näherten, konnte ich sagen: das ist Rettich, und das Gole Groepsch; das ist Drautzmann. Als ich Drautzmann sah, fiel mir die Sache mit dem verlorenen Schein ein.

Damals war der Wohlstand noch nicht ausgebrochen, aber das neue Geld soeben eingetroffen, und die ersten Wochen war das neue Geld noch knapp. Das erste Mal mußte das Schulgeld mitgebracht werden in den neuen Scheinen. Plötzlich meldet sich bei mir hochrot der kleine Niehl, Korfiz Niehl mit dem komischen Vornamen: »Herr Soldner«, sagt er, »mein Geld ist fort«, und er glänzt unter seinem kupfernen Pelzchen und hat dicke Augen.

»Das kann nicht sein«, sagte ich, denn ich war schon eingebildet auf meine Klasse, und die Klasse nannte sich ja den Igel, »wir haben doch keinen Dieb unter uns.« Aber nachdem alles gewendet und viel gerückt und mit den Möbeln gerutscht worden ist, hilft kein guter Glaube mehr: wir haben doch einen Dieb. Draußen die Schaufenster: voll mit einem Schlag, lauter Sachen, die uns Erwachsene nicht mehr verrückt machen, wenn sie auch angenehm zu kaufen sind. Aber Kinder müssen sie verrückt machen. Ich denke nach, wie ich dem Dieb den Rückzug erleichtern kann.

»Es ist mir klar«, sage ich, »wie die Sache zugegangen sein muß. Der Wind hat den Schein von der Bank geweht, und einer hat den Schein liegen sehen. In der Meinung, es sei sein eigener Schein, hat er ihn heraufgeholt und mit dem Schein bezahlt. Derweilen liegt aber sein eigenes Geld noch in einem Buch oder in seiner Mappe. Und jetzt seht einmal nach.«

Ich stelle mich an das Fenster und blicke hinaus, aber meine Weisheit bringt den Dieb nicht zur Einsicht. Niemand kommt, noch kriege ich selbst oder kriegt der kleine Niehl, wie ich empfehle, den Schein mit der Post. Der Igel war also doch nicht so ganz der Igel, wie ich es gern gehabt hätte. Wer eine

Kompanie führt oder Kinder aufzieht, wird enttäuscht. Nur in der pädagogischen Literatur haut immer alles hin. Dort glänzt man treu wie Gold und hält wie Pech und Schwefel zusammen.

Indessen, die Kerlchen sind ja noch klein, und nach ein paar Tagen kommt Wildermuth zu mir als Sprecher und sagt: »Herr Soldner, wir wissen jetzt Bescheid. Ich weiß nur nicht, ob es richtig ist, wenn ich anzeige.« – »Meistens nicht«, sage ich, »aber wenn wir einen Dieb haben, und er nimmt unser Angebot nicht an, ist der Dieb die Pest im Hause. Dann muß ausgeräumt werden.« – Wildermuth sagt: »Specht und der Stichling, Drautzmann und das Schnabeltier sind in der letzten Zeit dicke Freunde gewesen. Auf einmal haben sie Streit, und Gacks und ich selbst haben Specht maulen hören: Euch ins Café einladen und dann das Kino zahlen, dafür bin ich recht gewesen. Aber zum Geburtstag darf ich nicht kommen, da bin ich nicht gut genug. – Der Specht hat kein Geld von zu Hause, Herr Soldner. Wenn er sie alle freigehalten hat, muß es von den zwanzig Mark gewesen sein.«

Specht war nicht sehr beliebt in der Klasse, ohne daß es dafür einen besonderen Grund gab. Die Eltern lebten nicht zusammen, die Mutter ging ins Geschäft, niemand paßte viel auf Specht auf. Specht wollte wohl auch gerne einmal beliebt sein. Ich ließ ihn kommen und sagte ihm gleich auf den Kopf zu, ich wollte mit ihm beraten, wie wir die Geldsache in Ordnung brächten. Kein Kunststück; der kleine Specht konnte sich auch nicht wehren. Der Schein hatte tatsächlich unter seinem Platz gelegen, aber Specht hatte bloß den Fuß draufgesetzt und abgewartet. Gleich auf dem Heimweg, vor einem Schaufenster mit süßen Sachen, sagte er zu seinen drei Genossen: »Bleibt mal stehen, ich hole euch was.« Und so ging das ein paar Tage, Specht sah sich plötzlich im Glanz, zahlte das Kino und holte auf Verlangen süße Sachen. Ich sagte: »Hat denn keiner gefragt, wo du so viel Geld her hast?« – »Ich sagte, ich hätte es von meiner Mutter.« – Bald hatte Drautzmann Geburtstag, und Specht merkte, daß es eine Feier geben sollte. Ihn aber luden sie nicht ein.

Also ließ ich mir die drei Nutznießer auch kommen, und zwei schämten sich stark. Bloß Drautzmann machte ein dreistes Gesicht und ließ merken, er könne an dieser Sache nichts finden. – »Du mußt dir doch was gedacht haben«, sagte ich zu Drautzmann. Wollte ich sagen, daß Drautzmann damals ein Kind war, käme etwas Falsches heraus, aber er war es dem Alter nach. Er hatte den Neu-Spuhler Blick, nicht ins Gesicht, sondern einen leeren, impertinenten Blick auf den Hemdkragen, als wäre dort was Unrechtes. »Da brauche ich doch nichts zu denken«, sagte er, »das geht den an, der das Geld ausgibt.« »Ach so«, sagte ich, »an den, der bestohlen ist, denkst du nicht, der ist dir ganz egal.« – Drautzmann zuckte die Achseln. Ich bin überzeugt, daß er mich nicht einmal verstand, er sah gar nicht ein, wie man aus der Sache so viel machen konnte. – Wie er jetzt, auf dem Barfüßerplatz, daherkam in seinen Hosen und unter seinem Regenschirm, ging da ganz Neu-Spuhl, gebügelt und nicht zu schlagen.

Ich hatte auch nicht sehr viel, aber ich hätte die zwanzig Mark aus der Tasche ziehen können. Doch wollte ich ja damals Einfluß ausüben und die Täter erziehen. Das Schnabeltier und der Stichling gingen sogleich auf mich ein, sie wollten sparen oder was verdienen. Nur Drautzmann meinte weiter, damit habe er nichts zu tun. Specht habe das Geld genommen, er müsse es auch aufbringen.

Das alles sah ich wieder vor mir, wie die jungen Herren auf mich zugingen, dort auf dem Barfüßerplatz, und an mir vorbeischlenderten, spitz und plattfüßig und schonungsvoll um die Pfützen herum, man behält ja so kleine dumme Vorgänge. Die großen Vorgänge vergißt man oft schnell. Bald kamen damals ein paar an in der Klasse, vor allem Mädchen. Sie sagten, sie hätten gesammelt, damit sich die Sache nicht lang hinziehe. Sonst müsse man noch am Ende der Mutter von Specht sagen, ihr Sohn habe Geld genommen.

»Ihr habt doch aber selbst nicht so sehr viel«, sagte ich.

»So wichtig ist das nicht«, sagte Diemut Andernoth, »man sollte es nur der Frau Specht nicht zu sagen brauchen.«

Darüber aber erscheint wieder Korfiz, wieder rot und mit dicken Augen unter seinem Vordach. Ich soll bekanntgeben, daß er auf das Geld verzichte; alles sei erledigt. »Warum denn das?« frage ich, und er sagt: »Ach nichts, eben so. Es soll nichts mehr geben.« Bald aber kommt es heraus: Drautzmann macht öffentliche Meinung. So eine Armutei, verbreitet Drautzmann, die nicht zwanzig Mark verkraften könne. So was hebe man

von seinem Konto ab, anstatt die Leute durcheinanderzubringen. Bald finden einige, daß sich der kleine Niehl doch unanständig verhält.
Nur der Stichling und das Schnabeltier kommen und liefern ihren Anteil ab. Drautzmann erwarte ich vergeblich.
Ich muß Drautzmann befragen, und Drautzmann tut erstaunt und erklärt, er halte das Ding für erledigt. »Wieso erledigt«, frage ich, »hast du vielleicht etwas abgeliefert?« – »Es ist doch gesammelt worden in der Klasse«, sagt Drautzmann. »Und was der Stichling und das Schnabeltier abgegeben haben, zusammen mit dem, was die Klasse zusammengebracht hat, das muß doch reichen.« – Und er sah mir wie immer leer und impertinent auf den Hemdkragen. »So«, sagte ich, »du meinst also, die andern sollen es für dich machen.« – »Ich habe kein Geld«, sagte Drautzmann. Und ich: »Du machst mir doch nicht weis, daß du kein Taschengeld bekommst« – und Drautzmann: »Ich spare auf einen Plattenspieler.« Endlich kann ich bloß noch sagen: »Schämst du dich nicht?« und er sagt mit seinem Spuhler Blick: »Das kann ich nicht einsehen, Herr Soldner. Es ist ein teurer Plattenspieler, erste Marke. Der Plattenspieler kostet mich viel Geld.«
Ja, der junge Drautzmann, das war wohl Neu-Spuhl. Deshalb hat es Drautzmann auch gegen mich gewonnen. Ich nehme es nicht übel; jeder wie er will und kann. Auch die Drautzmanns sind arme Säcke. Sie waren schon damals arme Säcke: keiner sagte ihnen was. Worüber sollten sie reden, wofür sich ereifern als für die kommende Hosenweite und die letzte Schallplatte. Sie hatten ja nichts zu leben und künftig auch nichts zu sterben als das Geld. Ums Geld leben und vom Geld weg sterben. Die Institutionen gaben ihnen nichts. Sie versuchten sie bloß auszubilden. Aber bilden woher und wozu? Niemand kam dahinter. In den Pausen saßen sie da, schlugen Takt und wackelten mit dem Kopf, damit sie schnell vergaßen, was man ihnen vorsetzte. Dasitzen, mit dem Gesäß jucken und mit dem Kopf wackeln unter dumpfem Getrommel, das nannten sie musikalische Trockenübungen.
Die Behörden versuchten sie zu bilden auf die Weise, die auf die Herren von Humboldt zurückging. Aber dann kam die Lebensnähe, und jetzt wurde es Lebensnähe plus Humboldt.

Die Öffentlichkeit verlangte, daß man die jungen Leute fürs Leben abrichte. Aber was war das Leben? Lebensnähe war ungefähr so: Ein Herr, eine Kapazität in Dachpappe oder Kunststoffsohlen, bekam einen Praktikanten. Der Praktikant kam von einer Schule, er hatte Sallust gelesen und einige ausgewählte Stücke des Nicolaus Cusanus studiert. Er war bereit, die Herstellung von Kunststoffsohlen zu erlernen; jedoch die Kapazität war enttäuscht, daß ihr die Schule nicht vorarbeite. Laut rief die Kapazität: Lebensnähe! – Warum auch nicht? Wer Dachpappe oder sonst Kunststoff herstellt, für den ist sein Produkt der Nabel der Welt. Die Kapazität kannte jemand anders, der etwas zu sagen hatte, und die Institutionen verbeugten sich. Man fing an, industrielle Großverfahren zu lehren. Aber was alles noch? Jeder kannte einen anderen Nabel. Es wurden viele Näbel, und die Lehrpläne schwollen auf. Alles Lebensnähe, und was war das für ein Leben? Das, wobei verdient wird. Überall Neu-Spuhl im Vordringen. Neu-Spuhl trug bei, und wer aber schon etwas drinhatte, der verteidigte sein Fach erbittert. Jeder will wichtig sein. Immer mehr Dinge also, ohne die ein junger Mensch nicht sollte auskommen können: Kafka und Aldehyde, Hypophyse und zweite Lautverschiebung. Wie hätte es anders kommen sollen? Weiß ich, wohin ich will, weiß ich auch, was ich brauche und was Ballast ist. Da es aber niemand wußte, so setzten sich die Verwalter der Wissensgebiete um einen Tisch und handelten aus: Laß mir du was, damit ich wichtig bleibe, so sollst du deine Planstellen auch kriegen. An den Jungen ging es dann hinaus, die kriegten das alles zu schlucken. Vor Gebrauch zu schütteln, und nach Möglichkeit auch noch nachher.

Dabei waren die Burschen im Grunde gutwillig, sie spielten lange mit. Sie spielten vielleicht noch damals mit. Aber wenn man von ihnen abließ, machten sie das einzige, was sie tun konnten: mit dem Gesäß jucken und mit den Köpfen wackeln. Das ist ganz leicht erklärlich. An solchen Antworten sind die Erwachsenen selber schuld. Ich selbst aber, der ich dieser Herr Soldner gewesen bin, was hatte ich ihnen zu geben? Kein Grund zur Hoffart. – Bei uns –, konnte ich sagen, oder: in meinen Jahrgängen. Aber ein wenig später habe ich über meine Jahrgänge nachgedacht. Was waren das eigentlich für Leute? Nun die einen, die hatten *um den Hals ein gülden Band, daran die*

Laute hangen. Sehr gefährlich. Die anderen wußten, wo eine Kiste Handgranaten vergraben lag oder ein Flugzeugmotor. Fast so gefährlich. Am gefährlichsten beides zusammen. Diese hier aber spannten den Regenschirm auf, sie trugen ihr Schaumgummikissen mit, wenn sie das Klassenzimmer wechselten. Warum nicht? Der Regenschirm wie das Kissen aus Schaumgummi, beide schonen die Hosen. Ist das vielleicht nichts? Unsere Belustigungen haben nicht einmal die Hosen geschont. Darum sagte ich mir später: Laß mal deine Jahrgänge. Immer wenn einer anfängt, von seinen Jahrgängen zu reden, wird's trottelhaft. Ich wollte sie beieinanderhalten. Sie sollten aus *einem* Topf essen lernen und Unbequemlichkeiten ertragen. Aber zu welchem Behuf sollten sie aus einem Topf essen, und für wen oder was die Unbequemlichkeiten ertragen? Sie verstanden das besser als ich.

Aber es gab in Neu-Spuhl nicht nur die Drautzmanns. Es gab etliche Paar guter Augen in Neu-Spuhl. Die Augen waren gar nicht so wenige, und für die paar Augen lohnte es sich. Keine ertragreiche Zeit; dann ein blamabler Ausgang. Aber sie reut mich trotzdem nicht. Ich hatte die Zeit ausgerissen, aber damals, als ich am Straßenrand hielt und den Burschen zusah, merkte ich: sie hat mich nie gereut.

Wie bin ich eigentlich damals bei den Barfüßern eingestiegen? Nicht einmal ich selber weiß genau, wie es zugegangen ist. Der alte Direktor fragte: »Können Sie denn das Englische wirklich übernehmen, sind Sie vorgebildet?« – Natürlich war ich in der Gefangenschaft großartig vorgebildet worden. Vielleicht hätte ich das deutlicher sagen sollen, aber ich sagte es nicht. Ich sagte bloß: »Papiere, Herr Direktor, sind allerdings nicht zu beschaffen. Das ist aussichtslos.« – »Auf die Papiere«, sagte der alte Herr zögernd, »kommt es zunächst auch nicht an.« – Und da hatte er es selbst gesagt. Weshalb sollte ich mich nicht einrichten? Er fuhr fort: »Ja, und geht es denn auch mit Deutsch?« Deutsch ist schwieriger, aber weil es schwieriger war, sagte ich forsch: »Jawohl, Herr Direktor«, und mußte meinen Stil sogleich verbessern und sagen: »Aber natürlich, ja.« – Was ich mir damals eigentlich gedacht und mir vorgenommen habe? Sicherlich keinen langen Aufenthalt in Neu-Spuhl. Ein Mensch ohne Ort, der irgendwo irgend etwas probierte. Heute stehe auch ich im Geschäft und stelle mich nicht

schlecht. Vom Geschäft aus gesehen, war der Aufenthalt in Neu-Spuhl unrentabel.
Natürlich war eine gewisse Neugier dabei, je länger ich mich in Neu-Spuhl hielt: wie es nun weitergehe. Aber auch das mit der Neugier stimmt nur bis zu einem gewissen Punkt. Von einer gewissen Zeit an bin ich nur wegen Herse Andernoth in Neu-Spuhl geblieben. Neu-Spuhl, das war für mich überhaupt bloß Herse Andernoth.

5

DAS LAHME MÄDCHEN: EINEN MOND VOR DEM FENSTER, AUF DEM PFLASTER BLUT

Herse Andernoth erzählte aus ihren ersten Tagen in Neu-Spuhl, wie sie mit Diemut in die Stadt ging. Es war noch wie nach den Bomben, Neu-Spuhl noch nackt; Glas, Marmor und Messing hatten noch nicht angefangen. Die Mauern noch schwarz von den Bränden, hat mir Herse Andernoth erzählt, und das Unkraut hoch auf den Ziegelhaufen, wo Häuser eingestürzt waren; und die Pfützen glänzten, und die Ratten raschelten in den Kellern, und in den Speichern, denke ich mir, in den dunklen Speichern war der Reichtum schon bis zur Decke gestiegen. Unsere Läger, sagten die Geschäftsleute, sind zum Platzen voll. Wir warten, sagten sie, und es kann losgehen. Aber das alles sah man noch nicht, denke ich mir, alles war noch verborgen.
Der Abend, von dem Herse Andernoth mir erzählte, muß feucht und düster gewesen sein. Der Augenblick war es, scheint mir, bevor die Stadtlichter angingen; Herbst und kein Mond, kein Baum, und die schlechten, von Sprüngen zerrissenen Gehsteige; und erst ein paar Schaufenster trüb erhellt mit was Elendem drin, Margarine und Schnürsenkeln, und die Leute auf den Gehsteigen drängten sich. Diemut war damals ein Kind, und sie ging da mit ihrer Mutter. Sie gehörten nicht her, nichts gehörte ihnen, an solchen Abenden muß man sich gefürchtet haben, denke ich. Ich hätte mich gefürchtet, wenn ich damals Diemut gewesen wäre. Ich weiß nicht, vielleicht fürchtete sich Frau Andernoth auch. Aus einer Quergasse gab ein Auto Zeichen, kurze, sehr laute und schnelle Zeichen, solche Zeichen, denen man gleich anhört, daß etwas nicht in Ordnung ist. Dann schoß das Auto aus der Quergasse. Es fuhr sehr schnell, ohne Rücksicht und so, daß die Menschen sofort stehen blieben, und daß sich die Menge teilte, die über die Mündung der Gasse strömte, und daß, wer den Fuß schon auf die Fahrbahn gesetzt hatte, ihn eilig zurückzog, und die Frauen einander festhielten, und zwischen den Menschen allen wand sich das Auto so schnell durch, als schäme es sich und

wolle nicht näher gesehen werden. Sehr schnell mit seinen kurzen Rufen fuhr es davon. Es war ein großer schwarzer Wagen, und die Leute, die der Wagen fast streifte, stießen ein Stöhnen aus. Der Wagen verlor Blut. Man konnte nicht sehen, was in dem Wagen war, die Vorhänge waren heruntergezogen, nur den Mann vorne sah man, der den Wagen fuhr, einen Mann mit einer Schirmmütze; aber aus den Ritzen des Schlags quoll Blut und lief aufs Pflaster hinunter. Herse Andernoth sagte mir, es sei schrecklich gewesen und so, als hätte man da drin einen Eimer umgeworfen, und wo der Wagen gefahren war, blieb auf dem Pflaster ein Streif rechts und ein Streif links. Ich habe nie Blut fließen sehen, aber ich sah es damals ganz deutlich vor mir in der Nacht, nachdem Herse Andernoth mir davon erzählt hatte. Warum sollte ich in der Nacht nicht darüber nachdenken, zum Schlafen habe ich ja Zeit genug. Blut, denke ich mir, wenn es in die Erde fließt und die Erde schluckt es, ist nicht so schlimm, das hat etwas Erträgliches. Aber Blut aufs Pflaster geschüttet – es schmiert, und die Wagen fahren darüber, es ist nur noch Schmutz. »Und die Leute«, sagte mir Herse Andernoth, »hoben erst noch die Füße oder machten einen Bogen und wollten nicht hintreten, wo das Auto gefahren war, aber sie mußten ja weiter, und die Menge schob sich und andere kamen nach, die von nichts wußten und nichts gesehen hatten, und die Wagen schoben sich auch weiter und löschten die Blutspur aus.« Und sie hatte, erzählte mir Herse Andernoth, sofort auf Diemut geblickt, ob sie schon aufmerksam geworden war, aber Diemut sah gleich alles. Als das Auto vorbei war, hatte sie ihr Gesicht weiß heraufgehoben, den Mund aufgerissen zu einer Frage, was das sei. Aber sie fragte dann nicht, sie sprach überhaupt nichts und wimmerte nur einen Augenblick, sagte mir Herse Andernoth, an ihrer Hand, vielleicht weil sie gleich am Gesicht ihrer Mutter gesehen hatte, daß die Mutter nicht sprechen mochte, oder daß etwas vorgehe, was nicht für sie sei, und so fragte sie nicht. Weil ich ihr Gesicht kenne, so weiß ich, daß im Halbfinstern damals etwas Finsteres in ihr Kindergesicht gekommen ist, eine Angst und Auflehnung, eine Frage, warum sie in diese Stadt gekommen sei.

Ich glaube, man sah es Diemut Andernoth an, daß sie auf dem Land aufgewachsen war. Sie hatten auf dem Lande gewohnt, weil sie auf dem Land wohnen wollten, und der Ort, aus dem sie fortmußten, scheint klein und unbedeutend gewesen zu sein. Es sagt natürlich nichts, wenn ich nie etwas von diesem Ort gehört habe, aber niemand, mit dem ich spreche, hat den Namen einmal gehört. Ich mag auch nicht auf einer Karte danach suchen, mir ist der Ort recht so. Sie sprachen beide, Diemut und ihre Mutter, nicht viel von dort, woher sie kamen. Aber Diemut sagte, daß sie dort einen Mond vor dem Fenster hatten, und um die Zeit, wenn das Getreide blühte, so roch der Geruch der Felder zu ihnen herein. Das ist im Grunde alles, was ich von dem Ort weiß, an dem Diemut klein gewesen ist. Ich denke oft daran, wie das Diemut sagte, daß sie einen Mond vor dem Fenster hatten. Der Mond stand dort, und es war ihr Mond. »Denke dir«, sagte mir Diemut einmal, »was mir in Neu-Spuhl plötzlich einfiel, als wir eine Weile da waren: Neu-Spuhl hatte keinen Mond. Früher hatte ich immer gewußt, jede Nacht, was für einen Mond wir hatten. Jetzt sah ich überhaupt keinen mehr. Ich war sehr traurig, als ich in meinem Bett lag und das merkte. Ich hätte am liebsten geweint. Aber weinen ist nicht einfach.« Dort, wo sie einen Mond vor dem Fenster hatten, gehörte auch Diemuts Vater hin. Diemuts Vater war im Krieg geblieben; das hieß gemeinhin: gefallen. Ich habe gleich zu Anfang bemerkt, daß Diemut diese Wendung nie stehen ließ. Immer verbesserte sie: »Mein Vater ist nicht tot. Wir haben nur keine Nachricht von ihm.« So kehrte es bei ihr wieder, als sie noch ein Kind war; später widersprach sie nicht sofort, nur wenn es ihr darauf ankam. Sie kann an diesen Vater nicht allzu viele Erinnerungen gehabt haben, offenbar aber wirkten solche Erinnerungen in ihr stark. Eine kenne ich.

Die Zeit konnte Diemut nicht nennen; sie meinte, es werde kurz vor dem Krieg oder schon im Kriege gewesen sein, solange ihr Vater auf Urlaub war. Mit ihm war sie unterwegs auf einem Spaziergang nach dem Schlößchen Nonn. Diemut sprach von den weiten, noch grünen Kornfeldern, durch die sie gingen und über die sie damals noch nicht wegzublicken vermochte; und es roch nach der Kornblüte, sagte Diemut, und ich weiß, es roch auch nach den spätblühenden Robinien, die dort in den Gräben stehen; ich weiß das, denn ich bin als Kind einmal zu der gleichen Jahreszeit in Nonn gewesen. Erst als sie schon ganz dicht heran waren, konnte sie über den Halmen das feste Haus auftauchen sehen. Alles lag wie ausgestorben, sagte Diemut, die Leute wohl alle in den Feldern. Als sie sich der Einfahrt näherten, kam ein großer, gefleckter Hund heraus, ihnen entgegen. Der Hund muß größer gewesen sein als Diemut damals, und er schien böse. Es war niemand da, den man gegen den Hund rufen konnte, und sie fürchtete sich vor dem Hund. Aber der Vater, sagte Diemut, blieb nicht stehen, er zögerte nicht einmal, sondern behielt sie an seiner Hand und ging mit ihr geradewegs auf den großen Hund zu. Und als der Hund sich stellte und die schwarzen Lefzen von seinen Zähnen zog, hörte Diemut den Vater, wie er mit halber Stimme den Hund anredete, und da löste der Hund sich und kam näher, indem er den Kopf senkte. Andernoth faßte den Hund am Kopf, er faßte ihn sogar von unten her hinter den Vorderzähnen ins Maul, und der Hund ließ ihm den Kopf. Andernoth zeigte dem Kind den Hund, daß er ihm nichts tue, und sie gingen zusammen in den Hof.

Ganz gleich, ob vielleicht Andernoth den Hund kannte und der Hund ihn wiederkannte; der Vorfall prägte sich Diemut natürlich ein. Er wiederholte sich ihr im Traum in mancherlei Wendungen, und einen solchen Traum erzählte sie mir einmal — »das ist doch ein sonderbarer Traum, nicht wahr« — noch als Kind; ich denke, ein oder zwei Jahre später hätte sie ihn mir nicht mehr erzählt. Sie mußte wieder auf das Schlößchen Nonn zugehen, aber diesmal war sie allein, und der Vater schien sich schon im Haus zu befinden; an einem der Fenster glaubte sie ihn zu erkennen, und daß er ein Zeichen gab. Und sie ging weiter, obwohl wieder der Hund gegen sie kam, und nahm sich vor, ruhig gegen den Hund weiterzugehen, und der Hund ließ sie vorbei. Aber er folgte ihr dicht auf den Fersen, so daß sie sich immer mehr zu fürchten anfing. Sie setzte ihren Weg fort und betrat das Schlößchen und stieg die Treppe hinauf in das Sälchen, wo gewirtschaftet wurde, und nun war ihr, als käme auch von der andern Seite jemand auf das Sälchen zu, und dies müsse der Vater sein. Wie sie aber näher zusah, war es nicht ihr Vater, sondern Soldner trat heraus. Und sie geriet in Verlegenheit darüber, daß sie ihn mit ihrem Vater verwechselt hatte; zugleich wuchs

auch ihre Angst. Sie hörte den Hund, der hinter ihr ging, schrecklich knurren. Davon erwachte sie.
Wirklich ist Diemut in jener Zeit von einem Hund gebissen worden. Vor dem Traum oder nachher, dessen erinnere ich mich nicht. Aber sie hatte Angst vor Hunden.
An jenem Abend in der Stadt, sagte Herse Andernoth, sei ihr sehr schwach gewesen. Und sie habe sich zugeredet, daß es ja in jeder Stadt Unfälle gibt, täglich Unfälle, täglich Krankheiten, täglich Verbluten in jeder Stadt, aber sie habe an jenem Abend nicht gewußt, wie mit Neu-Spuhl fertig werden. Sie erzählte mir das erst spät. Sie sagte, sie sei nicht abergläubisch und habe sich gewehrt gegen Zeichen. Aber sie sei selten einmal durch Neu-Spuhl gegangen, ohne auf dem Pflaster die Blutspur wiederzusehen, auch später, als längst der Wohlstand gekommen, und als der Ruß verbleicht und die Häuser frisch getüncht waren, und überall Glanz und Messing und Marmor und alle die Nettigkeit, und als jenes Pflaster längst beseitigt und erneuert und es nicht mehr das gleiche Pflaster war. »Um es genau zu sagen«, setzte Herse Andernoth dazu, »war es auch noch der Abend, an dem ich mich wieder von dieser Frau Rakitsch trennen mußte. Und ich hatte dabei gesehen, wie schwer es für mich werden mußte in Neu-Spuhl. Damals merkte ich, wer wir geblieben waren: niemand, und was man uns würde bieten können: alles, und was wir zu erwarten hatten: nichts.«
Ich selbst bin erst eine Weile nach unserer Bekanntschaft darauf gekommen, daß die Andernoths nicht viel zu leben gehabt haben müssen. Frau Andernoth merkte man das nicht an. Sie redete nicht wie die anderen Leute in Neu-Spuhl davon, was die Sachen kosteten. Später las sie Korrekturen für einen Verlag, wissenschaftliche Korrekturen; sie gab auch Sprachunterricht an einer privaten Handelsschule, die Abendkurse veranstaltete; so verdiente sie offenbar ihr Geld.
Ich hörte einmal ein Gespräch an bei uns im Nebenzimmer, als Besuch drin war. Der Besuch sagte: »Warum schindet sich diese Frau Andernoth so? Soll sie doch erst einmal den Mann für tot erklären lassen, so hat sie mindestens ihre Rente.« – »Das will sie eben nicht«, sagte meine Tante zu dem Besuch. »Vielleicht ist es Aberglaube.« Und die erste Stimme sagte wieder: »Was ist denn dabei? Das ist doch eine Formsache.

Wer wird dem Staat was schenken?« Das hörte ich mir an und dachte nach über die Lage dieser Frau Andernoth, die dem Staat was schenkte. Ich glaube, es gab für sie keinen Unterschied zwischen Formsachen und anderen Sachen. Bei ihr hatte alles seine Form, und die Form war die Sache.
Und damals also, an ihrem Beginn in Neu-Spuhl, als sie nach einer Beschäftigung suchen mußte, war sie an Frau Rakitsch geraten. Das hatte etwas Komisches, denn auf ein Inserat hatte sie sich gemeldet und war zur Vorstellung aufgefordert worden im Hause, in dem sie wohnte, zwei Treppen tiefer, an einer Tür, an der sie täglich vorbeiging. Erst hatte sie gezaudert, ob sie da hingehen solle, aber schließlich lag es doch günstig, falls aus der Beschäftigung etwas wurde. Frau Rakitsch selbst, die da unten ihre Geschäftsräume hatte, diese Rakitsch kannte sie bisher nur vom Sehen. Ich kenne sie natürlich nicht, aber nach der Erzählung Herse Andernoths sehe ich sie vor mir.
Ich erfuhr von dieser Beziehung, bevor das Unheil mit Rakitsch, dem Sohn, eintrat, sonst hätte Frau Andernoth sicher geschwiegen. Wir kamen von einer anderen Seite her drauf und ganz durch Zufall, ich glaube sogar, es geschah über das Wort »katholisch«. Herse Andernoth erzählte also, wie sie zögerte und dann schließlich doch in das Erdgeschoß hinunterstieg und der Chauffeur ihr aufmachte und dann Frau Rakitsch auftrat – »auftrat«, sagte Herse Andernoth; nicht grade schlank, sagte sie, aber wunderbar hergerichtet in einer unauffälligen und ganz teuren Bluse, unauffällig also und in Bluse und Rock und trotzdem die ganze Person etwas äußerst Auffälliges mit einem apfelrunden Kinn und Augen wie Gagatknöpfen und ein paar in die Stirn geklebten Ringellocken.
»Ich freue mich, daß Sie kommen«, sagte die Rakitsch zu ihr und sah sie gerade an, aber nur durch die Augenschlitze. »Ich freue mich, weil ich sehe, daß Sie eine Dame sind. Aber es wird Ihnen bei mir gefallen, wenn Sie bleiben.«
Und die Rakitsch erklärte ihr, was sie geschäftlich zu tun habe, leichte Büroarbeit, wie sie jeder erledigen kann, und zwischendurch dachte Herse Andernoth nach, wieso sich jemand freuen mochte, weil sie vermutlich eine Dame war, und zugleich weitermachte: »aber« –. Dann unterbrach sich die Rakitsch obenhin und sagte: »Noch eine Frage, Sie sind

doch nicht katholisch?« – und legte einen Nebel von Zigarettenrauch vor ihr Gesicht, durch den sie Herse weiter beobachtete, und fuhr dann fort: »Nur weil ich schon einmal Anstände damit gehabt habe.«

Das ist eigentlich alles, was ich von Herse erfuhr. Ich muß nur annehmen, daß sie bereut hat, sich nicht sogleich erkundigt zu haben, weshalb ein Grund zu der Freude bestehe, daß sie eine Dame sei, und zu der Hoffnung, daß sie sich trotzdem wohlfühlen werde, und weshalb es auch für Frau Rakitsch rätlicher schien, daß eine Dame, die sie beschäftigte, nicht katholisch sei. Ich weiß, daß sie anderthalb Tage oder zwei bei Frau Rakitsch beschäftigt gewesen war und dann ganz plötzlich davonging und ihre zwei Treppen hinaufstieg und den Wasserhahn aufdrehte und sich zu waschen anfing, lange und gründlich. Aber weshalb sie das tat, darüber kann ich auch heute nur Vermutungen hegen. Mir sagte sie nur kurz: »Ach, das ist nicht zum Erzählen, das Geschäft gefiel mir nicht, die Methoden. Ich konnte da nicht sein, unmöglich.« Nur daraus, daß sie das mit dem Wasserhahn machte, sehe ich, daß sie in etwas Greuliches, Widerwärtiges hineingeraten war. Ich weiß, wie gesagt, nichts sonst, ich weiß nur, daß die Rakitsch am Schluß noch einmal das mit der Dame gesagt hat.

Sie sagte zu Herse: »Ich kann Sie nicht zwingen, bei mir zu arbeiten, obwohl es Ihr Schaden ist. Und was Weiteres anbetrifft, so würde ich anderen eine Warnung mitgeben. Bei Ihnen braucht es das nicht. Denn ich weiß, meine Liebe, daß Sie eine Dame sind.«

6

DITTA: FRAU RAKITSCH POUSSIERT IHRE KUNDEN NICHT

»Frau Rakitsch«, so hat sie gesagt, »poussiert keinen Kunden.« Und dann, mit so einem Schnaufer durch die Nase: »Die Reputation.« Eine Zeitlang konnte ich gar nicht mehr dran denken. Mit Gewalt dachte ich nicht mehr dran. Neu-Spuhl, ganz schön, das wollte ich gleich noch einmal mitmachen. Die Rakitsch nicht. Obwohl ich heute sagen muß: es war was an der Frau, ganz schön was dran. Nicht jeder bringt es dahin, daß er sagen kann: »Was? ich brauche keinen Kunden zu poussieren.« Was dran ist da, wenn ich auch nicht Frau Rakitsch sein wollte. Heute kann ich drüber lachen. Damals mußte meine Mutter sagen: »Unser Herrgott, Dittachen, hat sein Auge auf dich gehabt und dich in nichts hineinkommen lassen.« Wie leicht ist man in was drin. Nur wenn man fest glaubt, daß einem nichts passieren kann, kommt man in nichts hinein. Das war das Geheimnis der Frau Rakitsch.
Sie blies den Rauch durch die Nase und sagte: »Wie? Die Reputation schützt mich, mein Amselchen. Man muß den Schutz der Reputation zu gewinnen wissen.« – »Was ist das«, sagte ich, »das verstehe ich nicht, Frau Rakitsch.« – »Den Schutz der Reputation«, sagte sie, »unter dem der andere Teil leben will. Das reicht dann für beide.« – Kopf hatte die Rakitsch. Damals bin ich ganz schön rangekommen an die Sachen. Das meiste verstand ich trotzdem noch nicht einmal. Ich war ja ein Kind. Ich wurde noch dauernd rot.
Wer hätte an was Dummes denken sollen? Ich las die Anzeige, und meine Mutter sagte zu mir und lobte mich sogar: »Du hast recht, Dittachen. Du hast ja schon allerhand gelernt bei mir und kannst dich ruhig umtun. Warum sollst du dir nicht was verdienen?« Ich hatte weder gewußt, wo Frau Rakitsch wohnte, noch daß die Andernoths in dem gleichen Haus wohnten. Es war das alte Klöpplersche Haus in der Fasanenstraße, ein bißchen zurück im Garten, hinter einer Tanne und ziemlich altmodisch, so ein Kasten, an dem der Besitzer nichts mehr machen läßt. Die Rakitsch sagte zu mir: »Sie wundern sich vielleicht, mein Vögelchen, daß Frau Rakitsch sich in so

einen alten Kasten gesetzt hat. Aber das ist genau das Richtige. Das hat was Seriöses, mein Kind, was Reputierliches, wie ein gutes unauffälliges Geschäft es braucht. Und innen kann es trotzdem Oho sein.« Daß die Andernoths oben wohnten, merkte ich da erst. Dort muß auch der junge Rakitsch Diemut gesehen haben. Sicher ist er ins Haus gekommen, auch wenn seine Mutter ihn nicht um sich herum haben wollte und ihm das Zimmer in der Stadt zahlte.
Ich kann die Anzeige noch auswendig:

Bürohilfe gesucht (weibl.). Arbeitszeit nach Vereinbarung. Angenehmes Betriebsklima. Pertunda-Wäsche-Versand.

Dann die Ziffer. – Ich zeigte sie meiner Mutter erst, nachdem ich mich schon gemeldet hatte und eingeladen worden war, mich vorzustellen, denn ich hatte mir vorgenommen, ich wollte in den Ferien einmal verdienen wie die Burschen, die sich auch nach Ferienarbeit umsahen. Meine Mutter sagte: »Pertunda-Wäsche? Es kommt mir bekannt vor. Ich denke, gelesen habe ich es schon. Ja, hingehen kannst du jedenfalls einmal.«
Zu Frau Rakitsch ging man gleich vom Garten aus hinein, und es sah so aus, als wäre dieser Eingang neu eingerichtet worden und getrennt von dem gewöhnlichen Hauseingang. Da an der Tür war auch ein Messingschild mit der Aufschrift: »PERTUNDA« und drunter kleiner »Wäsche-Versand«. Wenn man aber hineinkam, sah es gar nicht aus wie in einem Geschäftszimmer. Der Raum war schick, und in der Mitte war ein Bassin mit Fischen drin und einem Zimmer-Springbrunnen, der vielleicht einen halben Meter hoch sprang. Der Springbrunnen war angeleuchtet, automatisch in verschiedenen Farben, die abwechselten, und auch ein Käfig mit Goldhamstern war in dem Raum. Das Geräusch von dem Springbrunnen, und die Farben in dem Wasserstrahl, automatische Regenbogenfarben, und dann das Geräusch, das die Goldhamster machten in ihrem Gitter, das hatte schon was, da war was drin von der Reputation, die Frau Rakitsch meinte, und was von dem angenehmen Betriebsklima, das sie versprach. Schick hatte die.
Frau Rakitsch kam aus dem Raum dahinter heraus und war noch in einem langen seidenen Morgenrock und hatte im Mund eine Zigarette, die in einer langen weißen Spitze steckte, und

sie kniff die Augen zusammen und sah mich aus dem Schlitz an mit so einem Blick, dem ich gleich anspürte, daß ich für sie ein Dreck war. Aber sie war freundlich zu mir, so freundlich wie ein Kind zu seiner Puppe. Ich habe mich sofort vor der Rakitsch gefürchtet. Ein paarmal bin ich ihr nahegekommen, wenn sie mir was zeigte oder sich über mich beugte, solang ich am Schreiben war; ich merkte, daß sie eine ganz heiße Haut hatte. Ich hatte sogar Angst vor dieser Wärme, die durch ihren dicken seidenen Morgenrock kam, und das war um so kurioser, als ich immer dachte, sie müßte kalt sein. Es kam mir manchmal vor, als müßte man frieren, wenn sie mit einem sprach. Sie war ziemlich voll, hielt sich aber ganz gerade und hatte so einen Blick, der immer Maß nahm.

Sie sagte zu mir: »Nun, sind Sie denn nicht vielleicht ein bißchen jung, Kindchen? Ein bißchen älter hatte ich Sie mir ja vorgestellt.« Und ich sagte: »Oh, das macht gar nichts, ich habe meiner Mutter schon recht viel im Geschäft geholfen.« Und ich dachte: Wenn sie wüßte, daß ich noch jünger bin, als sie glaubt. Denn in meinem Brief hatte ich mich ein Jahr älter gemacht, und hatte ja damals schon was auf mir, ganz schön stramm und was dran, man konnte mich ebensogut um zwei Jahre hinaufschätzen als bloß um eins.

»Ein bißchen jung, mein Vögelchen«, sagte sie noch einmal und ließ den Rauch vor den Mund heraus und schluckte ihn wieder, so daß der Rauch weg war. Sie sagte gleich damals zu mir »mein Amselchen« oder »mein Vögelchen«, und so sagte sie dann immer. Und dann fragte sie mich: »Katholisch sind Sie doch nicht, Vögelchen?«

Und als ich gesagt hatte, daß ich nicht katholisch sei, schien es ihr zu passen, und sie dachte noch eine Weile nach und fragte so nebenher nach dem und jenem, und schließlich sagte sie: »Na schön, Vögelchen, dann wollen wir es einmal probieren.«

Sie sagte: »Ich denke schon, daß es Ihnen bei mir gefallen wird, wenn wir uns aneinander gewöhnen. Ihre Arbeitszeit teilen Sie ein, wie es Ihnen günstig liegt. Sie sagen mir jedesmal bloß, wann Sie wiederkommen.«

Ich fing also an bei Frau Rakitsch, und es war leicht, was ich zu erledigen hatte, Adressen und Briefe und Bestellungen notieren und all das Zeug, was fast jeder kann.

»Die Schererei mit den Ämtern«, sagte Frau Rakitsch dazwischen, »kann ich nicht leiden. Papiere und Kassenbeiträge und all so was gibt es bei mir nicht. Wir sind sozusagen privat und liefern auch nur an privat. Kleinlich ist Frau Rakitsch nicht, mein Bienchen. Aber das Papierzeug machen wir nicht mit.«

Als ich das erste Mal an die Post kam, fiel es mir auf, daß da wenig Briefe dabei waren, die so aussahen wie ein Geschäftsbrief. Es waren ganz unterschiedliche Briefe, viele mit der Hand geschrieben und in wunderlichen Handschriften, und fast immer hieß es »Voreinsendung« und »Postlagernd«. Aber Frau Rakitsch hatte mir ja gesagt, daß wir nur an privat lieferten.

Als ich das erste Mal Pakete fertigmachen mußte, sah ich gar nicht, was da hineinkam, denn Frau Rakitsch brachte die Sachen selber aus dem Lagerraum und setzte sie mir hin, wie sie zusammengehörten, und ich sah bloß Nummern und Größenangaben und vielleicht einen Stempel »Sonderausführung«, und sonst sah ich noch nichts von der Ware, die wir führten. Und die Pakete gingen alle an privat und hatten auch von uns keinen Firmenaufdruck, überhaupt kein Kennzeichen. Als alle fertig waren, merkte ich auch, daß sie nicht in Neu-Spuhl auf die Post gegeben wurden. Der Fahrer nahm sie jeden Tag mit nach Grethen und gab sie dort auf. Von dort brachte er auch jeden Tag die Post mit.

Es war leichte Arbeit, und es machte mir Spaß, daß ich da so einen guten Platz gefunden hatte. Wenn ich mich nicht immer vor Frau Rakitsch gefürchtet hätte, so wäre mir ganz wohl dabei geworden. Sie war aber freundlich zu mir; das mit dem angenehmen Betriebsklima, das war nicht gelogen. Manchmal kam Besuch, Herren, die was ablieferten, aber alles in Privatwagen und überhaupt ganz privat, und dann machte Frau Rakitsch Kaffee, und wenn der Besuch gegangen war, sagte sie: »Na, mein Vögelchen, wie wär es mit einem Schälchen Kaffee? Es geht in die Arbeitszeit, Kindchen. Frau Rakitsch ist nicht kleinlich.«

Ich hatte immer das Gefühl, daß Frau Rakitsch mir von irgendwoher zusah. Solange ich an der Arbeit war, wagte ich gar nicht, etwas zu tun, was nicht dazu gehörte und wozu ich nicht angewiesen war. Deshalb brauchte ich auch, als Frau Rakitsch einmal wegging, eine ganze Zeit, bis ich mich traute,

in einen von den Kartons hineinzusehen, die wir verschickten, denn ich wußte ja noch gar nicht, wie die Pertunda-Wäsche aussah. Dann machte ich vorsichtig einen auf, und da lag unter dem Seidenpapier so was ganz Dünnes, feuerrot, und auf dem Dünnen und Feuerroten war 'ne schwarze Blume aufgestickt, und ich machte schnell wieder zu und guckte mich um, als ob ich was Verbotenes getan hätte, und dachte mir und mußte dabei lachen: »Das müssen aber komische Kunden sein.« Denn es fiel mir ein, daß wir ja fast zur Hälfte an Herren verschickten.
Und dann hatte ich unter der Post, die wir bekamen, einen ganzen Stoß Briefe, und alle mit der gleichen Bestellung und mit eingelegtem Geld in Briefmarken. Und ich sagte zu Frau Rakitsch: »Frau Rakitsch, müssen wir nicht diese Bestellungen erledigen?«
»Welche denn?« sagte Frau Rakitsch, und als ich ihr die Briefe zeigte, sagte sie ruhig: »Nein, mein Vögelchen. Diese Bestellungen erledigen sich von selbst.«
»Ja«, sagte ich, »aber es ist doch Geld drin gewesen. Alles Bestellungen auf den Wäsche-Katalog Nr. 1.«
Frau Rakitsch sagte: »Mit dem Katalog, mein Kindchen, sind wir zur Zeit ein bißchen knapp. Wir können ihn nur solchen von unseren Kunden zustellen, die ernsthafte Interessenten sind. Und die schreiben nochmals. Was das Geld angeht, Amselchen, so sehen Sie, daß es sich um keinen Kaufpreis handelt. Der Katalog ist viel mehr wert. Es ist nur eine Schutzgebühr.« Und sie hielt mir eine von den Zeitungen hin, in denen ihre Anzeigen erschienen, und ich las:

> *»Pertunda-Wäscheversand. Unser hochinteressanter Katalog Nr. 1, Prachtausführung, erstklassig illustr. Schutzgebühr DM 3,–, Voreinsendung.«*

An diesem Tag kam mir das erste Mal unser Wäscheversand und auch unsere Korrespondenz ein wenig komisch vor. Aber jetzt mochte ich meiner Mutter schon nichts mehr sagen, und Gewisses wußte ich ja noch nicht. Ich sagte also gar nichts, und als ich wieder zu Frau Rakitsch kam, hatte sie vor sich einen Stoß Briefe, die ich geschrieben und fertiggemacht hatte zum Ausgang. Ich sah, daß noch nichts davon ausgegangen war, und sie rief mich an ihren Schreibtisch und sagte: »Ich bin mit Ihnen zufrieden, mein Kind. Aber Sie müssen natürlich noch lernen.«

»Zum Beispiel hier«, sagte sie, nahm mit zwei Fingern den obersten Brief herunter und hielt ihn gegen mich, und ihre langen roten Nägel kraschelten auf dem Papier. Sie sah mich freundlich an mit ihrem Blick, der einem zugleich sagte, daß man für sie ein Dreck sei, und mit ihrem runden Kinn und den kleinen Löckchen, die sie in die Stirn geklebt trug. »Was hat der Kunde zu klagen?«

»Der Kunde schreibt«, sagte ich wie in der Schule, »daß er Ware laut Katalog im Werte von DM 48,– bestellt hat und daß ihm trotz Voreinsendung nur Ware laut Katalog für DM 12,– zugegangen ist, dazu in nicht passenden Größen.«

»Ausgezeichnet«, sagte Frau Rakitsch. »Weiter. Sie haben ihm geantwortet?«

»Ich habe geantwortet«, sagte ich ängstlich, »daß wir diesseits den Irrtum bedauern, daß der Rest der Ware nachgeliefert und die irrtümlich zugegangene Ware von uns getauscht werden wird, und daß wir nochmals höflich das Versehen zu entschuldigen bitten.«

»Gut gemacht«, sagte Frau Rakitsch und sah mich an, als ob es sie schrecklich belustige. »Ganz gute Arbeit, aber nicht Arbeit für Frau Rakitsch, Amselchen. Jetzt will ich Ihnen zeigen, wie man Korrespondenz von der Art erledigt.«

Und sie hob den Brief an mit ihren weißen, ein wenig fetten Händen und den dunkelrot lackierten Nägeln dran. Sie riß den Brief mittendurch und knüllte eine von den Hälften in jeder Hand, daß ihre Nägel auf dem Papier kraschelten, und hielt die beiden Stücke noch einen Augenblick hoch wie auf dem Theater, und machte die Hände auf und ließ das Zeug in den Papierkorb fallen. Und dabei hatte sie die lange Zigarettenspitze im Mund, und der Rauch stieg ihr vor die Augen, und sie zwinkerte noch mehr; ich weiß nicht, weil sie sich über mich lustig machte oder weil ihr der Rauch in die Augen stieg.

»Frau Rakitsch entschuldigt sich nicht«, sagte sie und schrie beinahe. »Merken Sie es nicht? Frau Rakitsch hat es nicht nötig, mein Amselchen, Kunden zu poussieren! Meine Kunden haben zu nehmen, was sie von mir bekommen!«

Und während sie so schrie, sah sie mich eigentümlich an. Sie hatte in ihrem Blick so etwas, daß ich mich fragte, ob sie vielleicht schon am Morgen getrunken hatte. Und ich wartete, ob sie noch etwas sagte, aber sie sagte nichts mehr und blickte mich bloß an, und dann faßte ich mir ein Herz und antwortete: »Jawohl, Frau Rakitsch. Es war aber doch Voreinsendung.«

Sie rief: »Voreinsendung! Voreinsendung ist ganz ausgezeichnet. Voreinsendung, mein zierlicher Vogel, das ist zunächst einmal die Gebühr dafür, mit Frau Rakitsch überhaupt in Verbindung zu treten. Über alles Weitere entscheidet Frau Rakitsch selbst. Frau Rakitsch ist nicht kleinlich, aber Frau Rakitsch macht genau das, was sie will. Sie meinen, wieso ich das kann? Wieso mich niemand anzeigt, meinen Sie? Ausgezeichnet. Ich will es Ihnen sagen: Frau Rakitsch lebt unter dem Schutz der Reputation. Glauben Sie im Ernst, es wird einer vor Gericht gehen und gegen mich klagen, wenn er was Falsches oder wenn er zu wenig bekommen hat, und wird sich hinstellen und vor allen Leuten sagen, was er von mir bestellt hat, und abwarten, bis Frau Rakitsch auftritt und in aller Genauigkeit und vor allen Leuten zum besten gibt, in was für Artikeln er bei ihr Stammkunde ist, was sie ihm schon liefern mußte und wieviel? Vögelchen, darauf läßt es keiner ankommen. Meine Artikel sind durch die Reputation geschützt, die Reputation, die keiner verlieren möchte. Von dem Punkt aus, mein Kindchen, wo meine Artikel ihre Rolle spielen, herrschen sie über die Menschen. Das ist der wahre Schwerpunkt, da wird das Spielchen gespielt, da guckt man nicht auf die Rechnung. Und das ist der Grund, weshalb Frau Rakitsch das Geld hat und weshalb Frau Rakitsch kriegt, was sie will, und weshalb Frau Rakitsch nicht wie vielleicht eine poplige Ingenieursfrau in einen Volkswagen zu steigen braucht. Nein, beim lieben Gott, mein Amselchen. Frau Rakitsch steigt in keinen Volkswagen.«

Und wie sie das mit dem Volkswagen sagte, fing sie an zu lachen, als wäre das ein ganz neuer Gedanke, der ihr eben käme, und sie lachte eine ganze Weile fort, bis sie anfing zu husten, weil sie sich an ihrem Rauch verschluckt hatte, und ihr die Tränen in ihre schwarzen kalten Augen stiegen. Es fiel mir ein, wie sie am Tag vorher mit einem von den Herren, die kamen, etwas verabredet und er ihr gesagt hatte: »Herr Matz wird Sie abholen!«, und sie schnell: »Abholen? Was für

einen Wagen hat er denn?«, und dann laut lachend: »Volkswagen? Nein, da fahre ich mit meinem eigenen. Frau Rakitsch, mein Lieber, steigt in keinen Volkswagen!« Das kam ihr vielleicht in den Sinn, und deshalb lachte sie fort, bis auf einmal der merkwürdige Ausdruck aus ihrem Gesicht wieder weg war. Sie sah wieder aus wie gewöhnlich und stand sogar auf und sagte, indem sie im Zimmer herumging und mich im Vorbeigehen auf die Schulter tätschelte: »Nu, mein Kindchen, so scharf macht Frau Rakitsch gar nicht. Es ist ja so, daß wir gelegentlich verrechnen. Meine Kunden kommen alle wieder. Sie dürfen aber spüren, daß sie gegen Frau Rakitsch nichts machen können. Das, Amselchen, festigt die Beziehungen.«
Und dann zahlte sie mir mein erstes Geld aus; und als ich es bekommen hatte, war ich stolz darauf, daß ich so ein schönes Geld mit nach Hause nehmen konnte, und daß das mein erstes selbstverdientes Geld war; und ich sagte mir auch, daß Frau Rakitsch mir zwar Angst machte, aber daß sie, wie sie selber sagte, nicht kleinlich und eine Person war, von der man lernen konnte.
Und erst in der zweiten Woche fing es an. Ich hatte auf einmal auch andere Sachen einzupacken. In die Lagerräume kam ich nach wie vor nicht; die Sachen brachte Frau Rakitsch selber und hielt sich fast immer so auf, daß sie mich sah, solange ich packte. In den Bestellungen hieß es jetzt zum Beispiel auch: »*Clara-Pillen*« oder »*Serie 18*« oder »*Zimmerfilm Eden*«, und das alles waren Sachen, die ein sehr schweres Geld kosteten. »Teuer, teuer«, sagte Frau Rakitsch und hielt die »*Clara-Pillen*« hoch. »Aber viel billiger als hohe Strafen. Dinger gegen den Alkohol im Blut. Autofahrers Trost, Vögelchen, an dem Ende manch lustiger Nacht, in der Spesen gemacht werden und ohnedies mancherlei auf die Rechnung kommt. Was meinen Sie, was die Dinger *mich* kosten? Schon die Beziehungen kosten Geld.« Das sagte sie. Zu den Serien und den Zimmerfilmen und was da noch sonst war, sagte sie nichts. Aber sie ging am Tag darauf wieder weg, und diesmal war ich ganz sicher, daß sie wegging, damit ich mal in die Sachen hineinsehen könne. Als ich in die Sachen hineinsah, bekam ich einen Todesschreck. Ich bekam einen solchen Schreck, daß mir schlecht wurde. Denn ich war doch ein Kind, und auf mich hatte meine Mutter aufgepaßt, und wenn ich auch manches im Kino ge-

sehen, und vielleicht mal was mit einem von den Burschen gehabt hatte, das war doch ein bißchen Spaß und sonst nichts. Daß es aber so etwas gab, davon hatte ich nicht einmal eine Ahnung. Und gleich fiel mir ein, weshalb mich Frau Rakitsch für ein wenig jung gehalten und warum sie gefragt hatte, ob ich vielleicht katholisch sei. Ich war ja schon was, ganz schön stramm und was dran, aber eine Angst hatte ich und einen Ekel, Ekel und Angst, wie als kleines Kind, wenn man vor Aufregung spucken muß. Es war einfach zu viel, und ich muß sagen: Nicht einmal heute möchte ich das noch einmal sehen oder mehr davon. Nicht für einen Wald voll Affen. – Was soll ich bloß machen, sagte ich immerfort vor mich hin, was soll ich anfangen, wie komme ich da raus, was soll ich meiner Mutter sagen? und ich dachte daran, wie meine Mutter gesagt hatte: Guck dich einmal um, Ditta, wo das Geld herkommt, und Frau Rakitsch: Volkswagen? Frau Rakitsch steigt in keinen Volkswagen.

Nein, ich muß nicht einmal heute lachen, wie ich damals in dem Kapuff dasaß und mir die Knie zitterten. Manchmal muß man dem lieben Gott dankbar sein. Ich bin in nichts hineingekommen. Ich möchte heute noch nicht, daß es jemand erführe, nicht mal mein Mann. Es würde ja einen komischen Eindruck machen. Ich rannte damals heim, ohne die Rakitsch abzuwarten. Am anderen Tag schrieb ich einen Brief, daß meine Mutter plötzlich erkrankt sei und daß ich ab sofort auf die Stelle verzichten müßte. Wochenlang hatte ich noch Angst, es könnte mir was passieren.

Es passierte mir aber nichts. Es kam sogar eines Tages eine Postanweisung von der Person an mich mit so viel Geld, als sie mir für zwei Tage schuldig war. Auf der Rückseite stand weiter nichts als: *Gruß! Frau Rakitsch.* Und erst bekam ich einen Zorn und sagte zu meiner Mutter: »Ich will das Geld nicht! Überhaupt müßte man das Weibsbild anzeigen!« Und auch meine Mutter war böse, ich hatte ja mit der Zeit alles erzählen müssen, und sie hatte zu mir gesagt: »Du kannst deinem Herrgott danken, Kind. Ich mache mir Vorwürfe, daß ich dich leichtsinnig habe einfach laufen lassen.«

Aber am nächsten Tag sagte sie zu mir: »Wenn man es überlegt, Ditta, ist es eine Sache mit dem Zurückschicken. Wer weiß, womit einem so eine Person schaden kann. Im übrigen ist es dein Geld. Du hast es verdient und kannst es meiner Ansicht nach behalten.« »Ja«, sagte ich, »aber anzeigen müßte man sie doch.« Meine Mutter sagte: »Um Gottes willen, wer wird in was hineinkommen wollen. Und stell dir mal vor, was die Leute sagen würden!«

Da mußte ich auf einmal lachen und sagte: »Ja, das meint Frau Rakitsch auch. Grade davon lebt Frau Rakitsch.«

7

EINE FREMDE STIMME: DAS EISEN IST LOS

Er fragte: »Wieviel Längen soll ich dir vorgeben?« Ich sagte: »Wie viele du willst, oder gar keine. Ich brauche keine Vorgabe. Einholen kannst du mich auf keinen Fall.«

Der Flachs blühte, und es war noch Morgen. Es gab überhaupt keine Stelle, an der das Land zu Ende war. Wie der Flachs blühte aus dem Grün, das war wie aus dem Himmel gefallen. Blaues Feuer im Gras, kühles blaues Feuer. Es war in dem Land ein Reichtum, obwohl es doch nichts hatte, als daß es leer war. Alles ganz weit, Alleen am Horizont, Pappelschöpfe auf hohen Stangen, Reihen von grünen Schöpfen wie Schnüre von Sprengpunkten. Laufende Schnüre, Sand, Kiefern, Kartoffeläcker, der blaue Flachs, Roggen, kühl und grün. Wenn der Wind drüber strich, flog es im Roggen wie Pferdemähnen. Ich habe so gern gelebt. Überall, wo das Land aufhörte, fing es neu und gleich an.

»Vorgabe?« sagte ich und ritt los, »da hast du deine Vorgabe.« Ich ritt die Sassa, die Gelbe, und Sassa schoß davon. Es war noch früh, vielleicht acht, halb neun, die Feuchte noch nicht aus den Äckern; dann Staub hochauf, als die Pferde ausgriffen. Der Acker war lang, sehr lang, Unkraut, gelber Senf, wilde Stiefmütterchen, wilder Galopp. Hinter mir kam er auf, ich hörte den Gaul schnauben dicht auf, den langen Odhin mit der Blesse, das Ächzen im Leder, die Atemstöße, das Tosen der Hufe dicht heran, und ich brauchte die Gerte. Sassa war ein Pferd, und Sassa zeigte, was sie konnte, und es war eine Bläue, oben und unten Bläue, zart und sanft, Galopp immer wütender, alles schwamm im Blick, Hufe, hämmerndes Herz. Ich habe gern gelebt. Ich hatte nie gewußt, daß man so gern würde leben können. Kamen wir heim, streckten wir die Beine in den langen, staubigen Stiefeln. Ein Sporn klingelte, wenn einer die Beine übereinanderschlug. Ich hatte langes Haar damals. Er sagte: »Mach doch dein Haar auf, Rosamund. Laß es fallen.« Ich sagte: »Nein. Warum?«

Der Acker war längst zu Ende, auf dem ich eingeholt werden sollte. Sassa flog über einen Weg, sie nahm ein Gestrüpp im

Flug, dann ein gelbes Rapsfeld entlang. Niemand mehr hinter mir, er war zurückgefallen, kein zweites Pferd mehr. Gelb, und die blaue Leinblüte. Ich sah mich nicht um, ich galoppierte die Hügelwelle hinauf. Schräg an dem flachen Hang, und er schon weit hinten, und lang die Zügel, Sassa immer noch in mächtigen Sprüngen, gutes Pferd, schönes Pferd mit dem dunklen Strich Schweiß auf dem Fell. Dann ließ ich sie in Schritt fallen. Ich ritt oben zwischen Föhren, Licht, viel Licht, und der heiße Harzgeruch. Erst dann sah ich hinter mich.
Ziemlich weit weg sah ich Mack, abgesessen. Er kam langsam das Rapsfeld herunter und führte den Odhin am Zügel. Ich ritt ihm entgegen, und er sagte: »Ein Eisen ist los. Ich kann die Strecke dem Pferd nicht zumuten.« Ich sagte: »Gleich hinter der Höhe da kommt ein Dorf.«
Keiner von uns kannte das Dorf, und obwohl es doch unser Land war, gab es ein Zögern. Endlich gingen wir trotzdem darauf zu, beide Pferde am Zügel, und dann ging Mack voraus, um sich zu erkundigen, und ich wartete. Es war ein sauberes, frisch mit Sand bestreutes Dorf, aber ich sah niemand auf dem Weg, bis Mack zurückkam. Mit ihm ging ein Mann im Amtsrock und mit einer Dienstmütze, und ich sah beide lachen und tun, als kennten sie sich längst.
»Wir kennen uns nicht bloß«, sagte Mack, »wir erkannten uns sogar sofort wieder. Dies ist Vogel, genannt Greif, und wir kennen uns aus der Zelte- und Lagerfeuerzeit. Als wir in Zelten schliefen und an Feuern wachten –«
»Dann seid ihr ja beim Thema«, sagte ich.
Dieser Mensch namens Vogel sah nicht übel aus, ein wenig aus dem Dutzend, aber mit einem gewissen Schwung, dem man alles auftragen konnte. Solche Leute konnten Volkslieder auswendig und führten ein Heft über ihre Ausgaben.
»Alles wird besorgt«, sagte Vogel mit der Dienstmütze. »Ich habe einen wunderbaren Schmied. In meinem Dorf habe ich schon ziemlich alles, was man braucht. Hier ist die Ordnung angelaufen. Inzwischen seid ihr meine sehr geehrten Gäste.«
Er rief durch sein Haus, und sobald wir saßen, fingen zwei Mädchen an, aus und ein zu gehen und den Tisch vollzuladen. Es gab ein sehr großes Frühstück, Tee, viel Geräuchertes, Schüsseln mit sauren Pilzen und süßem Eingemachtem, Schnaps.

»Es soll euch nicht reuen«, sagte Vogel mit dem Dienstrock, »daß ihr bei mir eingekehrt seid. Lieber Soldner, genannt Mack, davon hat uns am Lagerfeuer niemand gesungen. Jetzt sind wir ausgezogen. Jetzt haben wir ein Land. Hülle und Fülle. Korn, Flachs genug zu Hemden.« – Es war ein schöner Tag. Die Sonne war hochgeklettert, und auch von hier aus sah man das Blau in den Fenstern, Himmelblau, zarten blühenden Flachs.
Vogel wurde abgerufen und sagte zu uns: »Hier mein Mitarbeiter führt euch weiter. Er zeigt euch mein Reich hier; schade, hätte es gern selber getan.« – »Eine ganz bestimmte Sorte«, sagte Mack halblaut zu mir, als Vogel draußen war und wir warteten. »Eine bestimmte Sorte aus meinen Jahrgängen. Hat um den Hals ein gülden Band, daran die Laute hangen. *Aber sie wußte auch immer, wo eine Kiste Handgranaten vergraben lag.«*
Vogels zweiter Mann gefiel mir schon weniger, ein Kanzlistengesicht auf hohen Stiefeln, anmaßend und zuvorkommend. Es gab viel zu sehen: Mühlen und Werkstätten, Scheunen, eine Molkerei, Silos, Zuchtvieh, ein Kindergarten, alles frisch gestrichen, gut ausgefegt. Im Dorf war Brand gewesen, offenbar nicht zu viel, ein paar Einschüsse, etliche Trümmerstellen, sauber aufgeräumt, frisch gesäter Rasen. Und doch hatte ich Sehnsucht, hinauszukommen, wo der Flachs blühte und die Forchen stäubten.
Als wir auf die Pferde warteten, auf dem Dorfplatz, der blank und gefegt dalag, frisch mit Sand eingestreut und darauf eine Reihe dünner, frisch eingepflanzter Linden, sagte Vogels zweiter Mann zu uns: »Es wundert mich, daß Sie eine Frage noch nicht getan haben.«
»Was für eine Frage?« sagte Mack.
Der Mann sah uns erwartungsvoll an mit ganz hellen, fast weißlichen Augen, der untere Lidrand rot, glatte, scharf rasierte Wangen. »Die Frage nach der Intelligenz dieses Orts. Wo sie sich befindet. Ich meine die ehemalige Intelligenz.«
»Ja?« sagte Mack widerstrebend.
Der Mann starrte uns weiter mit seinem kalten, erwartungsvollen Blick an.
»Da wo Sie stehen«, sagte er, »genau unter Ihnen. Es war natürlich schon besorgt, als wir kamen. Aber da richtet sie uns keinen Schaden an.«

Es war gut, daß in diesem Augenblick die Pferde gebracht wurden. Ich wollte weg, schnell weg von diesem frisch gestreuten Sand. Ich habe nicht aufgepaßt, ob Mack grüßte und sich bedankte für die Führung. Ich jedenfalls tat es nicht, denn Mack ritt ohne Rücksicht los, jetzt hatte ich Mühe, ihn einzuholen.
Es ging einen Feldweg entlang, geradeaus, immer dieselbe Richtung, keine Stelle, an der das Land zu Ende war, die Luft blau wie vorher, aber in der Luft war jetzt ein Geruch, ein Schatten. Ich blickte hoch hinauf, aber es hing nichts über uns. Mack war voraus, saß, trabte und ließ sich werfen. Ich rief ihn an: »Mack«, aber er trabte und hörte nichts.
Ich holte langsam auf. Als ich an seine Seite kam, fing ich nicht an zu reden, und er sagte auch nichts, hielt nur den Kopf gesenkt und ritt Trab, hart und stoßend.
»Das kann nicht gut gehen«, sagte ich nach einer Weile.
Aber er gab keine Antwort, saß, trabte und ließ sich werfen.

8

SOLDNER: DER HUND AM BRUNNEN

Daß Diemut Andernoth einmal meine Schülerin gewesen ist – verflucht, ich kann das Wort Schülerin nicht mehr anders als faxenhaft denken, wiewohl es mir doch eine Weile durchaus keine Faxe war –, damit blieb nicht gesagt, daß ich weiter nichts an ihr wahrzunehmen brauchte. Lächerlicher wird man vor sich selbst nie als dann, wenn man merkt, was alles und wie lange man etwas nicht bemerkt hat; gar nicht gerechnet all das, was man überhaupt nie merkt. Verschwindende Chancen, einmal im reinen zu sein. Dabei hat doch Herse Andernoth mich sogar ersucht, ich möchte auf ihr Kind aufpassen.

Freilich, damals handelte es sich um diesen Rakitsch, ich war nicht im Spiel. Eine Art von militärischem Schwachsinn also, Leutnants-Schwachsinn, kein Blick über den befohlenen Abschnitt hinaus. Seitenblindheit von Pferden. Ich kam ziemlich spät mit meinen Entdeckungen. Ich merkte überhaupt erst auf diesem unglücklichen Ball etwas, kurz vor Schluß von allem. Diemut Andernoth kam auf mich zu, Damenwahl, offenbar um mich zu holen, kam sie auf mich zu, ein Kind, das seine Damenwahl ausübt: ich aber stand dort mit ihrer Mutter. Die Wahrheit, ich hätte nicht einmal etwas gesehen von Diemut, ich bemerkte Diemut nur dadurch, daß ich in das Gesicht ihrer Mutter sah. Im Gesicht ihrer Mutter sah ich sie kommen, und eben in jenem Augenblick muß auch Herse Andernoth etwas gewahr geworden sein. Als Herse diesen sonderbaren Schrekken in ihr Gesicht bekam und ich mich sogleich umwandte und eben noch Diemuts Augen mich trafen, mich und ihre Mutter trafen, eben noch arglos und auf einmal furchtbar, ein furchtbarer Blick, und sie sich dann umdrehte, ganz schnell umdrehte und davonlief, davon, davon, nicht zu halten, davon, wie auch Herse Andernoth dann davonlief: da merkte ich es. Und doch hatte es lange vorher angefangen. Ich kenne sogar den Tag.

Der Tag: in der ersten Zeit in Neu-Spuhl; wir hatten Sommer; es war der Ausflug mit der Schulklasse auf den Hohen Schild.

Wir kamen am Nachmittag den Weg herab gegen die Karthause Maigarten, der Zug weit verzettelt, ich selbst ganz am Schluß. Ich mußte achtgeben auf Nachzügler, die wunde Füße hatten in ihrem schlechten Schuhwerk. Was mich angeht, mein Schuhzeug hielt gut, es war das einzig Solide, womit ich mein neues Leben angetreten hatte, das einzige, das nicht windig oder durchlöchert war. Noch genauer gesagt, auch das Schuhzeug gehörte vermutlich nicht mir, ich hatte es irgendwo gefaßt, wo keine Bescheinigung mehr verlangt wurde; in meine Papiere war es zweifellos niemals eingetragen. Nur für die neuen Sohlen war ich reell aufgekommen; sie hatten mich, außer dem Geld, zwei Hände voll Zigaretten gekostet, eine ganze Monatszuteilung weniger zwei. Die zwei Zigaretten hatte ich in der Tasche und überlegte mir, wann ich die eine von ihnen rauchen sollte und wann die letzte. Die Waldsteige holt um den weiten Kessel herum aus, und die vordersten, die noch gut zu Fuß waren, hörte man weit voraus lärmen, und man hörte andere Grüppchen da und dort am Hang, manche zottelten auch und waren schon müde. Ein Guß war niedergegangen, nur ein paar Minuten; jetzt blitzte es aus dem Dampf, der Hang rauchte, auch aus den nassen Kleidern stieg Dunst, die Luft heiß und voll von weißen Schleiern, und darin das Silberblatt, blühend in den Schottern; der süße narkotische Duft. Wir langten endlich an, wo wir uns alle treffen wollten. Es war der kleine Wasserfall in der Küchenklinge, wo das Wasser stark schäumt und Tuff anlagert. Über die Tuffzungen springt das Wasser in zahllosen Rinnsalen; grüne Bärte fluten von den Zungen; überall setzen Gräser und Moos einen Panzer von Kalk an. Als ich mit meiner Nachhut ankam, waren die ersten schon eine Weile am Ort und hatten ihre Sachen abgelegt. Die zuletzt Kommenden hielten es nicht anders: ihr bißchen Last abgeworfen und sich selbst dazu hin der Länge nach, wie die jungen Hunde japsend. Schon waren sie wieder auf den Beinen, hatten ihr Brot ergriffen und sich umgeblickt; einen Bissen zwischen den Zähnen, rufend aus vollem Mund setzten sie auf die Wasser zu. Bald lagen die Strümpfe und flog Schuhzeug achtlos überall über den Platz hin; sie hatten vergessen, daß sie müde geworden waren; das Wasser, eiskalt, machte sie närrisch. Sie spritzten sich, grillten und fingen zu toben an.

Ich hatte mich selbst auch gesetzt, dann mich zurückfallen lassen. Verwünscht müde war ich an dem Tag, nicht zu Bett gekommen, flau meistens von Regellosigkeiten und schlechter Ernährung; nur was ich machte damals, wollte ich ernst nehmen. Ich hatte mich so gelegt, daß ich die Bande sah; ab und zu fielen mir die Lider herab, ich dachte schläfrig, ob ich die vorletzte Zigarette jetzt rauchen oder sie noch aufsparen sollte.
Dann hörte ich undeutlich eine Weile mit, wie die Mädchen sich unterhielten. Die Mädchen saßen hinter mir in den Farnkräutern und hielten mich wohl für schlafend oder achteten nicht auf mich, und dann wurde ich aufmerksamer und hörte, wie sie von Cläre Wehrum sprachen. Cläre Wehrum war eine Abiturientin, die sich noch als Schülerin verlobt und nun geheiratet hatte und im Begriff stand, mit ihrem Mann nach Chicuque auszureisen. Das war etwas Besonderes, einmal die junge Heirat und dann das Auswandern. Eine sagte zu Diemut Andernoth: »Nach Chicuque, würdest du das auch machen, Diemut?«
»Ich weiß nicht, wie es in Chicuque ist«, sagte Diemut, »aber wenn ich einen Mann hätte und der kriegte es da hart, so daß er mich brauchte; und ich müßte jeden Tag früh heraus und ihm seine Sachen richten und auf alles aufpassen, was ihm gehört –: so würde ich gleich mit nach Chicuque gehen. Ich würde es genauso machen wie Cläre.«
Und ich hörte, wie Ditta aus vollem Hals lachte und sagte: »Bist du aber dumm, Diemut. Hat man einmal so was sagen hören, wo doch jeder zusieht und ausrechnet, wie er es ein bißchen nett kriegt. So dumm ist Cläre nicht. Was denkst du denn da, Schlangen, wildes Viehzeug; Chicuque ist ein Land wie andere auch, mit Ölheizung und mit Kühlschrank und Warmwasserspeicher. Cläre kriegt es prima. Der Mann von Cläre, der kriegt da prima Vertretungen, lauter erste Firmen, und Cläre kriegt ihr Dienstmädchen oder auch ein paar und braucht noch nicht mal auf was aufzupassen.«
»Ach so«, sagte Diemut, »Dienstmädchen und keine wilden Biester und nicht mal aufpassen? Das würde ich mir überlegen. Dann käme es höchstens drauf an, ob ich mir aus dem Mann was machte.«
Und Ditta wieder: »Ob du dir aus dem Mann was machst? Was heißt da überlegen? Wenn so einer kommt, sagst du ein-

mal ja. Daß du dir was aus ihm machst, kommt dann ganz von selber.«

»Das ist nicht sicher«, sagte Diemut, und sonst habe ich von dem Gespräch nichts mehr behalten, nickte dazwischen ein, sah mit halbem Blick, hörte die Burschen, wie sie sich an dem Wasser zu schaffen machten und hüpften und ruderten, und wie ein paar sich an großen Steinblöcken mühten. Ihr Rufen drang flach in mein schwindendes Gehör, und ich dachte: Solang sie schreien, ist alles in Ordnung. Dann muß ich eine Weile aber ganz weg gewesen sein; wie lange, weiß ich nicht.

Jedenfalls wachte ich auf daran, daß es still wurde, und im Aufwachen merkte ich, daß etwas unterwegs war. Ich sah, daß alle aufgehört hatten mit dem, was sie gerade trieben, und im Wasser oder auf Steinen oder am Rand standen und gegen den Wald hinauf blickten, und einige hatten die Köpfe auch zu mir herüber gewandt und suchten mich mit den Augen. Ich sah den Inspektor den Wald herunterkommen. Der Inspektor saß auf einem Pferd; das war nicht verwunderlich, weil die Karthause eine Zucht von altem Ruf hat. Ein Inspektor, warum sollte er nicht zu Pferde sitzen? Aber ein Reiter den Wald herunter, ein Reiter auf einem weißen Pferd und auf einem schmalen Steig durch den Wald herab, das war nicht so gewöhnlich. Ein edles Tier, nicht groß, von zierlichem Bau und zerbrechlich scheinenden Fesseln, ein Schimmel mit schwarzen Nüstern und einem bläulichen Flor im Blick. Es ging vorsichtig, denn der Steig stürzte steil, es setzte einen Huf tastend, sehr zierlich vor den andern. Auf dem weichen Boden trat es ohne Geräusch. Das Pferd trat gleichmütig heran bis da, wo ich lag, oder vielmehr sein Reiter trieb es; erst dicht über mir kam es zum Stehen und wandte seine sanften unwissenden Augen weg. Es hatte mit mir nichts zu tun. Das Pferd in seiner Welt; wir in einer andern.

Der Reiter fragte: »Wer führt hier die Aufsicht?« mit einer halben herzlosen Stimme, einer Stimme, die er nicht zu heben brauchte, weil niemand einen Ton von sich gab, und außerdem brauchte er auch gar nicht zu fragen. Ein mächtiger Mann, dieser Inspektor, er hatte nur zu flüstern, um sogleich Gehör zu finden. Ein Lehrer muß schreien. Aber ein Lehrer ist bloß ein Lehrer. Was mich angeht, ich war nicht einmal das. Ich sah bloß so aus.

Ein wenig zur Seite, am Hang, stand ein kleines unauffälliges Bauwerk, ein Häuschen ohne Fenster und mit einer versperrten Tür. Das Häuschen sah unbetreten aus und die Tür so, als wäre sie nicht zum Hineingehen bestimmt. Von hinten her, von der Hangseite, war es leicht, auf das Dach zu springen. Das Dach war mit Ziegeln gedeckt. Mit einem halben Blick war mir, ich sähe einen Ziegel zur Seite liegen, mit einem frischen roten Bruch, in den Schmutz gedrückt.

Ich hatte gesagt: »Bitte« und merkte dabei, daß ich aufgestanden war. Als ich es merkte, daß ich aufgestanden und daß ich vielleicht sogar rot geworden war, wurde ich wütend. Aber einen Knick hatten wir ja damals alle, und nicht aufzustehen, aus dem Liegen zu sprechen mit einem Mann, der satt war und zu Pferd saß, wäre zuviel verlangt gewesen.

Ich sagte also »bitte«, und der Inspektor legte los mit seiner dünnen herzlosen Stimme. Er sagte: »Wie kommt es, daß Sie diese kleinen Halunken ein fremdes Dach abräumen lassen und sehen dabei zu?«

Natürlich hätte ich mir einen Ton wie den verbitten und, wenn er den Ton nicht aufgab, dem Reiter den Rücken drehen sollen, um mir die vorletzte Zigarette anzuzünden. Aber ich sagte, als wäre der Mensch mein Vorgesetzter: »Was für ein Dach?«, und wurde aufs neue wütend, denn ich hatte mich anfahren lassen. Und ich ärgerte mich, daß ich vielleicht nicht aufgepaßt hatte, und weil ich noch immer mit einem halben Blick den Ziegel sah, frisch im schwarzen Schmutz, fuhr ich fort: »Was soll denn sein?«

»Sie wollen wahrscheinlich sagen«, fuhr der Inspektor mit seiner dünnen herzlosen Stimme fort, »Sie hätten nicht gesehen, wie dieses Dreckvolk das Dach abräumt und die Ziegel ins Wasser schmeißt. Wie dieses Dreckvolk meine Ziegel ins Wasser schmeißt und auf den Ziegeln herumtrampelt und die Ziegel kaputt macht. Ich nehme an, daß diese Kaputtmacher Ihre Klasse sind.«

Von vorne war dem Dach nichts anzusehen. Aber ich bemerkte jetzt noch ein paar Ziegeltrümmer mehr im Schmutz und sah im Wasser einen Damm aus Felsbrocken und Schlamm aufgeschichtet. In den Damm waren auch Dachziegel eingebaut.

»Herr Soldner, das sind Ziegel, die lagen hinter der Hütte am Boden«, sagte einer, und ein paar riefen: »Die Ziegel da lagen

alle auf dem Boden herum.« Und ein anderer, der so stand, daß man ihn nicht sah, rief laut: »Wir sind kein Dreckvolk.«
Der Inspektor drückte das Pferd herum, und sogleich stob alles auseinander, soviel in der Nähe stand. Übrigens war jetzt auch er rot im Gesicht geworden, und in dem Augenblick, in dem er rot wurde, kam ich leichter zurecht. Und er sagte kurz: »Kommen Sie«, trieb das Pferd an und ritt die paar Schritte bis zu der Hütte hin, und ich ging mit ihm. Er zeigte auf das Dach dort, wo es gegen den Hang lag, und ich sah eine Lücke im Dach und Sparren, die bloß lagen, und er sagte ruhiger zu mir, aber auch gehässiger: »Davon wollen Sie nichts gesehen haben?« und schrie die Schüler an, die jetzt wieder herumdrängten und sich um uns sammelten: »Elendes verlogenes Dreckvolk!«
Es war ein Streit von Erwachsenen; alle horchten gierig, wie es ausgehe. Sie feuerten mich sogar an. Sie schrien: »Glauben Sie es nicht, Herr Soldner. Die Ziegel haben unten gelegen und waren alle schon kaputt. Vielleicht einen einzigen haben wir heruntergeholt, und der war auch schon lose.«
Und wieder ein anderer: »Überhaupt ist das Loch alt. Das Loch ist schon gewesen.« Alle zusammen: »Ja ja, das Dach hat schon lange ein Loch gehabt.« Und ein dritter schrie: »Er soll doch mal hinaufsteigen. Er soll mal mit Ihnen hinaufsteigen, und dann können Sie sehen, daß der Boden unter dem Dach naß ist. Das Wasser steht sogar auf den Brettern. Wenn da nicht vorher schon ein Loch gewesen wäre, dann könnte es da nicht hineingeregnet haben. Dann müßten die Bretter drunter trocken sein.«
Und das Pferd wurde unruhig, weil so ein Lärm rundherum war, und es trat wieder einen Schritt gegen die Jungen, und die Jungen wichen. Ich sagte zu den Jungen: »Seid still. Ich fange keinen Streit an.« Und zu dem Inspektor sagte ich: »Lassen Sie die Reparatur machen. Ich habe keine Lust, mich zu streiten. Lassen Sie die Reparatur machen und schicken Sie die Rechnung an mich.«
In diesem Augenblick, so als wäre das die ärgste Herausforderung gewesen, fing der Inspektor zu schreien an. Zuerst sah es aus, als wäre er auf einen Streit versessen gewesen und nun außer sich, weil ich ihm für Geld den Streit abkaufen wollte. Nach dem, was später kam, muß ich aber mehr annehmen. Die

letzten Jahre auf dem Gut mußten ihn verrückt gemacht haben mit all der Wachsamkeit und Unsicherheit, allen den Fruchtlosigkeiten, den Übergriffen und Plünderungen und den drohenden Abgaben und Erpressungen. Vielleicht konnte er ganz einfach keine Zerstörung mehr sehen, auch wenn sie Kinder in ihrem Unverstand anrichteten; vielleicht gerade dann nicht. Das Erschreckende war: er behielt, auch wenn er schrie, eine Art von Flüsterstimme. Seine hellen, gesprenkelten Augen standen ebenso erschreckend in seinem windroten Gesicht.
Er schrie: »Dies ist mein Pumpenhaus! Und die Pumpe da drin versorgt mir mein oberes Gut und versorgt die Fohlenställe! Die Pumpe da drin pumpt das Wasser hinauf und versorgt das Lager im Horgenloch mit neunhundert Flüchtlingen! Drei Wasserhahnen, auf dreihundert Köpfe ein Wasserhahn! Und die Kerle da kriechen aufs Dach und decken mir mein Pumpenhaus ab! Sie lassen diese kleinen Verbrecher mein Pumpenhaus abdecken und sehen dabei zu!«
So und ähnlich schrie er, und ich hörte um so ruhiger zu, je heftiger er schrie, und ich dachte mir weiter, daß da sonst noch allerhand mitschrie in dem Geschrei, und dachte daran, was ich inzwischen auch schon wußte, wie sich doch jeder freut, wenn er Grund hat, einem Lehrer einmal mitzuspielen. Daß es nie einen gibt, der ihm beispringen würde oder zu seinen Gunsten ein Wort einlegen oder sich zu einem Gedanken anhalten, wenn es auch nur der Gedanke wäre: es ist verteufelt schwer, da fertigzuwerden. Seltsamerweise ist sogar ein Neid im Spiel, obwohl, wenn es angeboten würde, niemand tauschen möchte mit seiner Schinderei und seinen jämmerlichen Entlohnungen; passiert aber etwas mit Kindern, da freut sich jeder, wenn er zeigen kann, daß er dem Lehrer eins auswischt, und das vor seinen Schülern.
Ich ließ ihn toben, und weil es mir schwerfiel, mich zusammenzunehmen, und ich spürte, wie mein Herz heftig bis in den Hals herauf anfing zu schlagen, so nahm ich die hölzerne Dose heraus, in der meine vorletzte und meine letzte Zigarette steckten, einen von den Gegenständen, wie man sie damals kaufen konnte, als es sonst nichts zu kaufen gab; die Burschen hatten sie mir übrigens zu meinem Geburtstag geschenkt, ich muß sie noch heute irgendwo liegen haben. Nahm die Dose heraus und ließ die zwei Zigaretten in die Hand

fallen, steckte die eine wieder zurück und steckte die andere zwischen die Lippen und hörte dazwischen immer mein Herz heftig schlagen und horchte nicht mehr hin, was der unsinnig gewordene Mensch in seinem Zorn schrie: aber als ich die Hand in die Tasche senkte, um nach einem Streichholz zu angeln, hörte das Schreien ganz plötzlich auf, und ich merkte schnell: jetzt paßt er dir auf, ob du noch eine Dummheit mehr begehst und in seinem Wald zu rauchen anfängst. Zog also die Hand leer aus der Tasche und griff in die andere Tasche und holte die Dose wieder und ließ sie schnappen und legte die Zigarette wieder hinein, und griff hinauf in die Brusttasche und holte den Schreibblock und sagte, indem ich zu schreiben begonnen hatte und er immerfort zusah und jetzt schwieg: »Also. Was wollen Sie noch? Hier haben Sie die Adresse.«

Und er streckte jetzt seine Hand aus, wie abwesend und beinahe stutzig, und überflog den Zettel, und dann warf er wieder einen Blick auf mich und sagte kurz: »Das genügt nicht. Ihre Kennkarte.« Und ich mußte mir das auch gefallen lassen und ihm das Ding hinaufreichen, so wie wir damals alle ein Ding hatten mit den Fingerabdrücken hinten drauf, lauter Registrierte, und ich hatte ja Gründe, eine Musterung jeder Art unbehaglich zu finden. Ich blieb aber stehen und sah meinerseits den Gaul an, so als verstünde ich etwas von Pferden. Endlich gab er mir die Karte zurück, faltete meinen Zettel und schob ihn ein. Dann plötzlich, so als ob ihm nichts mehr einfiele, nicht einmal ein Abgang, und mit einem verkniffenen Gesicht, das nichts mehr sagen wollte, wandte er sein Pferd und ritt weg von uns, nicht wieder den Steig hinauf, durch welchen das Pferd heruntergetastet hatte, sondern den breiten, weit ausholenden Weg, den wir selbst gekommen waren, und man sah ihn auf dem Weg lange, erst im Schritt und dann eine Strecke traben, und die Sonne stach, und das lila Silberblatt mußte auch hier irgendwo in den heißen Schottern stehen, es duftete übersüß.

Und natürlich war ein Geschrei losgebrochen unter meinem Schwarm, und sie stießen und drängten sich und wollten alle zeigen, wie es gewesen sei, längst selbst überzeugt, daß sie nichts getan, nicht einmal etwas angerührt hatten, und sie schrien: »Das hätten Sie nicht tun sollen, die Adresse an-

geben.« Sie schrien: »Hätten Sie ihm doch den Standpunkt klargemacht, Herr Soldner.«
»Dazu habt ihr zuviel Ziegel zerschmissen, ihr kleinen Teufel«, sagte ich. »Macht noch eine Weile weiter, und es kommt heraus, daß ihr Ziegel aufs Dach hinaufgebracht habt.«
Ich hatte keine Lust mehr zu bleiben, sondern hieß sie den Platz aufräumen und blieb dabei stehen, indem ich jetzt die Zigarette aufrauchte, und ließ auch die Ziegel wieder zusammentragen, und endlich stieg ich selbst aufs Dach und ließ mir die Ziegel hinaufgeben und setzte sie oben wieder ein, und das Loch schloß sich, sogar ein paar Ziegel blieben übrig. Da kam es mir vor, als hätten die Burschen sich doch nicht so ganz ins Unrecht gesetzt und der wütende Mensch die Gelegenheit nicht ungern gesehen, Händel anzufangen; und hätte ich das zum voraus gewußt, hätte ich vielleicht mir nicht die Kennkarte abfordern lassen. Aber ich sagte nichts laut, sondern sprang bloß vom Dach und trieb zum Aufbruch.
Der Tag blieb heiß, es war ja noch früher Nachmittag, heiß und voll von dem Geruch des Silberblatts, als wir jetzt den Wald hinaufstiegen auf dem Steig, den der Reiter abwärts gekommen war. Erst auf der Höhe, solang wir dem Trauf des Bergs entlang gingen, wehte es kühler. Ich sehe den Tag noch, die Wiesen hatten abgeblüht, aber waren noch nicht geschnitten, denn wir hatten viel Nässe gehabt; ein bräunlicher und manchmal silbriger Rost lag über ihnen, und die Rapsfelder dort oben blühten stechend gelb. Die Aufwinde strichen an den Felsen herauf; die Talbuchten lagen ganz blau von Dunst erfüllt; man sah weit fort an zwei Stellen in rauchfarbenen Ballen Blitze zucken, sonderbar braune Blitze, sehr weit entfernt. Das alles lag zu unserer einen Seite, tief unten und über die Felsstürze weg. Aber plötzlich begannen die Kinder zu rufen und zu zeigen. Der Inspektor ritt mit uns. Er ritt in einem ziemlichen Abstand, aber so, daß er das Rudel im Auge haben mußte. Er ritt auf Feldwegen und ritt die Ackerränder entlang. Die ganze Zeit, solange wir dort gingen, begleitete uns das weiße Pferd. Ich wußte, daß ich vorsichtig sein mußte. Alle Augenblicke mußte ich warnen und rufen, damit sie nicht ausbogen oder sich in die Felder jagten. Es war deutlich, daß der Mann nicht genug hatte. Er belauerte uns.

Die Hochfläche dort liegt auf Kalk und hat kein Wasser. Als der Weg jetzt vom Felsenrand abbog und sich schnurgerad durch die Felder davonwandte, klagten die ersten über Durst. Sie waren erhitzt und hatten viel getobt. Sie fielen jetzt von den Kräften, sobald die Strecke staubig und eintönig wurde. Es kam eine kleinlaute Viertelstunde. Sie zottelten verdrossen. Endlich rief eines: »Der Obere Hof hat Wasser!« Das machte sie lebendig. Die vorderen fingen schneller zu gehen an.

Ich machte wieder den Schluß und hatte die paar um mich, bei denen es mit den Schuhen Beschwer gab, und die Mädchen. Ich übersah den Schwarm, der sich immer länger auseinanderzog. Der Weg läuft schnurgerad auf den Oberen Hof zu und durch ihn hindurch, und ich sah die ersten jetzt in die große Allee eintauchen und die Schatten über sie wechseln; die Hemden, die Haare blitzten in den Streifen Lichts. Der Reiter war verschwunden. Dann sah ich dort, wo die Straße den Hof durchschnitt, die ersten nach links abbiegen und nicht mehr zum Vorschein kommen, und auch die nächsten Grüppchen bogen nach links ein und blieben fort. Dort gab es also den Brunnen.

Der Brunnen war da. Als ich ankam mit meinem Nachtrab, sah ich unter einer Linde den Brunnen laufen. Es war ein eiserner Brunnen, wie er auf staatlichen Liegenschaften aus der königlichen Zeit häufig vorkommt, ein eiserner Trog mit Wappen und Jahreszahl; aus der Brunnensäule schoß der Strahl dick. Ungefähr zehn oder fünfzehn Schritt von dem Brunnen entfernt, in einem eigentümlich verstörten Halbkreis, hielten die Kinder. Keines rief etwas, aber sie warteten. Das Wasser hörte man rauschen und plumpsen, es schoß stark heraus. Die Augen der Kinder waren in großer Gier auf das Wasser gerichtet. Als ich herankam, wandten die Gesichter sich alle zu mir. Der Inspektor war jetzt nicht mehr zu Pferd, man sah auch das Pferd nicht. Dafür stand der Inspektor jetzt vor dem Brunnen, und ein großer gelbäugiger Hund stand neben ihm. Der Inspektor rührte sich nicht, aber der Hund war unruhig. Er schien beunruhigt von etwas, das für uns nicht da war und das ihn allein betraf. Es war ein großer Hund. Ich kann mich nicht besinnen, daß mir einmal ein Hund ähnlich groß vorkam.

Ich sagte mir, daß ich jetzt nicht stehenbleiben durfte, und also ging ich ruhig weiter auf den Brunnen zu, und dann blieben die Mädchen hinter mir zurück, und ich ging weiter, sah dem Inspektor ins Gesicht und sagte: »Guten Tag. Sie haben Ärger mit uns gehabt. Aber um Wasser dürfen wir Sie bitten.«
Ich sagte das nicht freundlich und nötigte mir kein Anrede-Lächeln ab. Aber der Inspektor war auch nicht freundlich und sagte dünn: »Gehen Sie hier weg. Dies ist ein Staatsgut, aber öffentlich ist nur der Weg, der durchführt. Auf meinem Hof hat niemand etwas zu suchen.«
Ich hörte die Kinder hinter mir sagen: »Er läßt uns das Wasser nicht.« »Wir sollen kein Wasser trinken dürfen.« »Er hat uns von dem Wasser fortgejagt.«
Und der Inspektor sah mir nicht mehr in die Augen, sondern hatte jetzt die Kinder im Blick und schrie: »Hier gibt es kein Wasser für Dachabdecker. Das ist das gleiche Wasser, das aus der Pumpe da drunten kommt. Ich will euch merken lernen, was es mit Wasser auf sich hat. Hier gibt es kein Wasser für euch, ihr kleinen Lumpen.«
Ich sagte zu ihm: »Gut, das haben Sie uns jetzt gezeigt. Aber es sind Kinder. Ich bitte Sie, daß Sie diese Kinder trinken lassen.«
Aber der Mann antwortete: »Ich habe Sie aufgefordert, meinen Hof zu räumen. Gehen Sie.«
Wer die Stiefel anhat und einen Hund neben sich, ist in guter Position, auch wenn er sich im Unrecht befindet. Ich bin überzeugt, daß es ihn vollends verrückt machte, weil er sich im Unrecht befand. Ich weiß nicht, ob die Kinder so viel dachten, aber vielleicht spürten sie das erstemal, daß sie mit der Gewalt zu tun bekamen. Sie hatten auf mich gewartet, und ich war dazu da, daß ich ihnen Wasser verschaffte. Wenn meine Papiere auch zweifelhaft waren oder besser gesagt einige ganz fehlten, das war kein Grund, daß ich ihnen kein Wasser zu verschaffen brauchte. Ich wurde sogar zum Beispiel dafür bezahlt, daß ich ihnen Wasser verschaffte, wenn sie durstig waren. Und ich konnte ihnen kein Wasser verschaffen.
Ich sagte: »Noch einmal. Meinen Sie das im Ernst?«
Und er sagte: »Ich warne Sie. Der Hund geht auf den Mann.«

Und das Herz hatte mir wieder angefangen unregelmäßig zu schlagen so wie vorhin drunten bei der Hütte; ich spürte die Schläge ganz sonderbar, so als wenn ich zwei oder drei Herzen hätte oder das Herz anderswo säße als es tatsächlich saß, die elende rote Pumpe; und das war doch nicht so lang her, daß man gelernt hatte, wie man Auseinandersetzungen solcher Art dadurch löste, daß man den Verschluß zurückzog und dann nur noch einen kurzen Augenblick wartete; aber jetzt kannst du lang warten; elende rote Pumpe; nichts mehr mit Feuerstößen, elende rote Pumpe, aber ein Hund und ein Mann in Stiefeln und beide da, wo sie hingehören und ihnen das gehört, wo sie sind; und beide berechtigt und beide immer satt. Und es dauerte ein paar Augenblicke, bis ich wieder richtig Luft bekam und mich umdrehen konnte und zu den Kindern sagen, wobei meine Stimme mir nicht recht bekannt vorkam: »Geht weiter. In Wilxingen drunten, auf der Station, gibt es genug Wasser. Es ist nicht mehr so weit hin. Geht weiter.«

Aber die Kinder gingen merkwürdigerweise nicht. Sie hatten offenbar das Gefühl, so könne es durchaus nicht enden. Und dann hörte ich als einzige Diemut Andernoth sagen: »Das kann nicht sein. Der Mann muß uns doch Wasser geben.« Und ich sah, daß sie schon einen Becher in der Hand hielt, ein Ding aus einem gewöhnlichen billigen Kunststoff, hellgrün, das sie hervorgekramt hatte. Sie sagte: »Wenn doch Renate Kopfweh hat.«

Ich besinne mich ganz genau darauf. Ich sehe Diemut noch genau, wie sie gegen den Brunnen und gegen den Mann und gegen den Hund zuging, und sie sagte noch einmal: »Wenn Renate Kopfweh hat.« Ich sah, daß sie um die Nase herum weiß war; vielleicht fürchtete sie sich trotzdem nicht so sehr vor dem Hund, weil sie doch vom Land kam, ich aber auf jeden Fall hätte sie packen und zurückreißen müssen. Aber einen winzigen Augenblick zögerte ich. Ich zögerte, weil ich wünschte in meinem Haß, daß es zum Schlimmen kommen solle, und sie ging da los, das Kind, fein und fest mit ihrem feuchten hinaufgerafften Haar, und ich sehe sie, den einen Arm ganz steif vor sich hingestreckt mit der Hand und dem billigen grünen Becher, und dann die Masse im Sprung, und Geplatsch und Kratzen, häßliches Fauchen und Geknurr und heller Schrei, eines zugleich mit dem anderen, schneidender

Fluch, Schrei, der den Hund zurückrief, und einen Augenblick das dünne schäbige Klappern des Bechers, der davonrollte. Ich hielt sie gepackt, solang noch der Hund sie gepackt hielt, und dann war alles ganz dicht aufeinander, der Inspektor, der den Hund am Halsband zurückriß, das Kind und ich, und ich sah das Blut an ihrer Hand, die den Becher gehalten hatte, und die Mädchen schrien schrill hinter uns, und der Hund röchelte unter seinem Halsband.

Ich hätte mich zusammennehmen können, aber ich wollte es nicht; ich sagte laut und trocken zu dem Mann, wie ich gerade seinem Gesicht gegenüber war: »Saukerl«, und das Kind hielt ich fest und bückte mich noch nach dem billigen grünen Becher, der aus ihrer Hand davongerollt war, und behielt sie fest an meiner Hand und in meiner anderen den grünen Becher, und sah nicht mehr hinter mich und ging mit dem ganzen Schwarm aus dem Hof.

Ich mochte nicht mehr sprechen. Der Tag war vergällt, und der Haß fraß an mir. In dem Rudel, das seinen Durst vergessen hatte und vor mir und um mich herum sich stieß in Ausrufen und Schmähungen, ging ich hin und ließ es bei zerstreuten Zureden, und was mir erst eine ganze Zeit später auffiel: Diemut war an meiner Hand geblieben und ging an meiner Hand neben mir. Als ich ihr den Verband gemacht hatte, griff sie sogleich wie ohne Gedanken wieder nach mir, und daß sie noch immer an meiner Hand ging, kam mir erst zu Bewußtsein, als mir einfiel, ich könnte jetzt die endgültig letzte Zigarette rauchen, und ich sagte leise zu ihr: »Laß mir einen Augenblick meine Hand, Diemut.« Aber als ich meine Zigarette angebrannt hatte, wartete sie schon und legte ihre Hand wieder in meine Hand zurück. Ich fragte irgend etwas: »Tut es weh? Kannst du weitermarschieren?«, und sie nickte und sah geradeaus und gab Antwort: »Nein, es tut nicht besonders weh. Ich kann gut marschieren.« Und der Haß fraß die ganze Zeit an mir.

Erst die Steige hinunter löste sich der Schwarm wieder. Viele nahmen die Abkürzungen und die Seitenwege und rannten, und nur die Nachzügler sammelten sich, und die Mädchen blieben bei mir. Dann, auf der Mitte der Steige, knickte Diemut auf einmal neben mir ein. Ich mußte sie festhalten und dann hochheben, sie sagte etwas, und ich trug sie zur Seite in

den Schatten und legte sie dort nieder, und die anderen Mädchen standen herum, und ich sagte zu ihnen: »Setzt euch auch hin. Es wird ihr gleich besser werden.«
Es war nichts Verwunderliches, eben der Schreck, der nachkam, und der Tag, der so schwül und vertrackt gewesen war. Es dauerte nur Minuten. Sie lag, das Kind, und ich gab acht auf sie und mußte ihr Gesicht beobachten. Nach einer Weile hatte sie die Augen offen, aber als ich sie etwas fragte, merkte ich, daß sie noch nicht richtig bei sich war. Das Laub, das sich regte, und der weiße Himmel glänzten in ihren abwesenden Augen. Dann, als es mir vorkam, sie sei jetzt wieder bei sich, schloß sie die Augen und drehte den Kopf weg von uns, und dann, nach ein paar Augenblicken, setzte sie sich auf und sagte: »Mir ist bloß ein wenig schlecht gewesen. Jetzt ist mir wieder gut.«
Sie sah mich an, das Kind, und weil die anderen gerade plapperten oder sich mit ihren Sachen zu schaffen machten, sagte sie zu mir: »Lassen Sie es sich nicht so nahegehen, Herr Soldner.«
Und ich wußte zuerst nicht, wie ich es verstehen und was ich darauf sagen sollte, und weil mir das Blut ins Gesicht stieg, als ob sie ein Mädchen und nicht ein Kind gewesen wäre, sagte ich grob: »Nun was denn? Hat denn mich der Hund gebissen oder dich?«
Sie fuhr fort, mich anzusehen, und schüttelte den Kopf. Sie sah mich an, als müßte ich es besser wissen, was sie meinte. Als müßte ich wissen, daß sie so genau wie ich wußte, was mir geschehen war. Ich hätte mehr auf sie achtgeben müssen. Was war das schon, daß ich versuchte, sie vor einem Hund zu schützen und später vor diesem Rakitsch? Ich habe nicht viel zuwege gebracht. Der Blick sagte es mir, später *unter den Metzgerpalmen*, arglos und ausgesetzt, endlich furchtbar. Ein furchtbarer Kinderblick. Damals noch, die paar Jahre später, als sie sich umdrehte und dann davonlief *unter den Metzgerpalmen*, nicht mehr zu halten; davon, davon, da war sie auch noch nicht viel mehr als ein Kind. Aber ist ein Kind wenig? Ich hätte auf das Kind achten müssen und nicht nur auf den Hund und Rakitsch.
Aber wer paßt auf ein Kind auf, wenn er die Mutter im Kopf hat.

9

DIE SCHNEIDERIN: GEGEN SOLDNER LÄSST SICH ALLERHAND MACHEN

Heute wäre ich bei so einer Festlichkeit nicht mehr dabei. Nicht bloß, weil ich jetzt so viel älter geworden bin; ich würde gar nicht mehr eingeladen. Damals war ich dabei, weil Korfiz die Tanzstunde mitgemacht hatte; heute wäre aber Korfiz nicht in so einer Tanzstunde. Im Grunde wurde es auch damals nur so, weil Soldner seinen Willen durchgesetzt hatte. Heute wäre Korfiz bei den Leuten ohne Auto oder solchen, die sonst nicht mithalten können in Neu-Spuhl.
Damals ging es noch nach dem, wie nötig man jemand brauchte. Ich nähte doch in allen den Häusern, und ein halbes Dutzend von den Kleidern, die da herumsaßen, waren meine Kleider. Ich hatte genäht, die ganzen schlechten Jahre hindurch, für gar nichts als das Geld und für das Essen in den Häusern. Eine Schneiderin ist wohl angesehen, wenn sie was versteht und auf die Leute eingehen will. Wenn sie auch noch billig arbeitet, macht man ihr den Hof. Was die Zeit damals angeht: man traute ja nicht recht, wie lang es so bleiben und ob es nicht bald wieder schlecht kommen würde. Darum hätte man mich auch eingeladen, wenn weiter nichts gewesen wäre, als daß ich die Kleider gemacht hatte. Eine Schneiderin sieht so manches. Sie kommt ja überall rum.
Ich bin ein einfacher Mensch. Weil ich aber eine Schneiderin bin, kenne ich das Maßnehmen und kann manches unterscheiden. In manchem ist es keine Kunst, es herauszufinden: zum Beispiel, daß es zwei Arten von Häusern gibt, solche, bei denen ein schlechteres Essen auf den Tisch kommt, wenn die Schneiderin mitißt, und dann die anderen, in denen man aufkocht, wenn sie Nähtag hat. Das sind die mehreren. Wenn man es sonst an nichts merkte, dann an dem, wie die Kinder sich verhalten.
Bei Frau Andernoth merkte ich sofort, daß sie für mich Umstände machte, und hätte ihr am liebsten gesagt: Lassen Sie es doch. Ich mache mir gar nichts aus dem Essen. – Aber ich mochte sie nicht merken lassen, daß ich sah, was los war.

Wenn ich auf die Rechnung gesehen hätte, wäre ich ohnedies nicht zu ihr gegangen, denn eine große Rechnung machte ich der Andernoth nie. Ich erlaubte mir dann und wann anderswo eine große Rechnung, auch wenn es dort ein Gesicht gab. Die Andernoth hätte nie ein Gesicht gezeigt. Eben deshalb ging ich zu ihr hin.

Zu dem Schlußball damals hat mein Korfiz ihre Tochter eingeladen. Ich fragte Frau Andernoth, als ich zum Nähen bei ihr war, denn ich mußte ja das Ballkleid machen: ob sie damit einverstanden wäre. Und ich wollte, daß sie an meinem Ton spüren solle, ich sähe uns, mich und Korfiz, nicht für ihresgleichen an. Ich machte sogar einen Spaß und sagte, indem ich einen Faden abbiß, ich wisse wohl, daß mein Korfiz nicht grade eine Schönheit sei, aber ein guter Kerl; und ich setzte hinzu, das wäre eine Ehre für uns. Frau Andernoth sagte schnell: »Aber ja, er ist doch ein lieber Kerl –«, aber ich merkte, daß sie etwas ganz anderes dachte; ich merkte, daß sie erschrocken war für ihr Kind. Sie wird gedacht haben: wie denn, gibt es für mein Kind keinen anderen Tänzer? Laut sagte sie: »Wirklich, ja? Diemut hat noch gar nicht gesprochen über den Ball. Nein, ja wirklich, das freut mich. Diemut wird sich auch freuen.«

Ja nein, sie sagte es freundlich, so freundlich, daß es wohl sonst niemand gemerkt hätte, wie sie erschrocken war und doch nichts abschlagen konnte, weil ich ihr die Kleider machte. Ich sage auch nicht, daß es mir nicht etwa weh tat und mir nicht ein paar Augenblicke das Blut in den Ohren sauste; es tat mir weh für mein Bürschchen, der doch nichts dafür konnte, daß er klein und nicht grade eine Schönheit war. Man ist doch eine Mutter. Daß er ohne Vater aufwachsen mußte, das war auch nicht seine Schuld. Und wenn ich mir nicht schon so lange vorgesagt gehabt hätte, es solle mir nichts mehr durchgehen, ich hätte die hochmütige Frau Andernoth wissen lassen, wie es in Wahrheit zu dieser Einladung kam.

So wie Korfiz, das Männchen, damals war, könnte ich glauben, es verhielt sich mit dieser Einladung ähnlich wie mit dem, daß er seine Lehrer einsperrte. Korfiz hat eines Tags bei den Barfüßern das Kollegium eingesperrt. An die fünfhundert Schüler trugen es am gleichen Mittag nach Hause. In allen den Häusern wurde beim Mittagessen und noch ein paar Tage

drüber gelacht. Nur daß Korfiz damit zu tun hatte, davon konnte ich nichts ahnen. Es hatte in der Pause einen Lehrerrat gegeben, der sich hinzog, dann schellte es, alle Klassen füllten sich, aber nirgendwo erschien ein Lehrer. Nicht lange, so muß der ganze alte Kasten getobt haben, wie es so wird in Schulhäusern, wenn keine Aufsicht da ist. Nach hinten aber, wo der Schulgarten liegt, waren alle Fenster des Lehrerzimmers aufgerissen, und die Lehrer hingen dort heraus, schrien auch und gaben Zeichen. Es wurde ein Höllenspektakel.
Sie hatten im Lehrerzimmer keinen Fernsprecher; der Hausmeister war unterwegs, um dienstliche Schreiben auszutragen; die Hausmeisterin war auch unterwegs, um Einkäufe zu machen; und daß man die Feuerwehr rufe, das wollten die Lehrer nicht, obwohl die Schüler begeistert dafür waren. An die fünfhundert Schüler lagen jetzt, soweit sie die richtige Aussicht hatten, in den Fenstern, und alle anderen, die nichts sehen konnten, waren hinuntergeströmt und trampelten in den Beeten herum, wo die Kreuzungen gezüchtet werden. Und weil der Hausmeister nicht zurückkam, mußte endlich ein Schlosser herangeschafft werden, der die Herren freiließ. Man erfuhr nichts, aber auch gar nichts über den Attentäter.
Zehn, zwölf Tage nach jenem Spektakel fällt mir eines Nachmittags – zufällig nähte ich an dem Tag zu Hause – mein Korfiz auf, wie er davongehen will. An den meisten Tagen machte ich bloß abends, wenn ich nach Hause kam, ein richtiges Essen; über Mittag, solange ich in den Häusern war, stellte ich ihm etwas hin, damit er es sich selber wärmte. War ich aber einen Tag da, so freute ich mich, daß ich das Essen fertig hatte für uns, wenn er aus der Schule kam; ich kochte ein wenig netter und was zum Nachtisch, damit mein kleiner Kerl spüren sollte, daß er ein Zuhause hatte, wenn auch der Vater fehlte. Auf den Nachmittag freute ich mich auch, wenn er dann bei mir sitzen blieb; ich nähte, und er machte seine Schularbeiten. Ich wußte, er hatte an jenem Nachmittag keine Schule, und doch drückte er sich herum, als ob er einen Vorwand suchte, um wegzukommen.
Endlich sage ich ihm auf den Kopf zu: »Korfiz, was ist mit dir, warum willst du gehen und willst mir nicht sagen, wohin?«
Und er, rot unter seinem roten Dächlein, glänzt mich an und sagt, halb grinsend: »In Arrest, Mutter.«

»Was«, sage ich, »du und in Arrest? Was ist es denn, was habt ihr ausgefressen?«
»Wir nichts«, sagt er, »ich allein. Ich habe die Lehrer eingesperrt, Mutter. Dafür sperren sie jetzt mich ein.«
Und ich denke, die Luft bleibt mir weg, und ich kann es nicht glauben. Eine Weile später muß ich das Lachen verbeißen; denn so sehr es mich aufregt, irgendwie habe ich einen Stolz, daß Korfiz das gemacht hat, das Malefizbübchen. Ich bin aber streng und fange an, ihn auszufragen: »Jetzt sag mir, was du dabei gedacht hast, wie du dazu kommst!«
»Gedacht?« sagt er, »oh nichts. Ich kam an die Tür, und ich sah den Schlüssel stecken; auf dem Flur kein Mensch, und drin saßen sie alle miteinander. Da habe ich es getan und den Schlüssel in den Stadtbach geworfen. Dort liegt er noch heute drin.«
Und peinlich für mich, das ist gar kein Wort, denn eine Frau allein, man weiß nie, auf wen man angewiesen ist und wen man nicht vor den Kopf stoßen darf. Ich gehe gleich anderen Tags hin zu Soldner, seinem Klassenlehrer, um mich zu entschuldigen dafür, daß Korfiz sich so was hat zuschulden kommen lassen. Der Gang ist schlimm; aber Soldner lacht, wie ich komme: »Da braucht es keine Entschuldigung. Ich weiß genau, wie das zugegangen ist.«
»Ich auch«, sage ich. »Zufällig vorbeigekommen, und sieht den Schlüssel, und niemand ist um den Weg, und da fällt ihm ein, daß er das anstellen könnte.«
»Gar nicht«, sagt Soldner. »Es ist ganz anders. Er hat sich das lang überlegt. Er hat die Gelegenheit schon ein paarmal wahrgenommen, und dann hat er abgewartet und eines Tages sich gezwungen, es zu tun.«
»Das glauben Sie von ihm?« sagte ich, »das wäre ja noch viel schlimmer.«
»Im Gegenteil. Er mußte es tun. Sie kennen doch Ihren Jungen. Er ist von Natur aus ordentlich und gar nicht angelegt, etwas Unordentliches zu tun. Seine Genossen hänseln ihn manchmal, weil sie glauben, er sei ein Duckmäuser oder Streber. Korfiz ist aber kein Streber, er hat einfach so eine Natur, die tüchtig sein will; und er ist auch kein Duckmäuser, denn er sieht ein, er müßte mal etwas gegen die Regel tun. Eines Tages denkt er sich: Ich werde es den Kerlen beweisen. Ich werde

etwas tun, was noch keiner riskiert hat, und ich lasse mich noch nicht einmal erwischen.«
»Er hat sich aber doch erwischen lassen.«
»Nein; da hat er es Ihnen nicht genau erzählt. Es war nichts herauszubringen; weil man aber endlich doch etwas wissen wollte, verkündete man öffentlich, der Täter würde nicht bestraft werden, wenn er sich meldete, und zwar bis zu einer bestimmten Frist. Ihr Korfiz aber ließ die Frist verstreichen, denn er wollte dazu beweisen, daß er auch keine Angst hatte. Erst als die Frist verstrichen und klar heraus war, daß man ihn nicht finden konnte, wenn er nicht wollte: kam er auf dem Rektorat an und meldete sich. Denn er hatte jetzt alles durchgeführt.«
Und ich glaube, so war es damals mit Diemut. Er wollte etwas riskieren oder etwas gegen die Regel tun.
»Diemut Andernoth«, sagte er zu mir, »ist noch von keinem eingeladen.«
Und ich: »Diemut, die hübsche Diemut? Warum denn nicht?«
Korfiz zuckte die Achseln: »Weil sie sie nicht wollen.«
»Was«, sage ich, »Diemut Andernoth, nach der sich jedermann, der ein bißchen Verstand hat, die Augen ausguckt?«
»Sie sagen, so und so, die Andernoth hat keinen Wert.«
»Dann lädst du sie sofort ein«, sage ich zu Korfiz.
Und Korfiz: »Das habe ich schon getan. Ich wollte es dir bloß sagen und wissen, was du dazu meintest.«
»Es war richtig«, sagte ich, und Korfiz: »Es ist auch richtig deshalb, weil Diemut keinen Vater mehr hat, wie ich selber.«
Und ich sagte: »Ja, ja« und schluckte. Es war ja kein Gegenstand für Korfiz und mich, die Umstände zu vergleichen, unter denen die Vaterlosigkeit zustande gekommen war. Es fiel mir auch ein dabei, wie Diemut immer sofort hinzusetzte: »Mein Vater ist nicht zurück, es ist keine Nachricht da.«
Das alles schwirrte mir durch den Kopf, hintereinander und durcheinander, als Frau Andernoth »Nein, ja, wirklich, das freut mich« sagte, und ich biß mir auf die Zunge, weil ich mir doch vorgenommen hatte, es sollte mir nichts mehr durchgehen.
Und wie es mit dem Wert beschaffen war, den diese Diemut für die Burschen nicht haben sollte, darüber habe ich auch manchmal noch an meiner Maschine nachgedacht. Ich komme doch in die Häuser und weiß, was in Neu-Spuhl einen Wert

hatte. Das stimmt, Diemut Andernoth, sie hätte keinen Wert gehabt für die Einladungen, die man machte, wenn der Papa auf Geschäftsreise war und die Mama mitgenommen hatte, oder auch dort, wo sich die Eltern zu Bett legten oben oder hinten hinaus und die Jungen machen ließen, oder dort, wo um dreiviertel eins das Licht in der Wohnung ausging, weil einer die Sicherung herausgeschraubt und in die Tasche gesteckt hatte. Der Schlüssel zur Haustür ist auf einmal nicht mehr aufzufinden, so daß man durch Fenster springen muß, wenn man keinen Wert hat.

In der Zeit vor dem Ball hatten wir allerhand auszumachen und miteinander zu reden. Für die Burschen war es ja eine Wichtigkeit, und ich mußte alles auch wichtig nehmen. Man ist doch eine Mutter, und ich hatte ja nur Korfiz, nichts davor und hinter ihm auch nichts mehr. Und es gab viel abzusprechen.

Ich hörte mir alles an und sagte: »Haben denn die Burschen keinen Verstand oder keine Eltern, die was dreinreden?«

»Eltern schon«, sagte Korfiz, »aber dreinreden will da niemand. Ein paar geben an, und niemand will so dastehen, als ob er nicht mitmachen könnte. Da sparen sich lieber die Eltern was ab. Gerade solche, die wenig haben, stimmen dafür, daß was draufgehen muß. Und der Tanzmeister sagt auch, man muß mit der Taxe vorfahren. Wenn man ein Herr ist, fährt man mit der Taxe vor.«

»Was für ein Schwindel«, sagte ich. »Seid ihr vielleicht Herren?«

»Wenn man in der Taxe vorfährt, ist man ein Herr, sagt der Tanzmeister.«

»Soldner«, sagte Korfiz weiter, »ist aber auch der Meinung, daß das Schwindel ist. Er sagt genau wie du: alles Schwindel. Er sagt: man bringt den jungen Burschen den Schwindel bei.«

Soldner war damals ihr Klassenlehrer. »Schwindel« muß ein Lieblingsausdruck von ihm gewesen sein. Das Verrückte ist, daß er bei dem allem selber ein Schwindler war. Soll ja gar kein Lehrer gewesen sein, hieß es später; keine einzige Prüfung. Ich habe das nie als was so Furchtbares ansehen können, aber die Behörde mußte ihn natürlich wegtun. Weil er gegen den Schwindel war, mußte sein eigener Schwindel herauskom-

men. Heute kommt man sogar als Schneiderin schwer drauf, wo die rechte Seite ist.
Soldner war ja erst bloß eine Aushilfe, damals, als alles noch drunter und drüber ging. Aber schließlich blieb er da, und die Klasse von Korfiz kam Jahr um Jahr darum ein, daß sie ihn behalten dürften. Sie hatten einen guten Zusammenhalt, Korfiz war immer gern in seiner Klasse. Sie hießen sich ja den Igel, weil sie aufeinander nichts kommen ließen. Der Wurm kam in die Klasse damals, als es anfing mit dem Einladen und mit dem Tanzen. Korfiz brachte eines Tages mit, die Tanzstunde ginge jetzt bald los, aber es würden zwei Tanzstunden.
»Wieso zwei?« fragte ich.
Und Korfiz: »Ja, das hat Soldner auch wissen wollen.«
Soldner hatte Korfiz kommen lassen, wahrscheinlich, weil er ihn gerade erwischte, oder vielleicht auch deshalb, weil es eben der kleine Korfiz war, und hatte ihn gefragt: »Wieso denn zwei Tanzstunden?«
»Die einen wollen nicht mit den andern.«
Und bei wem bist du? Zähl mal her, wer mit dir zusammen geht.«
Korfiz zählte vor. »So«, sagte Soldner, »und Groepsch und zum Beispiel Drautzmann und das Schnabeltier, bei wem sind die?«
»Die gehören zur Klöpplertanzstunde.«
»Wie heißt das? Nennen sie sich selber so?«
»Ja. Sie sagen, ihre Tanzstunde wird eine Klöpplertanzstunde.«
»Wie hat das angefangen?«
»Sie haben eben beraten und dann dem und jenem gesagt, daß er mitmachen darf.«
»Ach was. Und was haben die gesagt, die hereindurften?«
»Haben sich gefreut und gern mitgemacht.«
»Wenn aber einer mitmachen wollte, zu dem sie nichts gesagt haben?«
»Haben sie gesagt: Siehst du, wir haben ja nichts gegen dich, aber denk selber nach, ob du es finanziell durchstehen wirst. Es gibt da Verbindlichkeiten. Man macht zwischendurch mal ein kleines Fest, und man muß Sekt trinken, wenn man unter die Leute geht und was zeigen soll. Man muß was

von seinem Konto abheben können. Und wir glauben nicht, daß du es durchstehen kannst. Es ist in deinem eigenen Interesse.«
Weil sie es so wichtig nahmen, war es vielleicht richtig von Soldner, daß er es auch wichtig nahm und sich einmischte. Er ließ sich, konnte man hören, den Wildermuth kommen, der damals der Sprecher war, und fragte ihn, wo er denn mitmache, und Wildermuth sagte: »Bei den Klöpplern!«
»So«, sagte Soldner, »und warum machen Sie da mit? Halten Sie das für richtig?«
Und Wildermuth sagte, er hielte es nicht für richtig und wäre ganz dafür, daß es nur eine einzige Tanzstunde gäbe. Aber weil es nun eben doch zwei würden, müsse man froh sein, bei der einen eingeladen zu werden.
»Und warum muß man froh sein?«
»Einige sagen, es sei ein Vorteil. Man komme dadurch in die Kreise und lerne das gute Benehmen.«
»Bei den Klöpplern?« soll Soldner gesagt und dabei gelacht haben.
»Man wird älter, und in ein paar Jahren ist die Zeit da, wo man eine Stellung haben will. Und kannst du zu einem kommen, der bis dahin der Juniorchef ist oder was in der Personalbesetzung zu sagen hat, ist es gut für dich. Du kannst sagen: Mit dem und dem war ich in der Tanzstunde zusammen. Dafür, sagen sie, kann man auch ein bißchen was ausgeben. Das kommt einem wieder rein, sagen sie.«
Und Soldner sagte: »Ach so, ja das ist natürlich ein Gesichtspunkt. Es kommt einem wieder rein.«
Und er soll ihn am nächsten Tag wieder bestellt haben und mit ihm Ditta Watzner, weil sie beliebt war und was zu sagen hatte. Er fragte: »Nun, habt ihr über die Sache nachgedacht? Glaubt ihr, daß so etwas der Klasse gut bekommt? Ihr lebt noch ein paar Jahre beieinander.«
Wildermuth sagte: »Nein, es bekommt der Klasse sicher nicht gut. Aber man kann jetzt nichts mehr machen.«
»Man kann genug machen. Wenn ihr beide zum Beispiel nicht mittut und sagt, ihr geht auf die andere Seite, werdet ihr die meisten nachziehen. Eigentlich bin ich sicher, daß ihr es euch so überlegt.«

Aber Wildermuth sagte nichts mehr, und Ditta hielt ihre Frisur hoch und sagte: »Ich bin eingeladen worden. Absagen kann ich nicht.«
Und als sich nichts mehr bewegte in der Sache, erzählte Korfiz, sei Soldner an einem der nächsten Tage in der Klasse grob geworden, grob gegen Drautzmann, den er offenbar für den Anführer ansah, und Drautzmann war es ja auch. Schließlich sagte er gerade heraus, wenn sie nicht selber zur Räson kämen, würde er sie zwingen.
Er setzte ja dann seinen Kopf durch, indem er die Eltern anrief. Es waren gar nicht so viele Eltern für ihn, aber es wagte auch niemand, gerade heraus auf der Teilung zu bestehen; denn es waren ja die Eltern; die genierten sich noch. Aber man war in vielen Häusern von da ab nicht gut auf Soldner zu sprechen. Damit muß es angefangen haben, daß man gegen ihn vorging. Korfiz brachte nach Hause, daß gleich nach jener Sache Drautzmann ganz laut und zu jedem, der hören wollte, gesagt habe: »Soldner, wer ist das überhaupt? Gegen Soldner läßt sich was machen, wenn man will.«
Daß Soldner es gut gemeint hat, weiß ich. Er meinte wohl, daß es richtig wäre, die Jungen zusammenzuhalten. Er redete von seinen Jahrgängen und meinte, in seinen Jahrgängen habe man es so gemacht. Aber ich frage mich: Wofür wollte er die Jungen zusammenhalten? Wozu? Vielleicht hatten sie da in den Jahrgängen, von denen er redete, irgend etwas im Kopf außer dem Geld, das sie verdienten oder verdienen wollten. In Neu-Spuhl aber haben die Menschen das Geld im Kopf. Später kommen ohnedies alle auseinander, nicht gerechnet die in der gleichen Steuerklasse. Wenn man zusammenhalten soll, muß man was im Kopf haben, wofür. Oder es müßten die Leute alle gleich sein.
Aber niemand weiß besser als eine Schneiderin, daß die Menschen nicht gleich sind. Du kannst irgendeine von der Kasse wegnehmen oder von der Fleischbank und kannst sie anziehen und in einen Wagen setzen, und sie ist eine Klöppler. Und es gibt Klöpplersche, nimm denen den Friseur weg und laß sie wo sitzen, wo niemand sie kennt, so sind sie eine Nummer und sonst gar nichts. Das macht überhaupt nur das Geld. Aber nicht für eine Million kann eine das werden, was diese Andernoth noch ist, wenn sie den Boden scheuert. Nein, eine Schnei-

derin weiß das. Und doch sind alle durcheinander. Das ist der Wirrwarr; man weiß nicht, was oben und unten ist.
Es gab also dann die einzige Tanzstunde, und als sie erst alle zusammen tanzten, redete niemand mehr viel von der Sache. Und Korfiz also lud zum Schluß diese Diemut ein. Korfiz war ein bißchen aufgeregt, und einmal sagte er sogar zu mir: »Ich will dir was sagen, Mutter, ich geniere mich vor Diemut, und Diemut geniert sich meinetwegen vor den andern.« Aber ich machte ihm Mut und sagte: »Wieso denn, die Andernoths sind nichts als nett zu dir.« Und er sagte wieder: »Sie weiß ganz gut, daß ich kam, nachdem niemand sie einladen wollte. Und das ist genierlich für sie, daß sie grade mit mir kommen muß.«
Was mich aber am meisten stört, das ist, daß Korfiz mit Rakitsch gesprochen hat. Natürlich hätte Rakitsch auch von jedem anderen von dem Tanz erfahren und wie und wo. Aber es war eben gerade Korfiz; er sprach ihn auf der Straße an und fragte gleich, wen er eingeladen habe, und Korfiz sagte: »Diemut Andernoth.«
Ich sagte zu Korfiz: »Das ist dumm von dir gewesen, du hättest auch sonst irgend etwas sagen können, irgendeinen Namen.« Und Korfiz sagte: »Ja, Mutter, das fiel mir eben nicht ein.« Ich sagte: »Was wirst du den Menschen gerade auf den Namen bringen!«
Rakitsch wollte sofort wissen, ob er eine Karte bekommen könnte. Aber es wurden keine Karten ausgegeben, da es viel Leute waren und der Platz eng. Rakitsch drängte und meinte, eine Karte werde doch zu besorgen sein.
»Keine Karte für Rakitsch«, sagte ich, »auf gar keinen Fall von dir.«
Ich sage das nicht hinterher und auf das hin, was geschehen ist; aber wenn ich Rakitsch sah, ist mir nie wohl geworden. Ich hatte es auch nicht gern, daß Korfiz ihm eine Weile Stunden gab. Das war in der Zeit, als Rakitsch zu den Barfüßern ging, um das Abitur zu kriegen. Rakitsch war viel älter als der Kleine, aber Korfiz war immer gut in Mathematik; ein Lehrer hatte es so vorgeschlagen. Korfiz verdiente dabei, denn an Geld fehlte es nicht bei Rakitsch. Er verdiente an der Mathematik, die er gab; aber ich möchte lieber, er wäre mit Rakitsch nicht zusammengekommen.

Ich weiß nicht, warum es Menschen wie diesen Rakitsch überhaupt geben soll. Und wenn es sie gibt, weiß ich nicht, warum sie frei herumlaufen. Und wenn schon: ich wollte lieber, ein anderer hätte Rakitsch etwas von dem Ball gesagt und von Diemut. Es ist dumm; aber mir kam es vor, als hätte Korfiz sie an den Kerl verraten.

10

SOLDNER: RAKITSCH AN DER GLASTÜR

Rakitsch kannte ich gut. Ich hatte auf allerlei Weisen mit ihm zu schaffen. Für mich gehört Rakitsch sogar zu Neu-Spuhl. Wie der rote Staub der Pansalva, wie der fade, säuerliche, allgegenwärtige Geruch dieses Staubs, der auf Dächern und Simsen filzte, so gehört für mich zu Neu-Spuhl Rakitsch: der Laut aus Rakitschs Trompete von der alten Hopfendarre auf dem Wittmackschen Grundstück her. Dort ließen sie ihn üben, und ich hörte die Laute oft viele Stunden lang und über manchen Abend. Sie drangen nicht stark zu mir, denn die Trockenscheune lag ja weit zurück zwischen Stapelplätzen und Schrottlagern. Nicht einmal sofort fielen mir die Töne auf; sie lösten sich für mich erst allmählich aus dem dumpfen Gemenge von Geräuschen, die Neu-Spuhl erzeugte und die verworren durch mein offenes Fenster hereinflossen, aus dem entfernten Kreischen der Elektrischen und dem Geroll von Zügen und Lastern, dem Surren von Strickmaschinen und Jammern von Sägen: drüben hin flossen und zuckten die Laute, immer wiederholte kurze Tonfolgen, drei, vier Tonschritte, melancholisch, stoßend und gezogen, zuweilen dumpf glänzend, dann vom Windschwall verwischt. Am Abend nur und manchmal noch spät in der Nacht kamen sie deutlicher, weil dann der Stadtlärm ruhte: eigensinnig, mit einer schreckerregenden, infernalischen Beharrlichkeit ausgestoßen der gleiche Aufschrei vierzig- und fünfzigmal, hechelnd, hündisch klagend; das gleiche Abfallen und Verhauchen immer noch einmal. Dann plötzlich ein melodischer Satz, ein wildes, taktfestes Rasen minutenlang, das ein Schrei schloß. Einmal, als ich eine Woche krank lag, hörte ich das Getön durch mein Fenster Tag für Tag, durchaus nicht stark, wie gesagt, aber unerträglich, peinigend, wenn es einmal im Ohr lag, wenn es floß und zuckte in dem trüben Geräuschgemeng von Neu-Spuhl. Dabei wußte ich damals noch nicht, daß diese Töne Rakitsch gehörten. Ich erfuhr es erst nachher, als unser Musiklehrer sagte: »Rakitsch spielt Trompete.«
Auch Rakitsch war mein Schüler. Lauter Faxen. Diemut Andernoth eine Schülerin von mir, Rakitsch auch mein Schüler.

Verfluchte Faxen. Als Rakitsch bei den Barfüßern eintreten wollte, kam er zuerst zu mir. Ich weiß nicht, was ihn zu mir führte oder wer ihm von mir erzählt hatte; es kann natürlich Zufall sein, daß er eben meinen Namen kannte und dem Namen nachging. Je älter ich aber werde, desto weniger glaube ich an die Zufälle. Nein, offenbar hatten wir etwas miteinander zu tun.

Also Rakitsch kam eines Tages und wollte aufgenommen werden. Er kam nicht angemeldet, nicht, wie bei Schülern üblich, von Vater oder Mutter begleitet. Was noch ungebräuchlicher war, er kam nicht in die Schule und nicht zum Schulvorstand, sondern auf mein Zimmer. Ich sagte sofort zu ihm, ich sei nicht zuständig, beschrieb ihm auch, wohin er sich zu wenden habe. Und er antwortete, das wisse er schon, möchte aber vorher jemanden haben, den er kenne, so sei es besser. »Von Ihnen habe ich gehört«, antwortete er. Dabei wurde mir deutlich, daß er aus Verhältnissen oder von Erfahrungen herkam, die gelehrt hatten, Dienstwegen zu mißtrauen und dafür sich lieber eine Person als Fürsprecher zu gewinnen. Auch in seinem Akzent, in seinem Vorrat an Worten lag etwas dergleichen.

Rakitsch war außerordentlich höflich, und schon das unterschied ihn von den Burschen aus Neu-Spuhl, die in seinem Alter noch ungeschickt wie junge Hunde sich anstellten. Seine Art, sich zu betragen, ein fast unterwürfiges Zuvorkommen zugleich mit der Verstocktheit, die er in gewissen Fällen zeigte, sie trug ihm später einhellige Abneigung aller Lehrer ein. Er galt für durchtrieben, zumal man in Neu-Spuhl einen Mann dann für ehrlich zu nehmen bereit war, wenn er ungeschliffen auftrat. Rakitsch aber mit seinem dunklen Akzent hatte eine Verkehrsart, die gewohnt war, sich zu biegen, um an ein Ziel zu gelangen.

Da Rakitsch nicht gleich aufstand, stellte ich ein paar Fragen an ihn und hörte, daß er außer seiner Mutter niemand und daß diese Mutter ein Geschäft in Neu-Spuhl habe. Davon, daß er bei seiner Mutter nicht lebte und daß die Mutter »ihm ein Zimmer in der Stadt zahlte« – so lautete die Neu-Spuhler Wendung –, erwähnte er bei jenem Besuch nichts, setzte nur hinzu, seine Mutter könne sich nicht viel mit ihm befassen, denn sie sei allein und noch im Aufbau ihres Geschäfts. Was das für ein Geschäft war, weiß ich nicht. Jedenfalls wollte sie

also den Sohn nicht im Haus haben. Vielleicht erinnerte sie der Sohn an seinen Vater. Von dem Vater Rakitsch hat niemals jemand gehört.
Als Rakitsch bei mir eintrat, war ich nicht gleich auf den Gedanken gekommen, es handle sich um einen Schüler. Er wirkte viel älter; und ich habe mich manchmal gefragt, warum Rakitsch unbehaglich wirkte. Gewiß, er kam aus einem anderen Land, dunkel und melancholisch, sein Haar war dicht, auch seine Brauen; seine Wangen, sein Untergesicht hatten einen dunklen Anflug. Er hatte die undurchsichtige Haut, die keine Durchblutung sehen läßt, und seine Stirn war auffallend durch eine einzige tiefe, waagerechte Falte geteilt. Sein Wunsch war also, bei den Barfüßern Abitur zu machen, »um doch etwas mehr vorzustellen«, wie er sich ausdrückte. Ich sagte ihm, es sei fraglich, ob man heute »mehr vorstelle«, wenn man das Abitur habe; aber Rakitsch blieb dabei, man »stelle mehr vor«. Endlich wiederholte ich noch einmal, daß ich keine Aufnahmen durchführe noch auf ein Verfahren den geringsten Einfluß habe, und er nahm das mit einem Lächeln, das zu sagen schien, man kenne solche Bescheidenheiten. Er bedankte sich unterwürfig, als ob ich schon etwas für ihn getan hätte, und ging. Als er gegangen war, hatte ich ein merkwürdiges Gefühl und dachte: Die Barfüßer, dieser alte Kasten, und dieser Mensch drin, was soll das? Und dann dachte ich: Was denn? Genau wie du. Von weit, ohne Ort. Wie ein Hund streunend.
Es war nicht leicht festzustellen, wohin Rakitsch gehören solle seinen Kenntnissen nach. Sein sogenannter Bildungsgang ließ sich schwer nachprüfen und war durch Ausfälle aller Art, wie damals gewöhnlich, unterbrochen gewesen. Er kam in die vorletzte Klasse, aus der er bald abwärts wandern mußte, weil er nicht mithalten konnte, und wieder nach einer Weile rückte er nochmals eine herab. Dort war er nun gänzlich fehl im Bild und hatte gar niemanden, der mit ihm umgehen mochte. Die Schranken der Klasse sind ja in den Schulen fast unübersteiglich. Es waren zwar noch die Jahre, in denen auf Schulbänken allerhand Überfälliges herumsaß, Verspätete und Versehrte und Umsattler aller Art, und manche von diesen Einzelgängern nahmen sich untereinander an. Aber niemand wollte mit Rakitsch zu tun haben. Nur dann und wann hatte er Schüler der

eigenen oder auch jüngerer Klassen um sich, und es schien, daß diese Schüler Vorteile von seinem Umgang nahmen; immer aber endeten solche Verbindungen bald, vielleicht weil die Eltern Wind bekamen und der Verkehr ihnen nicht behaglich war. Nicht lange, so sah Rakitsch seine Lage ein und unternahm keine Versuche mehr, sich anzufreunden; vielleicht wurde ihm auch das junge Volk langweilig. Er ging aus und ein und blieb fremd. In den Stunden saß er bald flackerig, bald in einem kalten Brüten. Wurde er angeredet, fiel er sofort in seine schnelle dunkle Verkehrsart. Aber er ließ sich immer weniger gern anreden.

Lange währte es nicht mit ihm bei den Barfüßern, vielleicht dreiviertel Jahr. Denn nach dieser Zeit bestanden keine weiteren Zweifel daran, daß der Schüler Rakitsch nicht geeignet sei, ein Ziel zu erreichen. Daß es ihm an den Grundlagen fehlte, war bekannt. Das war es aber nicht allein. Der Schüler Rakitsch hätte den Anschluß finden können; zudem gebrach es ihm nicht an Mitteln, sich Nachhilfen zu halten. Es erwies sich aber, daß Rakitsch in seinem Versuch an Eifer nachließ und ihn bald ganz verlor. So erwachsen er wirkte, so ungleich war er in seinen Urteilen. Manches sah er so simpel an wie ein Schwachsinniger. Als er erkannte, daß Teilhaberschaft an der Bildung allein nicht hinreichte und vermutlich auch künftig nicht hinreichen würde, ihn in Geltung zu bringen, wurde er gleichgültig. Soviel ich weiß, machte der Leiter einmal den Versuch, die Mutter zu einer Aussprache zu veranlassen. Meines Wissens kam es aber dazu nicht.

Rakitsch stand eines Tages auf und fragte aus einem Zusammenhang, der ziemlich lose war: »Wie wird man eigentlich berühmt? Wie macht man es am schnellsten, daß man berühmt wird?«

Rakitsch fragte das vor der ganzen Klasse und schien diese Frage nicht anders als die nach einem technischen Verfahren anzusehen. Die Burschen hätten losgelacht, wäre es einer von den Ihrigen gewesen; weil aber die Frage von Rakitsch erging, so wurden sie still und horchten, was käme. Bei solchen Fragen wirkte Rakitsch hinterhältig und zugleich scheu wie frech, obwohl er sicher nicht scheu war und nicht frech sein wollte. Er war eben so. Ich fragte ihn: »Meinen Sie das im Ernst?«

Und er antwortete: »Ja. Ich möchte wissen, wie.«

Ich sagte: »Berühmt werden ist keine Laufbahn so wie man Zahnarzt oder Bauingenieur wird. Man kann zwar in fast jedem Beruf berühmt werden. In manchen Berufen gehört es dazu, daß man ein bißchen berühmt werden muß, sonst wirft der Beruf nichts ab. Solche Berufe sind nicht für jedermann angenehm.«

»Warum nicht?« fragte Rakitsch.

»Es ist nicht jedem recht, wenn ihn viele Leute kennen und über ihn sprechen.«

»Aber er ist doch dann berühmt.«

»Ruhm und nichts sonst ist keine eindeutige Sache. Es gibt auch Ruhm, der eine schlechte Sache ist. Es gibt Leute, die zu Ruhm kommen, weil sie dumm sind. Auf die Weise sind manche berühmt. Leider gibt es noch schlimmere Arten, berühmt zu werden.«

»Welche?«

»Darüber können Sie selbst nachdenken«, sagte ich, denn ich hatte genug von dieser Unterweisung. »Vielleicht als Mörder.«

Rakitsch also blieb eines Tages auf höheres Anraten und ohne Gegenrede weg, weil er sich offenbar auf etwas anderes besonnen hatte. Der Vorgang ist allgemein; so ein Schüler ist dann eben weg; man erinnert sich an ihn nicht mehr, außer um ihn einmal zu erwähnen, wenn die Rede drauf kommt, was einem doch schon alles durch die Finger gegangen ist. Dann schüttelt man den Kopf oder sagt durch die Nase: »Dieser Rakitsch«, oder: »So ein Kerl«.

Um den Kerl sich zu kümmern, wenn er davon ist, daran denkt keiner, das kann man ja auch nicht verlangen, es steht in den Vorschriften nichts darüber; außerdem, so ein Lehrer hat wenig Zeit. Er hat nicht mehr Zeit als jemand, der in einem andern Beruf steht. Außerdem weiter, wenn der Zahnarzt oder der Steuerberater sich um einen Schutzbefohlenen kümmern, so können sie damit rechnen, daß es diesem Schutzbefohlenen angenehm und er dafür dankbar ist. Ein Lehrer kann kaum darauf rechnen, nicht einmal dann, wenn sein Schüler nicht mehr sein Schüler ist. Natürlich hätte auch ich mich nicht mehr um Rakitsch gekümmert.

Aber unser Musiker sagte zu mir nach ein paar Wochen: »Wissen Sie, was aus unserem Rakitsch geworden ist? Rakitsch ist zum Blech übergegangen.« – »Wieso Blech?« – »Er lernt

Trompete spielen. Die B-Trompete.« – »Was«, sagte ich, »meines Wissens hat sich Rakitsch entschlossen, Lehrling zu werden. Er ließ sich ein Zeugnis geben für die Lehrlingswerkstätten der Pansalva.« – »Ja, aber davon hat man nichts weiter gehört.«
Rakitsch soll ein ausgezeichnetes Gehör gehabt haben. »Ein Musikant auf jeden Fall«, sagte mein Kollege. Er kannte den Bläser, den Rakitsch als Lehrer gefunden hatte, ein Mitglied des Städtischen Orchesters von Neu-Spuhl. »Und zwar hat es Rakitsch auf eines angelegt: er will berühmt werden. Er kommt jede Stunde und fragt: zeige ich Fortschritte? werde ich gut? bin ich so begabt, daß ich ein berühmter Spieler werden kann? – und der Lehrer macht sich einen Spaß draus und antwortet ihm: Pianisten und Geiger, die Konzerte machen, gibt es wie die roten Hunde. Trompeter als Konzertsolisten sind weit weniger häufig. Insofern hast du Chancen. – Das ist gut, sagt Rakitsch. Machen Sie voran mit mir.«
»Das kenne ich«, sagte ich. »Ich bin froh, daß wir Rakitsch los sind.«
Unser Musiker sagte: »Dem Trompeter gruselt genau wie uns. Er sieht ihn halb für einen Hampelmann an, halb hat er Bammel. Aber es gibt ja Schüler, die einer nicht gern losläßt, wenn er sie hat. Er meint, Rakitsch kann wirklich etwas werden.«
Ich wurde Rakitsch nicht los. Daß er Diemut Andernoth nachstellte, erfuhr ich übrigens nicht zuerst von Herse. Als sie mich aufsuchte, wußte ich es schon durch die Polizei. Es war bei der Schule nachgefragt worden Rakitschs wegen, als er schon ausgetreten war, und der Direktor ließ mich holen. Es verdroß mich, daß ich schon wieder wegen Rakitsch herhalten sollte. Rakitsch belästigte das Mädchen, indem er sie abpaßte und sich an sie hängte. Man begegnet solchen Nachstellungen gewöhnlich dadurch, daß man sich in Gesellschaft hält oder einen anderen Weg nimmt, endlich dadurch, daß jemand von sinnfälliger Überlegenheit, die am besten körperlicher Natur ist, dem Unhold eine Verwarnung erteilt. Zur Polizei geht man nicht gern. Indessen war es unmöglich, daß sich Diemut immer in Gesellschaft hielt, und die anderen Wege halfen auch wenig. Eine Mannsperson, die sie losschicken konnte, besaß Herse Andernoth nicht; in ihrer Sorge blieb ihr endlich nur die Polizei. Allein die Polizei beruhigte sie nicht gänzlich. Ich hatte

die Mutter Diemuts bis dahin nicht kennengelernt. Jetzt suchte Herse Andernoth mich auf.
Daß sie zu mir kam, war begründet; ich hatte ja Diemuts Klasse. Als sie sich gesetzt hatte – ich weiß es noch gut, im April, das schäbige Fenster und die schlecht geweißte Wand bei den Barfüßern; aus einem anderen Stockwerk sang es, Knabenstimmen, hoch, spröde, vor dem Bruch, und die Pavien draußen vor den Scheiben mit ihren glänzenden dicken Knospen –, als sie sich gesetzt hatte, sah ich sie an, und als sie angefangen zu reden, antwortete ich ihr: »Bitte, wenn ich Ihnen etwas abnehmen kann. –«
Ich wußte nicht, daß jene Rakitsch, die ihrem Sohn ein Zimmer in der Stadt zahlte, und die Andernoths in dem gleichen Haus wohnten. Und Frau Andernoth hatte auch nicht sofort gewußt, wer der Mensch war, der ihr eines Nachts auffiel, weil sie sich besann, ihn schon zu verschiedenen Tagen und Nächten gesehen zu haben, wie er das Haus im Auge behielt. Die Fasanenstraße ist still; ein einzelner Fußgänger, wenn er sich ohne erkennbaren Zweck in ihr bewegt, gibt zu denken. Sie sah ihn ein paar Abende lang gehen oder auch bewegungslos an einem Zaun verharren, wenn sie das Fenster aufstieß. An einem Abend, als ein dünner grauer Schnee rieselte, bemerkte sie die einsame Spur auf dem Gehsteig gegenüber, hin und her, sah die Spur kommen und gehen. Einmal kam sie nach Haus und sah ihn wieder in der Straße, unter einer Forsythie, die heraushing; er wandte sich ab und drückte sich gegen den Zaun. Da fing sie an, unruhig zu werden.
Eines frühen Abends sah Diemut ihn auch, als sie durch Zufall zugleich mit der Mutter ans Fenster trat. Sie sagte zu ihrer Mutter: »Was will denn der Mann da unten? Er rührt sich nicht und blickt herauf zu uns.« Die Mutter sagte: »Ob er zu uns heraufblickt, weiß ich nicht. Aber daß er da unten steht oder auf und ab geht, das sehe ich schon seit ein paar Abenden.« – Auf einmal trat Diemut zurück und flüsterte: »Aber das ist ja Rakitsch. Es ist Rakitsch.«
»Was ist das für ein Rakitsch?« fragte Herse und trat auch zurück ins Zimmer, »hat der mit der Frau unten was zu tun?«
»Er ist bei uns in die Schule gegangen. Ja, ich habe daran noch gar nicht gedacht«, sagte Diemut. »Vielleicht ist die Frau unten seine Mutter.«

Und Herse fragte nach und erfuhr das mit dem Sohn und dem Zimmer in der Stadt. Und ein paarmal sah Diemut an den Abenden hinaus, gab ihrer Mutter ein Zeichen und sagte: »Jetzt steht er wieder unten.«

»Der arme Kerl«, sagte Herse. »Er muß draußen stehen und blickt seiner Mutter in die Fenster. Und seine Mutter läßt ihn stehen und kümmert sich nicht um ihn. Das ist ein armer Kerl, Diemut.«

Aber dann kam es bald heraus, wem Rakitsch in die Fenster starrte. Herse Andernoth fürchtete sich sehr, als sie den Menschen im vollen Licht gesehen hatte, und es wurde eine Last; sie konnte Diemut nicht mehr allein auf die Straße lassen. Erst ging er hinter dem Mädchen nur her, dann trat er unversehens um Ecken und sprach zu ihr. Er sprach mit seinem dunklen Akzent, lockend und schwörend; er murmelte neben ihr, und Diemut floh und verstand ihn nicht. Eines Abends trat Herse noch spät aus dem Haus, um zum Postkasten zu gehen. Es war warm, durch das Gezweig fielen Tropfen, sie hielt sich im Schatten, und der Gehsteig glitzerte schwarz im Laternenlicht. Da hörte sie ein paar Sprünge hinter sich, schnell und schmeichelnd, und sie wandte sich sehr schnell und trat mitten auf die Straße. Sie erkannte Rakitsch, doch da schwand er augenblicklich in den Schatten. Diemut sagte sie nichts davon, aber sie begann jetzt schlecht zu schlafen.

Ein paar Tage darauf, in der Dämmerung, läutete es bei Herse. Die Klingel schlug an, als sie eben auf den Flur hinausgetreten war, und an dem Schatten auf dem Milchglas sah sie, daß der Besucher schon vor der Tür stand. Es schoß ihr durch den Kopf: Das ist der Mensch –, und dann: Unsinn, so etwas gibt es doch gar nicht. Und ihre erste Regung war, ganz still stehenzubleiben da in dem dunklen Flur und sich nicht zu verraten, und das Herz schlug ihr in den Hals herauf, und dann dachte sie: Er steht da doch schon eine ganze Zeit, er hat aufgepaßt, ob innen eine Tür geht. Er hört mich und weiß es, daß ich hier stehe. Es schien ihr, er müßte ihr Herz schlagen hören in dem engen und dunklen Flur, ganz allein, sie und niemand, in der Fasanenstraße zu Neu-Spuhl, in der Straße mit den langweiligen Vorgärten und den Eisengittern davor, mit den langweiligen Tannen und den Forsythien draußen. Hinter der Scheibe aus Milchglas der Mörder, und sie allein. Und sie gab

sich einen Ruck und dachte: Unsinn, ich kann mir doch nicht erlauben, mich zu fürchten –, und sie dachte: Ist er es wirklich, so ist es am besten, ich lasse ihn ein und spreche mit ihm. Ich kann vielleicht mit ihm sprechen. Und sie zwang sich, rief laut: »Gleich!«, machte Licht und trat erst noch einen Schritt in die Küche und holte Atem, und machte auch dort Licht und drehte überall die Lichtschalter an, und dann öffnete sie die Tür für Rakitsch, der dort wartete und sich nun verbeugte.
Als sie ihn sah, dachte sie: Ich werde unter der Tür mit ihm sprechen. Ins Zimmer lasse ich ihn nicht. Nein, in mein Zimmer brauche ich ihn nicht zu lassen. Ich habe niemand, der ihn abfertigt, aber in mein Zimmer brauche ich ihn deshalb nicht zu bitten. »Ja?« sagte sie zu ihm, »bitte. Was wünschen Sie?«
»Ich heiße Rakitsch«, sagte er. »Ich kenne Ihre Tochter. Ich bitte Sie darum, daß ich das Fräulein, Ihre Tochter, einladen darf.«
»Ich kenne gewöhnlich«, sagte Herse, »die Leute auch, die meine Tochter kennt. Ich kenne Sie aber nicht. Ich wüßte nicht, woher Sie meine Tochter kennten.«
»Das Fräulein, Ihre Tochter«, sagte Rakitsch, »und ich sind Schulkameraden. Ich möchte bitten, daß ich das Fräulein, meine Schulkameradin, einladen darf.«
Rakitsch war sehr höflich, von einer dunkelfarbigen und geschmeidigen Höflichkeit, und er redete anders als die Neu-Spuhler. Herse sagte gequält: »Wozu wollten Sie meine Tochter denn einladen?«
»Oh, ich wollte sie zu irgend etwas einladen. Ich will sie einladen zu einem Spaziergang oder auf das Volksfest oder in das Kino zu gehen. Oder ich will sie auch einladen, nur zusammen zu reden. Ich will sie einladen, wozu Sie erlauben werden, daß ich sie einladen darf.«
Herse sagte sich: Gefährlich. Oder bilde ich mir bloß ein, daß er so gefährlich ist? Ich kann ihn nicht hinauswerfen. Bin ich barsch, wird es noch gefährlicher. Das ist kein Neu-Spuhler. Warum darf er uns etwas tun?
Sie gab sich Mühe und sagte trocken: »Das ist freundlich gedacht von Ihnen. Aber Diemut geht in die Schule und hat Schulaufgaben. Sie hilft mir auch im Hause, und wenn wir fortgehen, so gehen wir immer zusammen.«

»Oh«, sagte Rakitsch, »aber es gibt doch Freizeiten. Man macht nicht immer Schularbeiten. Ich wäre Ihnen sehr dankbar, wenn Sie mir erlauben würden, daß ich mit Ihrer Tochter gehen darf.«
»Diemut ist jung«, sagte Herse, »sie geht nicht aus wie Mädchen mit ihren Freunden ausgehen. Sie müssen sich das aus dem Kopf schlagen. Sie ist kein Mädchen, das mit einem Freund gehen könnte.«
»Das Fräulein kann es«, sagte Rakitsch, »wenn Sie es erlauben, so kann sie es wohl. Ich möchte gehen dürfen mit Ihrer Tochter.«
»Und ich kann es leider nicht erlauben«, sagte Herse. »Sie werden sicher eine andere Freundin finden, die gern auf Sie eingeht.«
»Ich will aber nicht eine andere Freundin«, sagte Rakitsch. »Ich will mit Ihrer Tochter Freund sein.«
Herse sagte: »Bitte, es hat keinen Zweck, wenn wir länger reden. Diemut hat einen Vormund, der sehr streng ist. Der Vormund würde es niemals erlauben!«
Den Vormund hatte Herse erfunden. Eine Sekunde vorher wußte sie nichts von diesem Vormund; aber es kam ihr vor, ein Vormund könnte nützlich sein.
Rakitsch hörte nicht darauf und sagte anders als vorher: »Sie sollten mir nicht verbieten.«
»Ich muß aber«, sagte Herse, und das Herz klopfte ihr wieder heftiger. »Und ich bitte Sie, Herr Rakitsch, versuchen Sie es nicht weiter. Bitte, lassen Sie meine Tochter in Frieden.«
Sie stand und wartete und hielt sogar die Tür auf, aber Rakitsch ging nicht und hielt den Kopf gesenkt, und wieder dachte Herse: er ist gefährlich. »Bitte«, sagte sie, »gehen Sie jetzt!«
»Sie sagen«, murmelte Rakitsch, »Sie sagen: lassen Sie in Frieden. Aber ich kann nicht in Frieden lassen. Sie sollten mir nicht verbieten.«
»Bitte«, sagte Herse, »sehen Sie es ein. Gehen Sie bitte jetzt. Sie werden es bald vergessen.«
Soweit also Herse, und sie wußte nicht, ob sie sich richtig verhalten habe, jedenfalls hoffte sie nicht, daß damit etwas erreicht sei. Sie hatte ja niemand, eine Frau allein, unbeschützt; an ihre Glastür konnte jeder kommen. Wie sollte sie sich hel-

fen? Sollte sie etwa Rakitsch in ihre Stube lassen, um ihn zu zähmen? Niemand nahm ihr den Rakitsch ab. Und ich sagte zu ihr: »Wenn ich Ihnen etwas abnehmen kann –«

Nein, ich habe Herse Andernoth nichts abgenommen. Nicht einmal für eine kurze Zeit nahm ich ihr den Rakitsch ab. Daß sie eine Weile Ruhe bekam, dafür sorgte Rakitsch selber. Rakitsch brach sich den Schädel.

11

DITTA: OB DU WILLST ODER NICHT, DU MUSST MIT MIR FLIEGEN

Ein verrückter Hund, Rakitsch. Aber doch was dran. Genau wie bei der Alten. Innen kalt verrückt, das war die Alte, außen heiß, und dann: »Amselchen, Vögelchen«. Es geht mir heut noch den Buckel rauf. Bei dem Jungen, dem verrückten Hund, umgekehrt: Außen kalt. Innen heiß verrückt.
Mein Mann zieht mich heute noch auf damit, wie leicht mir schlecht wird. Ich kann das Schaukeln nicht vertragen, nicht für einen Wald voll Affen, kein Karussell, kein bißchen Seegang. »Laß mich da«, sage ich zu ihm, als ich aufs Schiff steigen soll, denn ich sehe schon, was mir bevorsteht, »fahr du allein.« Aber er: »Das kommt gar nicht in Frage, Ditta. Was wird dir schlecht werden. Auf Capri muß man gewesen sein.« Das ganze Capri kann mir noch heute gestohlen bleiben. Mit dem Fliegen lasse ich mich schon überhaupt nicht ein. Jesus, in Neu-Spuhl damals: wäre mir nicht übel geworden von der Fliegerei, so hätte Rakitsch das mit Diemut Andernoth überhaupt nicht machen können. Er wäre nicht einmal rangekommen an sie, denn ich wäre ja bei ihr gewesen; und ich war noch nicht viel, aber doch schon was dran.
Es war das Fliegerkarussell auf dem Großenmühlenfest. Zum erstenmal hatten sie da wieder einen Rummel aufgebaut, auch das war ja noch neu damals, natürlich nicht wie später, aber doch schon ganz schön. Wir wohnten noch in der Bebelstraße, ganz dicht am Festplatz; jeden Abend gab es den Strom Menschen dort hinab, und es hörte bis spät nicht auf mit Krakeelen und Singen, und die Leute trugen ihre Papierblumen und ihre Teddybären nach Haus und die Flaschen mit billigem Sekt und die Salatschüsseln, die sie in der Tombola gewonnen hatten; und jede Nacht um die zwölf, zum Schluß, knallte und krachte das Feuerwerk über unserem Haus. Auch die Jungen hatten den Rummel im Kopf; es hieß jeden Tag: »Ditta, Ditta, mit uns gehst du heut aufs Großmühlenfest«, und jeden Abend kriegte ich das Gepfeif vors Haus und das Klingeln. Meine Mutter sagte: »Ditta, machst du nicht ein bißchen zu

viel mit ihnen, daß sie so hinter dir her sind?« Und ich mußte ihr immer sagen: »Glaub mir's, Mutter, ich weiß, was ich mir schuldig bin. Ich mache gar nichts mit ihnen. Ich weiß nicht, Mutter, woher es kommt, daß sie so sind.«

Ich war noch nicht auf dem Rummelplatz gewesen, ich machte mir schon damals nicht viel aus einem Rummelplatz. Ich saß zu Hause und lernte auf meine Dolmetscherschule; wenn ich ausging, so sah ich lieber einen Film. Da fing eines Tages um zwölf, auf dem Heimweg, Diemut Andernoth von dem Großenmühlenfest an. Das nahm mich wunder, denn Diemut war nie sonst dabei, wo etwas los war; sie kam nie ins Kino und auch am Schelmeneck stand sie nie; die Burschen meinten ja auch, daß sie keinen Wert habe. »Sie wär nicht mal schlecht«, sagten sie, »aber sie hat eben keinen Wert.«

Jetzt aber meinte Diemut: »Ditta, hör, könnten wir nicht zusammen aufs Großenmühlenfest gehen? Ich fahre schrecklich gern Karussell, und ich schiffschaukle noch lieber. Gehst du mit? Wir könnten noch sonst jemand mitnehmen, vielleicht Renate; dann wären wir zu dritt, und wir könnten uns lustig machen.« Ich sagte zu Diemut: »Was ist in dich gefahren? Du bist doch sonst nicht so auf Betrieb aus.« – Diemut sagte: »Hast du eine Ahnung. Am liebsten möchte ich immer toll lustig sein.«

Renate konnte nicht, und mir selber, wie gesagt, war gar nicht zu tun um den Rummel. Aber ich gebe ja leicht nach, und ich mochte es Diemut nicht abschlagen, weil ich sah, wie wichtig es ihr war. Ich sagte also: »Gut, hol mich ab, so gehen wir zusammen.« Auf dem Platz merkte ich, daß es war, wie Diemut gesagt hatte: sie wollte gern lustig sein. Bald mußte ich lachen über sie, wie der Krach sie närrisch machte, das Gebimmel und der Gestank nach Benzin und gebrannten Mandeln, und die Lichter und das Georgel und das Tuten und Blasen und überall die vielen Spiegel. Es war nichts Besonderes da, ein Karussellplatz wie alle anderen. Aber komisch, wie mich Diemut da drin herumzog und die Menschen uns schubsten und wir vor dem und vor jenem Dingsbums stehenblieben und gafften, und Diemut oft ganz wie weg an ihrem Platz anhielt und hell zu lachen anfing und sagte: »Sieh doch mal, Ditta, hör doch mal, Ditta«, – da sah ich jedesmal etwas, das ich vorher zwar gesehen hatte, aber ich hatte es doch nicht angesehen, oder es ging mir mit dem Hören geradeso. Sie sagte: »Sieh mal die Nase von dem Kerl, Ditta«, und wenn sie manchmal auch bloß ein Wort sagte: »Lakritzensaft« oder »Türkischer Mond« oder »Parallelen«, dann war es zum Lachen, das ganze Zeug war dann neu. Darum weiß ich den Abend auch noch so gut, feucht, aber ziemlich frühlingsmäßig, und die farbigen Lichter bissen schneidig in die dünne Luft; die Luft floß, sie roch gut wie Wasser.

Diemut hatte es am meisten auf das Fliegerkarussell abgesehen. Sie sagte: »Taifunrad, Riesenschlange, Schiffschaukeln, Kettenkarussell – aber wir wollen Fliegerkarussell fahren, Ditta.« Das Fliegerkarussell war neu damals; in Neu-Spuhl wenigstens war nie eines vorher gewesen. Als sie davon erzählten, hatte ich gleich gesagt: »Puh, niemals in so ein Ding. Nicht für einen Wald voll Affen«, denn daß mir schnell schlecht wird, das wußte ich ja. Aber ich wußte noch nicht, daß einem so schnell schlecht werden kann, wie mir damals wurde. Diemut kriegte mich herum, daß ich mit ihr fuhr.

Als das Ding wieder stand, kriegte ich kaum noch Luft, und ich hatte Wasser in den Augen, und ich traute mich kaum, den Mund aufzumachen, weil ich dachte, jetzt kommt es dir hoch, und ich stammelte bloß noch: »Laß mich raus, Diemut. Nicht mehr für einen Wald voll Affen.« Aber Diemut saß drin, und ihr machte es gar nichts, und sie sah mir aus, als ob sie jetzt, wie sie gewollt hatte, toll lustig wäre. Sie rief, ohne sich nach mir umzusehen: »Ditta, ich fahre nochmal.« Und als sie merkte, daß ich ausgestiegen war, rief sie noch einmal: »Nimm mir's nicht übel, Ditta, wart auf mich. Nur das eine Mal noch.« Und ich ging den hölzernen Rand lang mit der Hand auf dem Geländer, weil mir schwindelte, und tastete mich die Treppe hinunter, und erst als ich ein Stück von dem Ding entfernt war, blieb ich stehen.

Es war noch nicht wieder angelaufen, nur das Geschelle wie verrückt und das Rufen und Anlocken aus dem Lautsprecher, und die Burschen, die bedienten und Geld einzogen, schwangen sich herum in den Gestängen, und dann heulte der Motor, der das Ding antrieb, und die Gondeln fingen sich zu bewegen an. Jetzt kam das Flugzeug gegen mich, in dem wir zusammen gesessen hatten und in dem Diemut jetzt noch allein saß. Gerade als es vor mir vorbeistrich, sah ich eine Person wie

einen Schatten; die schoß auf das Flugzeug zu und warf sich hinein.
Dann stand aber alles schon hoch in der Luft und sauste, die roten, die weißen Flugzeuge immer herum, und das Heulen, das sie mit einer Sirene machten, das Johlen, und ich sah hoch den Schatten Diemuts und auf dem Platz hinter ihr einen zweiten Schatten. Der Schatten dahinter mußte den Knüppel haben und regieren, das konnte nicht Diemut sein. Ihr Schatten steuerte wie ein Verrückter, drückte an und zog, das stieg und schwebte, und dazu die Sirene, kein Flugzeug unter allen machte solche Sprünge. Ich dachte: »Gott sei Dank, daß du da nicht drin sitzt«, und starrte hin und hatte das Taschentuch vorm Mund, und als das Heulen auf einmal nachließ und die Stangen sich senkten und die Flugzeuge anfingen, am Rand hinzustreichen, dachte ich: »Jesus, der verrückte Hund. Da sitzt ja Rakitsch drin.«
Ich wußte damals noch nicht, daß Rakitsch hinter Diemut her war. Damals auf dem Großmühlenfest war Rakitsch schon eine ganze Zeit aus der Schule. Wir hatten wohl, solang er bei den Barfüßern war, uns manchmal angestoßen, wenn er abseits unter den roten Kastanien an dem Scherenzaun stand und herüberglotzte. »Wie ein gestochener Bock«, sagten die Burschen, »auf wen hat er's denn abgesehen?« – »Merkst du das nicht? Die Andernoth mit ihrem Zopf glotzt er an. Er hat an dem Zopf einen Narren gefressen.« Da stand er dann mit seinem schwarzen Gesicht und der Falte, die er quer über die Stirn hatte, stand und rührte sich nicht. Ich bin nicht leicht erschrocken, aber ich hätte nicht gern die sein mögen, auf die Rakitsch so guckte. Nicht für einen Wald voll Affen.
Hätte ich es beizeiten gewußt, wäre ich gerannt und hätte Diemut geholfen. Ich hätte geschrien und den Burschen Bescheid gesagt, die das Geld einzogen. Solang Leute genug da waren, hätte ich Rakitsch klein gemacht. Aber ich wußte ja nichts. Ich sah nur, wie die beiden saßen und verhandelten, und wie Rakitsch sich vorgebeugt hatte; er hing halb heraus und deckte sie mir zu, und ich sah, daß er auf sie einredete. »Nur noch einmal« – so erzählte Diemut später –, »einmal, einmal, und ich tue nichts mehr und will sonst nichts und gehe nach Haus.« – Ich hätte es mir nicht gefallen lassen. Aber Diemut, ich weiß, wie sie war, sie schämte sich vor den Leuten.

Ich hätte einfach geschrien. Sicher dachte sie auch: »Tu ich es einmal; vielleicht ist der Mensch dann wirklich still.«

Ich sah sie noch einmal miteinander fliegen, um und herum und hoch auf, das schoß auf und ab, der rote Fisch mit Flügeln, und schoß wieder hoch, und ich sah in dem Leib beide Schatten, und Rakitsch mit dem Kopf nach vorn, ihr in die Ohren: »So fliegst du mit mir, so flieg ich mit dir. So fliegen wir, so soll es bleiben.« Diemut kämpfte mit ihm, als das Ding stand und still wurde, und im Aussteigen strauchelte sie, weil er sie hielt, und jetzt lief ich schnell auf sie zu, weil ich sah, daß es nicht mehr stimmte. Er wollte sie zwingen, aber sie rief: »Laß mich los, du hast es versprochen«, und er: »Ich habe versprochen, aber fliegen mußt du mit mir. Jetzt gilt nicht mehr versprochen.«

Ich hörte alles und rief: »Komm herunter, Diemut, laß dir doch nichts gefallen!« und ich rief einem von den Burschen, die Geld einzogen: »He, Sie, wozu sind Sie da? Merken Sie nicht, daß das ernst ist?«, aber der Kerl grinste noch, guckte hin und sagte: »Die Art Ringkampf kennen wir. Die werden schon einig, Fräulein.« Und zugleich Rakitsch: »Fliegst du nicht mit, fliege ich allein, aber ich springe aus dem Flugzeug. Ich verspreche dir, daß ich aus dem Flugzeug springe. Das tue ich für dich, und du bist schuld daran. Dann kannst du nichts mehr machen.« Aber jetzt kam Diemut los; sie sprang herunter; ich hielt sie und merkte, sie hatte eine Höllenangst. Und ich hatte meinen Zorn auf den Karussellmann und schrie, als schon wieder die Sirene losheulte: »Hammel, Sie, wozu kriegen Sie Ihr Geld, wenn Sie nichts taugen«, aber der sprang in einen Sitz und drehte mir eine Nase. Schon war das Ding wieder im Schwung und raste, und der Kerl wollte mir wohl auch was vormachen, bockte in seiner Gondel und ließ sich schlenkern. Aber so verrückt wie Rakitsch kriegte er es nicht einmal hin.

In dem Augenblick hatte ich Rakitsch beinah vergessen, denn der mußte ja auch noch auf Fahrt sein. Diemut hielt sich an mir fest, sie war so schwindlig, daß sie kaum stehen konnte, und eine Höllenangst hatte sie im Gesicht, ich sah es ihr ganz genau an; es war die Art, bei der du denkst: du mußt spucken, und gleich geht es los –, gerade die Angst, die ich bei Mama Rakitsch ausgestanden hatte. Und mich packte der Zorn, und ich sagte zu ihr: »Laß es mich dem mal besorgen. Ich weiß schon, wie man mit solchen Brüdern fertig wird. Den Kerl lasse ich von der Polizei abführen.« Aber sie sagte nur: »Nein, Ditta, laß mich schnell von hier fort.« So viel hatten wir miteinander gesprochen; da sah ich in der Luft Rakitsch. Rakitsch war einfach in der Luft; nichts unter und nichts über ihm. Ich konnte sogar sein Gesicht sehen mit der Falte und mit aufgerissenen Augen. Er lag so in der Luft, wie man im Wasser manchmal, wenn man getaucht ist, Menschen schweben und langsam rudern sieht. Er hatte die Arme voran und die Beine ein wenig angezogen.

Natürlich konnte ich Rakitsch nicht so lang sehen wie ich brauche, um das zu erzählen. Das war ja bloß der Teil eines Augenblicks, ein Zufall, daß ich gerade in die Richtung blickte. Ich dachte bloß: »Rakitsch« –; daß er springen wolle, das hatte ich natürlich nicht ernst genommen. Es fiel mir nicht einmal ein in dem gleichen Augenblick. Ich dachte nur: »Rakitsch kommt.« Diemut konnte ihn nicht sehen; sie stand weggewandt und wollte gehen. Ich bin froh, daß ihn Diemut nicht sehen konnte. Es hat schon mir gereicht. Ich hörte den Schlag, ein häßliches, hartes Platschen; dann Gekreisch von Leuten, und dann fiel die Sirene ab mit einem mißtönigen Schrei, man hörte die Bremsen schleifen. Erst da fuhr Diemut zusammen, und ich zog an ihr und sagte: »Komm weg, komm weg.« Ich sagte zu ihr: »Komm weg«, obwohl ich immer hinlaufe, wenn etwas passiert ist. Aber man sah ohnedies nichts mehr vor den vielen Menschen, die zusammenliefen.

Damals dachte ich: »Er kann nur mausetot sein.« Ich dachte: »So wie ich ihn in der Luft gesehen habe –.« Ich dachte sogar: »Am besten, der Kerl wäre tot.« Oder vielmehr, genau weiß ich nicht mehr, ob ich das damals gleich gedacht habe. Vielleicht dachte ich soweit nicht und war bloß erschrocken. Und Rakitsch war ja damals nicht tot.

12

DAS LAHME MÄDCHEN: WAS DIE SACHEN KOSTEN

Hinter der Rupfenwand hörte ich jemand reden, und ich fragte mich, wem die Stimme gehören konnte, denn ich mußte sie ja kennen: »Sag mal, wieviel habt ihr ausgegeben für den Urlaub?« Jetzt erkannte ich die Stimme, sie gehörte Drautzmann. Alle waren sie ja einmal meine Klassengenossen gewesen.
Kameraden. Genossen. Schöner Klang. Nichts als Klang, und auch den habe ich ja nur kurz gehabt. Daß ich meine Klasse einmal wiedertreffen würde, daran dachte ich nicht, im Traum nicht. Als der Haufe hereinkam und ich sie hörte, wie sie da lärmten und hinter der Rupfenwand durcheinanderredeten, schoß mir das Blut in den Kopf.
Herse Andernoth hatte mich geholt und mich in den Neu-Spuhler Kunstverein gefahren. Da die Räume zu ebner Erde liegen, ging das ohne große Schwierigkeit für sie, bloß der Aufseher mußte uns über die drei Stufen helfen. Für mich war es ein Leben. Es war Vormittag, und sie hatte noch in der Stadt etwas zu erledigen, und ich sagte zu ihr: »Lassen Sie mich doch einfach hier stehen, in dem Kabinett da, es sind lauter Sachen, die ich mir gern lange ansehe. Mir wird es nicht langweilig, Frau Andernoth.«
Als sie gegangen war, blieb es eine Weile ganz still, niemand kam, und ich saß da allein zwischen den Bildern. Aber dann brach plötzlich der Schwarm herein; es war gleich zu merken, daß eine Schulklasse kam; sie sammelten sich hinter der Rupfenwand, und ich hörte sie durcheinandersprechen.
In Neu-Spuhl sprach man unaufhörlich davon, was die Sachen kosten. Weil viele zugleich redeten, konnte ich nicht verstehen, was Drautzmann für eine Antwort bekam, ich hörte nur gleich wieder Drautzmann mit seiner geölten und rücksichtslosen Stimme: »Dann will ich dir was sagen, mein Lieber, dann kann der Urlaub unmöglich viel gewesen sein. Frag mal bei mir an oder bei Gole oder beim Stichling, was man so ausgibt, damit ein Urlaub einen Wert hat.«
»Einen Wert hat«, jubelte Gole Groepsch.

»Das kann uns jetzt egal sein«, hörte ich den Stichling sagen. »Also von vier bis um vier. Von vier bis um vier dauert unser Ball, und so lange muß auch die Kapelle spielen. Siebenhundertfünfzig für die Kapelle, ohne Spesen, das ist nicht zuviel. Soviel muß man auswerfen, damit es ein Ball wird, der einen Wert hat.«
»Das wird eine große Umlage«, hörte ich wieder einen, ich glaube, es war der kleine Niehl mit dem komischen Vornamen. »Wenn das Soldner hört, weiß ich, was er sagen wird. Er wird sagen: Schwindel, ihr Burschen.«
»Hör auf mit deinem alten Soldner«, sagte Gole Groepsch. »Sind wir vielleicht Kinder, daß uns dauernd einer dreinreden muß?«
»Soldner«, hörte ich jetzt wieder Drautzmann mit seiner geschmierten und rücksichtslosen Stimme, »wird vielleicht von jemand anders hören, was Schwindel ist. Aber ich will nicht vorgreifen.«
– »Nicht vorgreifen«, sagte Gole Groepsch.
Noch keiner hatte mich bis jetzt bemerkt hinter meiner Bilderwand, und die ganze Zeit überlegte ich, wie ich mich anstellen sollte, wenn jetzt ein paar ausschwärmten und zu mir hereindrangen und sie mich erkannten. Aber auf einmal brach das Gespräch ab, und ich merkte, der Lehrer kam jetzt, auf den sie gewartet hatten; dann merkte ich auch, es mußte Soldner sein. Sie zogen sich etwas abseits, aber trotzdem konnte ich immer noch gut mithören, was gesprochen wurde.
Soldner antwortete einem und sagte: »So eine Arbeit wie das Bildermachen läßt sich nicht kalkulieren. Stellt einer Unterhosen her, ist er ein Narr, wenn er sich nicht umtut und forscht: was ist den Leuten recht, was wollen sie tragen, lang oder kurz oder mittel, und wie sollen die Unterhosen geschnitten sein? Wenn aber ein Maler nach seinem Publikum schielt, steht es bald faul um ihn. Es hat Maler gegeben, die arbeiteten sich buchstäblich tot und verbrannten sich und hatten weder Freunde noch Freuden und nichts sonst als daß sie vielleicht ein paar Augenblicke lang ein wenig Glück spürten, nicht wie die Dilettanten, die den Pinsel weglegen und sagen: das habe ich hingekriegt –, sondern höchstens: nun, dies oder das hat nicht gänzlich vorbei getroffen. Vielleicht nimmt niemand so einem Mann etwas ab außer einem guten Freund, und der

kauft nur, um dem Mann ein wenig Mut zu machen. Der Mann hat keine Zeit, er muß wieder früh heraus und seine Sachen malen, er weiß ja nicht, wie lang es geht, vielleicht kommen Jahre, in denen ihm nichts gelingt und einfällt, und dazu die Angst, es könnte das Leben auf einmal aus sein, bevor er gemacht hat, wovon er weiß: ich könnte es machen. Ich könnte es machen, wenn mein Leben reichte, und ich muß mich eilen.«
So ungefähr sagte Soldner, es wurde still, und Verlegenheit schien mir in der Stille; vielleicht Soldner selbst war verlegen, daß er sich hatte mitnehmen lassen zu etwas, das für die meisten unverständlich blieb. Dann merkte ich an einem Geräusch, daß einer sich zu einer Frage meldete. Für jeden Vortragenden ist es eine Erleichterung, wenn ein Zuhörer mit Fragen ankommt, und so sagte auch Soldner erleichtert: »Bitte?«
»Wenn der Mann doch weiß«, hörte ich einen Schüler fragen, »wenn er doch ganz genau weiß, daß keine Nachfrage da ist und er seine Bilder nicht absetzen kann – warum rennt er denn so, warum rackert er sich ab? Es hat doch keinen Sinn für ihn, wenn er sich kaputtmacht.«
»Ja, ja, kaputtmacht«, setzte Gole Groepsch dazu, strahlend vor Aufgeklärtheit.
»Du willst damit sagen«, antwortete Soldner, »wenn er auf Absatz rechnen könnte, wäre das Kaputtmachen eher verständlich?«
»Dann könnte man es begreifen. Bei Geschäftsleuten kommt das oft vor, und da weiß man auch warum. Da hat das Kaputtmachen einen Wert gehabt.«
Jetzt fielen noch mehr ein. »Jedenfalls halte ich für unmöglich«, sagte Drautzmann, »daß sich einer kaputtmacht und denkt nicht dabei dran, was für ihn herauskommt.«
»Es kommt drauf an«, sagte Soldner, »was man unter Herauskommen versteht.«
»Er muß doch überschlagen, was herausspringt. Ohne das wäre er ja krank. Vielleicht läßt er nicht merken, daß er überschlägt, was er einnehmen kann. Aber ich glaube, daß er nur so tut.«
Soldner sagte noch etwas, und sie hörten ihm zu, geduldig, und dachten dabei wohl, das sei eben seine Aufgabe als Lehrer, er müsse ein paar schöngeistige Verzierungen anbringen, dafür kriege er ja sein Geld. Dann sagte Soldner: »Wie kommen wir

eigentlich dazu, dauernd von den Preisen zu reden? Das reicht jetzt. Geht einmal herum, und wer will, sagt, was er wählen würde, wenn es hieße: jeder darf sich ein Stück aussuchen und nach Hause nehmen.«
»Das ist gut«, hörte ich den Stichling sagen. »Können Sie mir einmal den Katalog leihen, Herr Soldner?«
»Wozu brauchst du den Katalog?«
»Ich denke, da drin steht, was die Sachen kosten.«
»Aber was hat das mit deiner Auswahl zu tun?«
»Ich bin doch nicht dumm. Ich sehe doch nach, und dann suche ich mir aus, was am meisten kostet.«
»Und dann? Vielleicht sagt es dir doch gar nicht zu.«
»Das spielt keine Rolle. Jedenfalls weiß ich, was ich habe.«
Soldner gab es auf, und dann schwärmten sie. Wie ich Soldner das sagen hörte mit dem Herumgehen, kriegte ich wieder einen Schreck, obwohl es doch klar war, daß sie herumgehen mußten, denn wozu besuchten sie sonst eine Ausstellung. Aber immer hatte ich mir noch etwas Undeutliches, Schützendes ausgedacht, vielleicht daß inzwischen Frau Andernoth zurückkäme und mit mir davonführe, oder ich hatte auch gar nichts gedacht. Und als nun mit einem Schlag alle Schritte auseinanderfuhren hierhin und dorthin, quietschend, knarrend, trampelnd und ein paar sogar in possenhaften Sprüngen, da wußte ich noch immer nicht, wie ich mich verhalten, was für ein Gesicht ich machen oder was für alberne Worte ich erfinden sollte, wenn die ersten in meiner Koje auftauchten und dann stillestanden und auf mich gafften. Ich wußte es in der Tat nicht, und dann schoß mir noch durch den Kopf, daß doch auch Diemut Andernoth unter dem Haufen sein mußte, wenn ich auch ihre Stimme nicht hörte; und ich wußte immer noch nicht, was anfangen. Dann aber, als nun wirklich die paar schnellen Schritte um das Ende der Wand herumkamen, hatte ich schon getan, was ich weder vorgehabt hatte noch wovon ich im gleichen Augenblick schon wußte, daß ich es tat oder wie es sich ausnehmen würde: ich hatte mein seidenes Tuch aus dem Halskragen über den Kopf und vom Kopf her vor dem Gesicht zusammengezogen und ließ die Hände so, wie sie das Tuch zusammengezogen hatten, und das Gesicht in den Händen. So saß ich da und rührte mich nicht, und ich glaube sogar, daß ich kaum etwas hörte, so leer und taub war ich und spürte nur, dies war

das einzige, was ich vermochte, alles andere hätte ich einfach nicht vermocht. Und ich weiß nicht, was meine Genossen, meine Kameraden dachten, ob sie mich erkannten oder eine Überlegung anstellten, wie mir zu begegnen sei. Unter lauter Bildern. *Imago*. Schöner Klang.
Imago, dachte ich, und auch hier weiß ich nicht, wie ich darauf kam. Die Vermummte, dachte ich, das Tuch um den Kopf, das Gesicht in meinen Händen. Die Verlarvte. Die Larve. Eines Tags bleibt die Larve zurück. *Imago*. Schöner Klang.
Herse Andernoth berichtete ich nichts von diesem wunderlichen Verhalten. Sie hatte sich verspätet und kehrte erst zurück, als der Schwarm abgezogen und alles still wie vorher war. »Hast du Besuch gehabt?« sagte sie, und ich: »Wie meinen Sie das?« Und sie wieder: »Ich dachte, eure Klasse wäre vielleicht dagewesen. Ich sah sie von weitem aus der Richtung kommen.« Ich antwortete nichts, und weil Frau Andernoth sehr beschäftigt war, fiel ihr nichts auf.
»Diemut war dabei«, sagte sie, und ich fragte rasch, um sie auf etwas anderes zu bringen: »Weiß man eigentlich etwas von diesem Rakitsch?«
»Gleich«, sagte sie, denn eben war der Aufseher daran, uns wieder über die drei Stufen herunterzuhelfen. Als wir auf der Straße waren, in der Hossinger Allee, wo ja kaum Leute gehen, sagte sie, und ich spürte ihre Hände, die auf dem Wagengriff lagen, zwischen den Schultern spürte ich ihre Unruhe, obwohl sie doch nur das tote Metall anrührte: »Es ist eine Sorge«, sagte sie. »Dieser Mensch ist frei und läuft überall herum.«
»Er wird doch wohl genug haben«, sagte ich.
»O nein«, sagte Frau Andernoth; »ich fürchte, es fängt erst an.«
»Was sagt Diemut?«
»Diemut weiß hoffentlich nichts. Vielleicht weiß sie auch etwas und will nicht, daß ich etwas erfahre, und wir verstecken es voreinander.«
»Es gibt doch eine Polizei«, sagte ich. »Sie müssen zur Polizei gehen, Frau Andernoth.«
»Auf der Polizei«, sagte Herse Andernoth, »war ich schon. Der Mensch ist in eine Heilstätte eingewiesen gewesen zur Beobachtung. Die Beobachtung sollte klären, ob sein Zustand

so sei, daß er die Öffentlichkeit gefährde. Aber die Erklärung ging dahin, daß Rakitsch keine Gefahr sei. Jetzt läuft er herum und spricht vom Kaputtmachen.«
»Und was sagt die Polizei?« fragte ich.
»Die Polizei kann nicht alles. – Liebe Dame, sagt der Beamte zu mir, glauben Sie, wir könnten jeden verhaften, der im Suff oder in der Aufregung sagt: Dir stecke ich das Messer in den Hals? Wenn einer gleich festgesetzt würde, der eine Drohung ausstößt, da säße bald jeder, vielleicht sogar Sie selbst. Nein, vorerst gibt es keine Möglichkeiten.
Was verstehen Sie unter vorerst?
Solange keine Tätlichkeit vorliegt. Es ist doch nichts Handgreifliches geschehen.
Man muß also warten, meinen Sie, bis das mit dem Messer passiert ist?
Das braucht ja nicht gleich zu sein. Es fehlt eben an den Handhaben.
Wenn aber wirklich etwas passiert?
Dann können Sie beruhigt sein. In diesem Falle können wir unverzüglich einschreiten.
Außerordentlich beruhigend, sagte ich, vor allem für die, denen etwas passieren soll. – Das ist alles, was ich erfahren habe.«
»Dann«, sagte ich, »müssen Sie sehen, ob nicht Herr Soldner etwas dagegen tun kann.«
»Ach lieber Gott«, sagte Herse Andernoth, und ich spürte die Unruhe ihrer Hände zwischen meinen Schultern. »Ich kann doch nicht immer zu diesem Soldner laufen.«

13

SOLDNER: DIE BLÖDE GANS

In Neu-Spuhl sprach man davon, was die Sachen kosten. Rakitsch war kein Neu-Spuhler, aber dafür ein verrückter Hund. Auf seine Weise schien auch ihn der Preis zu beschäftigen, den man für etwas zahlte. Nur dachte er in einer anderen Währung. Sich den Kragen zu brechen, das sah er für ein Aufgeld an, das ihm Ansprüche sicherte. Wenigstens kam es genau darauf hinaus. Eine Fraktur der Mittelhand, ein Riß im Oberarmknochen, ein Schädelbruch mit schwerer Commotio, ungerechnet einige geringfügige Prellungen, damit war er einen Tag lang das Gespräch des Krankenhauses in Neu-Spuhl gewesen. Aber schließlich wurden Motorradfahrer in ähnlichen Zuständen eingeliefert. Sie brachten den Rakitsch davon.
Die erste Kunde von ihm drang wieder aus einer kleinen Wirtschaft nahe den Sportplätzen, wo eine Musikbande zum Üben zusammenkam und Rakitsch Bekannte hatte. Dort trumpfte Rakitsch mit seinem Stück und ließ hören, jetzt fange die Sache erst an. Er habe sich kaputtgemacht für das Mädchen, darum gehöre sie ihm auch. Man werde sehen, ob er nicht Schneid genug habe, das Messer in einem herumzudrehen. Das sei noch weit leichter als ein Sprung aus dem Fliegerkarussell.
So viel hörte ich von Schülern und glaubte daran zunächst nicht, denn ich kannte Rakitsch durchaus nicht in solcher Tonart. Aber der Unfall schien ihn verändert zu haben, und bald sah ich ein, daß ich an diesen Abscheulichkeiten nicht zweifeln durfte. Hoffentlich, sagte ich zu mir, hört Herse Andernoth nicht davon. Diemut weiß es ja sicher schon aus ihrer Klasse. Wahrscheinlich aber sagt sie ihrer Mutter nichts.
Natürlich erkundigte ich mich; ich erfuhr aber nur, daß Rakitsch als nicht gefährlich erklärt und daß seine Aufführung kein Grund sei, ihn festzusetzen. Übrigens kannte man den Fall schon, Herse Andernoth selbst war dagewesen. So nahm ich ihr ihre Sorgen ab.
Als ich draußen war, dachte ich: Wunderbar, in der Tat glauben wir, der Staat in Gestalt der Polizei könnte uns die Sorgen abnehmen. Aber da, wo wir wirklich leben, reicht keine

Polizei hin. Da ist auch Neu-Spuhl dicker schwarzer Wald. Dicker schwarzer Wald, und darin eine Spinne, die giftig ist.
So widerwärtig Rakitsch mir war, ich mußte mich mit ihm befassen. Ich wußte genau, daß Rakitsch mir folgte, wenn ich ihn kommen ließ. Rakitsch kam sofort.
Ich sagte ihm gleich auf den Kopf zu: »Rakitsch, was Sie in gewissen Wirtschaften sagen, bringt nichts Gutes. Sie sollten sich zusammennehmen.«
Rakitsch saß unbeweglich und fragte: »Herr Soldner, wovon sprechen Sie?«
Sein Ton war höflich wie früher, fast sanft, aber ich merkte die Spur von Aufsässigkeit in seiner Stimme.
»Verstellen Sie sich nicht, Rakitsch«, sagte ich. »Sie wissen genau, was ich meine. Wir kennen einander, und Sie sind zu mir gekommen, als ich Sie bat.«
»Ich bin gekommen«, sagte Rakitsch, »weil ich auch das erstemal zu Ihnen gekommen bin. Ich komme immer, wenn Sie werden wollen.«
»Dann sollten Sie auch auf mich hören. Womit Sie um sich werfen und was die Leute weitertragen, ist nicht gut für Sie.«
»Warum nicht gut für mich?« sagte Rakitsch. Es fiel mir, während er jetzt vor mir saß, auf, daß er blässer und viel älter aussah. Seine Geschmeidigkeit von früher lebte nur in der Weise, wie ihm die Worte vom Mund flossen. In seinem Gesicht aber, in seinen Gebärden schien mir eine Starre, eine störrische und verstockte Kälte, die wenig Beruhigendes hatte.
»Gut für mich oder nicht«, sagte Rakitsch leise. »Warum gut für mich? Gesprochen, das heißt nichts. Gesprochen ist nicht getan.«
»Gewiß. Aber Sie stiften Unruhe mit Ihren Geschwätzen. Man redet nicht so von Menschen.«
»Vielleicht ist für mich gut, wenn Unruhe. Gesprochen ist nicht getan. Aber man soll sprechen von mir und mich nicht vergessen. Vergessen werden ist nicht gut.«
»Das ist abscheulich«, sagte ich. »Wenn Sie nichts Besseres wissen, brauchen Sie nicht mehr zu mir zu kommen. Ich dachte, Sie hätten die Dummheiten jetzt aus Ihrem Kopf. Was wollen Sie denn, daß man über Sie spricht? Man wird Sie zum Teufel wünschen, das ist alles.«
»Meinetwegen verwünschen«, sagte Rakitsch. »Verwünschen ist auch ein Wunsch.«

Er schwieg ein paar Augenblicke, dann gab er mir einen schnellen Blick, und dann fuhr er fort mit einem ganz anderen Ton und mit einem unechten Lächeln: »Aber ich werde nicht mehr reden. Ich habe eine Stelle bekommen. Ich werde anfangen auf der Stelle.«

Und ich nahm den Wechsel auf und äußerte meine Zufriedenheit und erkundigte mich sofort nach dieser Stelle. Ich wurde noch aufgeräumter, als ich mir hatte sagen lassen, daß die Stelle in Grethen sei, bei einer Außenstelle des Kreuzwerks. Das Neu-Spuhler Kreuzwerk ging auch auf eine Herrnhutische Gründung zurück und unterhielt für Ledige und Lehrlinge Heime, in denen auf junge Menschen geachtet wurde. Bei der Unternehmung in Grethen handelte es sich um Tischlereien und um eine kleine Klavierfabrik. Sofort fragte ich ihn, ob er an die Klavierfabrik komme, und er sagte: »Ja.« – »Ausgezeichnet«, rief ich, »da bleiben Sie ja nicht weit vom Fach.«

Und ich wurde gesprächig und erkundigte mich nach seinen musikalischen Übungen. Es sei noch nicht viel wieder da, er ermüde noch schnell, sagte Rakitsch, jede Anstrengung mache ihm Kopfweh. Auch sei die eine Hand noch nicht wieder ganz tauglich.

»Sie wird wieder werden«, sagte ich hoch ermuntert. Sagte ich, wie man so sagt, denn jetzt hatte ich genug von Rakitsch und hoffte, daß das Gespräch ein Ende finde. Und sagte: »Das hoffe ich sehr, daß Sie in Grethen einen guten Anfang haben. Einen guten Anfang wünsche ich Ihnen, Rakitsch.«

Als ich das zu ihm sagte, stand er schon, und solang er mich anhörte, meinte ich plötzlich, ich spüre von ihm einen Haß kommen, sehr schnell und bodenlos; und ehe er sich verabschiedete, gab er mir wieder einen schrägen Blick und sah mich dann nicht mehr an und sagte geläufig und sehr deutlich: »Sie denken noch, daß mir ernst war, was ich von der Gans sagte. Ich habe es gesagt aus Langeweile und weil ich etwas sagen wollte. Und ich habe es gesagt, damit sie es sollte hören und damit sie sollte einen Schrecken kriegen. Aber das ist nichts als gesprochen. Gesprochen, das heißt gar nichts. Ich habe mir einmal etwas aus ihr gemacht; ich mache mir jetzt nichts mehr aus ihr. Ich mache mir doch nichts aus der Gans. Aus der blöden Gans.«

14

DAS LAHME MÄDCHEN: MAN MUSS ANS LEBEN DENKEN

Als sie Herrn Förckh ins Zimmer ließen, kannte ich ihn sofort, denn ein paar Wochen schon wohnten Förckhs ja in dem roten Haus gegenüber, und ich sah ihnen den ganzen Tag in ihre Fenster. Er hätte sich nicht vorzustellen brauchen, aber er sagte laut und sehr stramm, indem er ins Zimmer vorstieß: »Guten Tag. Guten Tag, Fräuleinchen, ich bin Förckh. Förckh, Ihr Nachbar.«
Ich war sehr rot geworden und dazu aufgebracht, weil sie ihn so einfach zu mir hereinschickten und ich doch gar nicht hergerichtet war und nicht aufgelegt, mich von einem fremden Menschen begaffen zu lassen. Zudem, es mußte ein Versehen sein, denn wie sollte ein Mann, ein Nachbar in Geschäften, mir einen Besuch machen wollen? Und doch stellte sich heraus, daß Herr Förckh wirklich in dieser Absicht kam. Ich möchte nicht sagen, daß Herr Förckh damit ein Zeugnis für sich ablegte, das klänge so nach Wohltat und nach Wichtigkeiten. Aber immerhin, etwas Freundliches meinte er doch, auch wenn er mich in Verlegenheit setzte. Förckh kann nicht so gewesen sein, wie ihn später offenbar Leute hinstellten, so als habe er seine Frau schlecht behandelt. Das scheint mir gar nicht möglich.
Soviel ich herausbrachte, ging Herr Förckh auf Besuch in alle anliegenden Häuser, nicht so wie man früher Besuch gemacht haben soll mit Karten und mit Unterschieden, wo und wo nicht, sondern er muß herumgegangen sein wie ein Mensch, der einem anderen die Ehre antun und ihm ein gutes Wort geben will. Ein Mann in Geschäften muß ja auch schlau sein, er braucht die Leute. Aber ich denke, es war bei Förckh nicht einmal bloße Schlauheit. Er war jemand, der dem andern gern die Hand hinstreckt.
Besuch! Schöner Klang. Nie zuvor einen Besuch dieser Art bekommen. Förckh kam also laut durch das Zimmer auf mich zugestrebt, indem er mit einer erstaunlich großen Hand eine Art Bogen beschrieb und sie dann gewinnend gegen mich schleuderte, sicherlich gewohnt, kräftig zuzufassen. Aber ich

konnte die meine ja bloß ein wenig auf die Kante stellen, und Förckhs Hand blieb einen Augenblick lang erschrocken in der Schwebe, und ich dachte: nun, er wird sie zurückziehen –, aber dann ließ er sie auf meine Hand nieder, auf das armselige dumme Tierchen, und war vorsichtig, als könnte sie leicht kaputt gehen, und sagte sogar ganz erschrocken dazu: »Es tut doch nicht weh so, Fräuleinchen?«

»Oh nein«, sagte ich stammelnd, »bestimmt nicht«, und bewegte mein bißchen Nicht-mehr-viel und wurde noch mehr rot, und dann fügte ich, weil er sich doch vorgestellt hatte und zu Besuch kam, entschlossen meinen Namen hinzu, und auch mein Name brachte mich in Verlegenheit. Ich habe nie das Gefühl gehabt, als gehörte mein Name zu mir, ja als hätte ich überhaupt einen Namen, so wie manche Leute mit ihrem Namen eins sind.

Er stand da und guckte mich an, und ich sah auf seine Rockärmel und dachte: Mitleid, Mitleid, und weil mir ja niemand ihn abnahm, sagte ich: »Wollen Sie bitte Platz nehmen, Herr Förckh? Leider müssen Sie sich selber bedienen.«

Und Förckh hob einen Stuhl vom Boden und schwenkte ihn unter sich und setzte sich recht in meine Nähe: »Wollte Sie doch einmal begrüßen, Fräuleinchen, einmal nach Ihnen sehen, Fräulein Nachbarin.« Alles hatte er bis jetzt mit seinem rechten Arm vollbracht, unter dem linken hielt er zwei Pakete eingeklemmt und hob aber nun seine beiden Hände so an, wie es die Leute machen, wenn sie ihre Hände reiben wollen und hineinhauchen, weil es ihnen kalt ist, er hauchte und rieb aber nicht, sondern hielt die Hände dann ungefähr vor dem Magen stille, so als wären sie dort am besten aufgehoben und zugleich unter Aufsicht.

»Sie gucken auch schon auf meine Apparate«, sagte er und lachte gutmütig, »das tut jeder. Ich bin es gewohnt. Viel kleiner, muß ich Ihnen betrübt sagen, sind die nie gewesen. Die Burschen hießen mich schon auf der Schule den Tatzen-Förckh, einmal wegen der Größe und dann, weil ich so viel drauf bekam. Damals gab es noch Tatzen. Wissen Sie überhaupt, was das ist? Mit dem Röhrchen auf die Pfote, innen drauf. Ich glaube, die Lehrerin hielt meine Pfoten einfach für besonders geeignet, es war so eine Alte, zähes Leder, sie dachte wohl, bei mir müsse es eben sein oder es mache mir nicht so

viel aus, oder sie dachte gar nicht mehr und war es schon gewohnt. Hat mir auch nicht viel ausgemacht, ja. Und die Dinger sind davon nicht kleiner geworden.«
»Oh«, sagte ich, »das hat sicher Vorzüge, wenn man ein Paar kräftige Hände sein eigen nennt –«, sein eigen nennt, sagte ich geschraubt, weil mir doch so geschraubt zumute war und ich noch nie einen fremden Besuch hatte unterhalten müssen, aber Herr Förckh nahm es auf und rief, als ob mir ein Witz gelungen wäre: »Das ist gut, Fräuleinchen, das haben Sie wunderbar ausgedrückt. Ja. Ich nenne sie mein eigen.«
Und ich kicherte ungeschickt mit ihm. Dann blickte er an mir herunter und sah auf meinem Bord umgedreht liegen, woran ich gerade las, und sagte »darf man mal« und buchstabierte und legte es zurück und sagte wieder: »Der Name kommt mir bekannt vor. Schwierig auszusprechen, mal gehört auf der Schule. Penthesilea, wer ist das doch gleich gewesen?«
»Oh«, sagte ich unausgesetzt verlegen, »eine Frau, eine Königin. Eine wilde Königin. Sie wird wohl nicht gelebt haben.«
»Ja, ja«, sagte Herr Förckh, »habe ich Verständnis dafür. Ja. Komme natürlich nicht mehr selbst zum Lesen. Aber alte Märchen und Sagen sind immer schön.«
»Ja, ja«, sagte ich auch.
»Stimmung«, sagte Förckh, »viel Stimmung.«
»Habe mir erlaubt«, fuhr er dann plötzlich frisch auf, »habe mir erlaubt, dem Fräulein Nachbarin was mitzubringen. Doch sicher oft Langeweile? Da ist erstens mal was zum Knabbern. Müssen Sie aber allein knabbern, ganz allein.« Damit schwang er unter seinem Arm hervor das erste der beiden Pakete, ein flaches, recht umfängliches Ding, oval und mit einem schönen glitzrigen Band umwunden, und er blickte erwartungsvoll und hätte wohl gern gesehen, wie ich zugriff und auspackte, denn wenn man im Geschäft eine so schöne Schleife hat machen lassen, muß es eine Lust sein zuzusehen, wie sie aufgezogen wird. Aber ich konnte ihm den Gefallen nicht tun, hatte die Schachtel bloß auf meinen Händen liegen und sagte »Aber vielen Dank doch, Herr Förckh«, und »Das sollten Sie doch nicht tun, mir etwas mitbringen«. Zugleich dachte ich, indem ich auf das Präsent niederblickte: Für wen ist das, mit einer Schleife wie für eine Dame, aber mitbringen kann man doch höchstens einem Kind etwas, oder natürlich ja, einer Kranken,

ja, das kann er machen. »Nicht der Rede wert«, sagte er, »eine Kleinigkeit.«
Damit nahm er seine Gabe wieder weg von meinen Händen und suchte einen Platz, der offenbar möglichst nah an mir sein sollte und etwas verborgen, weil er ja wollte, ich sollte den Inhalt allein verschmausen, und er suchte neben dem Sitz und unter der Armlehne und sogar hinter meinem Kopf, aber weil es nirgends paßte, mußte er das Paket endlich zur Seite auf den Tisch legen. »Jetzt aber noch was Besseres«, sagte er, »müssen mir gestatten, Fräuleinchen, daß ich gleich selbst mal auswickle. Ich habe nämlich selber so einen Spaß daran.«
Er wickelte aus, und ein Spiel kam zum Vorschein, eine flache Schachtel, aus der Schachtel ein Plan zum Aufklappen, dazu allerhand Marken und Würfel, Sachen, die ich nur undeutlich sah, weil ich mir immerfort Mühe geben mußte, ein intelligentes Gesicht zu machen und zu tun, als könne ich folgen, denn noch nie habe ich ein Spiel begreifen können. Der Plan war schön blank lackiert und roch neu und gab ein angenehmes, ächzendes Geräusch von sich, ein Geräusch von Wohlhabenheit, als Herr Förckh ihn vor mir auslegte.
»Ein Spiel ist das«, sagte Förckh. »Ein ganz großartiges Spiel. Denn ich denke, es ist Ihnen doch sicher oft genug langweilig. Sicher finden Sie jemand, der es manchmal mit Ihnen spielt. Könnte mich selber stundenlang damit unterhalten.«
»Oh sicher«, sagte ich höflich, »sicher spielt es jemand einmal mit mir.«
»Ach was«, rief Förckh, »Sie müssen es oft spielen, Fräuleinchen, nicht einmal. Haben Sie nämlich einmal angefangen, können Sie gar nicht mehr damit aufhören. Und jetzt hören Sie einmal genau zu.«
Er fuhr mit seinen Händen in der Luft herum, und ich starrte gehorsam auf den Plan und sah darin Vierecke und sah Fluchten hindurchlaufen, und das Ganze glich am meisten einem Stadtplan, und ich dachte mir: Schöne Stadt, Traumstadt, eine neue Stadt. Neue Stadt! Schöner Klang. Einmal möchte ich in einer neuen Stadt sein.
»Genau zuhören jetzt!« rief mein Besuch. »Ich weiß, Sie werden es schnell begreifen. Also sehen Sie mal her, Fräuleinchen, das alles hier sind Grundstücke, Fräuleinchen, alles käuflich und zu haben, richtige Jungfernstückchen, alles noch drin und

kann werden, was will. Alles ist angeboten, und jetzt geht das Kaufen los, Fräuleinchen. Sie können kaufen, wo immer Sie wollen, hier eins und dort eins oder ein paar zusammen auf einem Haufen, das ist ganz Ihre Sache; ob Sie aber richtig liegen, Fräuleinchen, das kommt erst später heraus. Sie können waghalsig sein und alles auf eine Karte setzen und mit einem Knall herauskommen, oder Sie können es auch vorsichtig treiben und so, daß nicht viel kaputt gehen kann. Das ist alles Ihre Sache, alles Ihr freier Wille, keiner schreibt Ihnen vor. Aber jetzt geht es los. Jetzt geht das an, was Sie nicht mehr in der Hand haben, und nicht einmal ein Vetter im Gemeinderat oder in der Bauaufsicht hilft Ihnen dabei, denn in dem Spiel, haha, gibt es keine Vettern. Ja. Jetzt wird gebaut und erschlossen. Jetzt geht es nach den Regeln. Sehen Sie mal her, da kommt zum Beispiel ein Hotel hier in die Straße, und jetzt gehen die Grundstücke alle hinauf, so und so viel, alles genau nach der Regel, und vielleicht haben Sie sich gut eingedeckt, nun so sind Sie fein heraus. Ist noch was zu haben, so können Sie sich überlegen, ob Sie anderswo abgeben und sich festbeißen, wo augenblicklich was zu holen ist. Oder Sie haben Nerven und bleiben sitzen auf den Sachen, die Sie anderswo haben, und vielleicht liegen Sie richtig dabei. Aber vielleicht gibt es auch auf einmal einen Beschluß, eine Durchfahrtstraße liegt plötzlich durch Ihre ganzen schönen Plätzchen, und dann Zwangskauf und so, und Sie können rein gar nichts machen und können sich bloß sagen: dumm gewesen. Oder je nachdem: Pech gehabt. Sie können froh sein, wenn Sie wieder rauskriegen, was Sie hineingesteckt haben, und manchmal kriegen Sie nicht mal das raus und können sich dann sagen: jetzt hast du es. Das ist, mit einem Wort, wie im Leben. Ganz genau so.«

Er redete so ganz lange und war im Feuer, und ich sagte bescheiden, als er aufhörte: »Ja, das ist fein. Man muß es natürlich verstehen.«

»Verstehen? Das lernt sich«, sagte Förckh. »Ich sage Ihnen, Fräuleinchen, das kann man alles lernen. An dem Spiel lernt man das. Das ist ein Spiel, das geschickt macht. Geschickte Leute macht das Spiel, und darum sage ich auch zu meiner Frau immer: Spiel es mit den Kindern. Da ist keine Zeit vergeudet, die Zeit kommt immer herein. Man kann nicht früh

genug lernen. Das ist ein Spiel, sage ich zu meiner Frau, bei dem du gesund bleibst, Sabi.«
»Ihre Frau ist doch nicht krank, Herr Förckh«, sagte ich höflich. »Das wäre mir sehr leid.«
Und Förckh ein wenig gedämpfter: »Ach wo ach wo, Gott sei Dank nicht die Spur von krank. Ich meine das nur so, bildlich sozusagen. Ich will damit ausdrücken: es ist besser, als wenn du zum Beispiel Märchen erzählst.«
»Alte Märchen und Sagen«, fuhr es mir heraus, »sind immer schön.«
»Schön, schön«, sagte Förckh, »habe immer was übrig für Stimmung. Aber man muß ans Leben denken, sage ich manchmal zu meiner Frau.«
Und dann auf einmal stand Herr Förckh sehr schnell auf, so als ob er sich verplaudert oder ich ihn doch verstimmt hätte mit meiner unartigen Bemerkung, und ich konnte nicht schnell genug artig sein und manches daherstammeln, wie er mich erfreut habe und ich gar nicht wisse, wie ich dazu komme, und wie mich das Spiel interessiere und ich es gewiß lernen wolle, und Herr Förckh sagte: »Keine Ursache, ganz gewiß keine Ursache, Fräulein Nachbarin.« Er legte noch einmal wie zu Anfang seine große Tatze auf mein bißchen Nicht-der-Redewert und sagte sogar noch tröstend: »Also, dann machen Sie schön so weiter« – wie man zu Kranken redet, die noch gesund werden können –, »schön so weiter, kleines Fräuleinchen, immer schön weiter so.«
Und ich machte also schön weiter, wie es Herr Förckh gesagt hatte und nach Gottes Willen, der meine Haare alle gezählt hat und ohne den kein Sperling vom Dach fällt, und ich mußte ganz kurz einmal schlucken und flennte einen Atemzug lang los, bis jemand hereinkam und ich mich zusammennahm und »was denn? ach nichts« sagen konnte, und sie packten mir das erste Ding aus, eine Schachtel mit Pralinés so groß wie eine Badewanne und so schön gefüttert und geschmückt, daß man an was Schlechtes denken mußte. Aber Herr Förckh hatte es gut gemeint, und ich weiß nicht, warum er mir leid tat, auf einmal ganz sinnlos leid tat, ein so reicher Mann, der viel Geld für seine Präsente ausgegeben hatte, und ich ein bißchen was und sonst nichts, nicht richtig am Leben und am Sterben auch nicht.

Ich bot Frau Andernoth an von den Süßigkeiten, als sie kam, und ich schilderte ihr den Besuch und erklärte ihr auch das Spiel. Als ich aufgehört hatte, sagte sie verwundert: »Wie, das ist ein Spiel?«
»Natürlich«, sagte ich, »warum nicht?«
»Die armen Kinder«, sagte Frau Andernoth.

15

SOLDNER: DARAUF WÄRE ICH GAR NICHT GEKOMMEN

Rakitsch hatte ich bestellen können, und Rakitsch kam zu mir, weil er das erstemal auch zu mir gekommen war. Mich aber konnte meine Dienstbehörde bestellen, und nachdem ich das erstemal nicht zu ihr gegangen war, mußte ich jetzt doch gehen.

»Sie sind der Mann aus Neu-Spuhl«, sagte der Referent zu mir. »Wollen Sie bitte Platz nehmen. Wir freuen uns jederzeit hier, wenn wir unsere Leute sehen. Sie aber kenne ich noch nicht. Warum zeigen Sie sich nie bei uns?«

Nun also, sagte ich zu mir. Mag es losgehen.

»Herr Ministerialrat«, sagte ich, »es gibt den alten Grundsatz: Gehe nicht zu deinem Fürst, undsoweiter. Jetzt bin ich gerufen worden und habe zu folgen.«

»Damit wären wir mittendrin. Vermutlich sind Sie im Bilde, worüber wir uns zu unterhalten haben werden.«

»Ich denke«, sagte ich, »daß ich im Bild bin.«

»Gut. Also äußern Sie sich über die Ansichten, deren Verbreitung Mißfallen auslöst. Was verbreiten Sie eigentlich?«

Ich dachte bei mir: Teufel, nein, ich scheine doch nicht im Bilde zu sein. Wo soll's diesmal hinaus? Laut sagte ich: »Offenbar muß ich meine Vermutung zurücknehmen. Darf ich mir erlauben zu sagen, daß ich nicht im Bilde bin?«

»Sie haben in Ihrer Klasse gewisse beleidigende Ansichten vorgetragen.«

»Jetzt kann ich mir denken, was gemeint ist. Nun, ich gebe zu, daß ich lebhaft impastiert habe.«

»Impastiert?« sagte der Beamte, »was bedeutet dieser Fachausdruck? Er gehört nicht in den Sprachschatz meines Amtssitzes.«

»Die Maler sagen so, wenn sie meinen, daß die Farbe dick aufgetragen ist, vielleicht sogar mit dem Spachtel.«

»Ausgezeichnet. Impastieren Sie mir ein bißchen vor, und ganz ungeniert. Eben so, daß ich eine Vorstellung von Ihrer Spachteltechnik bekomme.«

»Ich sagte, als in einem Gespräch mich einige meiner Schüler gereizt hatten –«

»Ein Erzieher, Herr Kollege, ist niemals gereizt. Er steht über der Sache.«
»Jawohl, Herr Ministerialrat.« Und sogleich verbesserte ich wieder meinen Stil und sagte: »Ja. Ich sehe es ein.«
»Also, Sie sagten –«
»Ich sagte zum Beispiel, es sei wichtig, daß man ein Gefühl für oben und unten behält, vor allem in Zeiten, in denen alle schwimmen.«
»Sehr weise. Wie führten Sie das näher aus?«
»Ich sagte zum Beispiel, ein Auto sei ein Mittel der Fortbewegung. Als Rangabzeichen diene es Ahnungslosen, die sonst nichts unterscheiden können. Ich habe gesagt, es habe immer Leute gegeben, denen ein kaltes Büfett wichtiger gewesen sei als der neunzigste Psalm. Aber der Ton habe zu gewissen Zeiten geboten, das nicht öffentlich merken zu lassen.«
»Also auch nur Fiktion. Halten Sie so viel von Fiktionen?«
»Bei rechtem Gebrauch eine Menge, Herr Ministerialrat.«
»Ein fesselndes Thema, und ich hätte Lust, es mit Ihnen auszuspinnen. Aber wir dürfen uns nicht ablenken lassen. Was haben Sie sonst noch gesagt?«
»Nun, einiges. Alles fällt mir natürlich nicht ein. Ja, zum Beispiel sagte ich, es gebe eine Art moderner Analphabeten, bei denen leise Musik zu tönen beginnt, wenn sie die Schublade ihres Nachttisches aufziehen. Ich sagte, etwas müsse ihnen ja gegeben sein, da sie sonst nichts hätten, aber mir sei die Diskrepanz zu groß zwischen Perfektion und Unterentwicklung. Und wiederum sei die Meinung falsch, oben sei dort, wo die tönende Schublade aufgeht.«
»Weiter. Ihre Meinungen, die ich teile, haben kaum Aussicht, sich durchzusetzen.«
»Man kann trotzdem etwas sagen.«
»Durchaus. Deshalb beschließen Sie Ihr Referat.«
»Ich habe von Leuten gesprochen, deren Innenleben aus Kunststoff bestehe und bei denen sogar der Kopf ein Markenartikel sei.«
»Stark, sehr stark«, sagte mein Vorgesetzter. »Im Original muß das einen kräftigen Ton gehabt haben.«
»Ich gebe es zu. Aber der Ton stand in einem Zusammenhang. Man hatte mich herausgefordert, oder vielmehr nicht mich,

sondern eine Gruppe von anderen Schülern, die nicht mithielten. Da sagte ich einiges.«

»Man soll nicht hart verfahren in der Gemeinde, die einem Brot gibt.«

»Jawohl«, sagte ich schuldbewußt. »Aber das Brot, das ich esse, verpflichtet ja auch. Es verpflichtet zur Wahrhaftigkeit.«

»Obwohl Sie also«, sagte mein Vorgesetzter, »dauernd von oben und unten reden – Begriffe, deren Deutung noch fällig wäre –, vertreten Sie zugleich die Meinung, es sollte keine reichen Leute geben.«

»Eine so idiotische Meinung habe ich nie vertreten. So etwas Blödsinniges kann mir nur untergeschoben worden sein.«

»Aber Sie sagen, es sollte kein gehobenes Leben, kein Luxus sein?«

»Warum denn? Geld ist eine großartige Sache. Vor allem natürlich, wenn es an die richtigen Leute kommt.«

»Mein Lieber, jeder hat, was zu ihm paßt, und zu jedem kommt das Seine.«

»Eine Definition, Herr Ministerialrat«, sagte ich, »die gleichfalls manche Wendung offen läßt. Falls mir erlaubt wird, dies zu sagen.«

»Es wird erlaubt. Aber weiter: Ihr Oben, das Sie beharrlich im Munde führen, liegt offenbar nicht bei dem angeregtesten Konsum?«

»Ich brauche darauf kaum zu antworten.«

»Sehr bedenklich. Beim Gegenteil?«

»Leicht möglich, obwohl ich nicht zu den Puritanern gehöre. Übrigens habe ich, wie gesagt, niemals Meinungen vertreten. Vertreten habe ich gar nichts. Ich nannte nur Neu-Spuhler Tatbestände.«

Mein Vorgesetzter fing an zu lächeln, und nachdem er ein paar Augenblicke gelächelt hatte, gestattete ich mir das nämliche.

»Ich habe dieser Sache«, fuhr er fort, »kein Gewicht beigemessen. Sie ist ohne Dienstweg vorgetragen worden, und ich mache sie ohne Dienstweg ab. Haben Sie aber schon bedacht, daß man so einer Sache, wenn man will, einen Dreh geben kann, einen ganz bestimmten?«

»Was denn«, sagte ich, »was für einen Dreh?«

Gruppen = Kommunisten

»Man kann Sie einer bestimmten subversiven Richtung verdächtigen. Die Frage ist schon gestellt worden – in bester Absicht natürlich –, ob Sie nicht gewissen Gruppen nahestehen dürften, die mit Recht verboten sind.«

»Mein Gott«, sagte ich, »was für ein Blödsinn. Darauf wäre ich überhaupt nicht gekommen.«

»Ich auch nicht«, sagte der Beamte, »aber denken Sie daran, daß nicht alle Leute von spröder Phantasie sind. Zum Beispiel bin ich selbst eben dran, diesen Platz abzugeben. Wie mein Nachfolger urteilen würde, weiß ich nicht. Ich schließe deshalb mit meinem Anliegen an Sie, den Humor in der Welt zu mehren. Auch der Humor gibt faßliche Wendungen ein. Von ihm ist nie zu viel im Verkehr.«

»Ich bewundere ihn«, sagte ich, »und bin soeben ein dankbarer Nutznießer dieser Gabe.«

Draußen auf der Treppe dachte ich bei mir: Eine wunderbare Behörde. Man sollte sich doch genauer ansehen, was die Leute gegen Behörden sagen. Auf jeden Fall ist solch ein Mann großartig, wenn eine Behörde aus ihm besteht. Dachte ich an das Gespräch zurück, war es mir zumut wie in dem Augenblick, als Rakitsch »blöde Gans« gesagt hatte.

Und als ich aufs neue zu denken anfing »wunderbare Behörde«, wurde mir plötzlich genierlich zumut, ein Gefühl, das ich nie gekannt hatte bis dahin. Die Behörde war für mich bis dahin ein Abstraktum gewesen, dazu eines auf dem Mond. Aber das dauerte bloß einen Augenblick, und ich dachte wieder: nun, vielleicht bist du nicht das letztemal hier gewesen. Und ich war auch nicht das letztemal da. Doch vorher sah ich Rakitsch wieder.

Ich weiß nicht, ob ich bei Rakitschs zweitem Besuch etwas versäumt habe. Vielleicht habe ich etwas versäumt, denn meine Absicht war ja, Herse Andernoth etwas abzunehmen.

Das zweite Mal kam Rakitsch ungerufen, und es lag mir auch an diesem Besuch durchaus nichts. Rakitsch in Grethen, das wäre mir recht gewesen. Aber zu ändern war nichts mehr, ich hatte nun einmal mit Rakitsch zu tun.

Als er kam, war eigentlich keine Besuchszeit, es war schon ziemlich spät, schwül draußen, aber nicht ruhig, ein schwüler stoßhafter Wind, ein Gewitter-Randwind. Ich hatte Tee gemacht, dicken braunen Tee, an den ich mich damals wieder

gewöhnt hatte, und es lag Arbeit aufgeschichtet für diesen Abend, und ich plante nach diesen Arbeiten einige Lektüre. Darum trank ich Tee, damit ich wachbleiben sollte. In der Klause: Rakitsch kam mir nicht gelegen.
Ich hatte abwesend mitgehört, wie ein Fahrzeug unten vorfuhr und abgestellt wurde, auch das Klingeln an der Glastür. Als mir die Wirtin den Namen nannte, schien es mir nicht richtig, Rakitsch abzuweisen, ich sagte also: »Er soll kommen«, und drehte mich sofort um. Es war noch das gleiche Zimmer, in dem Rakitsch das erste Mal bei mir aufgetaucht war. Ich sagte zu ihm: »Setzen Sie sich, trinken Sie mit mir eine Tasse Tee, Rakitsch.«
Eine Unterhaltung mit Rakitsch war nie einfach. Ich könnte nicht sagen, ob er mit einer bestimmten Absicht zu mir gekommen war, oder ob er einfach kam, weil er mit jemandem sprechen wollte. Er hatte sich einen Roller gekauft und probierte ihn abends aus; so war er herübergekommen.
»Haben Sie denn so lange Ausgang?« fragte ich ihn. Er lächelte mit seiner queren Falte auf der Stirn und seinen etwas zu vollen Lippen und sagte: »Es ist doch Samstag.«
»Natürlich«, sagte ich, »wir haben ja Samstag. Ich freue mich, daß Sie den Samstag benützen, um mich aufzusuchen. Man erfährt doch gern, wie es den Leuten weiter geht.«
»Ich komme wieder«, sagte Rakitsch seine Formel, »weil ich auch das erste Mal zu Ihnen gekommen bin.«
Und auf einmal sagte er, gerade als ich dachte, es wäre jetzt an der Zeit, daß er aufstünde und fortführe, zu mir: »Sie sollten mir nicht fortnehmen das Fräulein.«
Ich fand zuerst kein Wort. Dann sagte ich ziemlich brüsk: »Was wollen Sie damit sagen? Welches Fräulein?«
»Das Mädchen«, sagte Rakitsch, »das Sie und ihre Mutter mir wollen verbieten. Sie sollten mir nicht verbieten.«
Der Zorn faßte mich, daß der verrückte Hund Herse Andernoth und mich zusammen nennen durfte. Manchen Menschen möchte man verbieten können, daß sie von einem selbst reden und von gewissen anderen, aber dagegen gibt es kein Mittel. Und dem Menschen hier konnte man nicht einmal über den Mund fahren oder ihn aus dem Bau werfen. Er konnte kommen und Platz nehmen und sagen: Sie und Frau Andernoth; und konnte sagen: Sie sollten nicht.

»Rakitsch«, sagte ich zu ihm, »ich war der Meinung, Sie hätten genug von dieser Sache, und wir seien damit fertig. Als Sie das letzte Mal da waren, klang es so, und das hörte sich besser an.«

»Was sich besser anhört, ist nicht immer richtig. Wenn man etwas gern hört, so möchte man immer, es sollte das Letzte sein. Das Richtige ist nicht immer das Letzte, und das Letzte ist nicht immer richtig.«

Was sollte ich antworten? Ich antwortete gar nicht, sondern sagte: »Nehmen Sie einmal Ihre Gedanken zusammen, Rakitsch. Wo wollen Sie eigentlich hin? Glauben Sie, aus so einer Sache kann etwas werden?«

»Es ist mir gleich, ob aus so einer Sache was werden kann. Ich kann nicht sagen zu meinem Kopf: Laß fahren. Ich kann nicht sagen zu meinen Füßen: Lauft ihr wo anders hin. Es ist auch nicht in meinem Kopf allein und nicht allein in meinen Füßen. Es ist von Kopf bis Füßen in mir. Sie sollten mir nicht sein in meinem Weg. Sie sollten mir das Mädchen nicht fortnehmen.«

Und ich nahm mich zusammen und biß mir auf die Lippen, damit ich nicht loslegte. Dann sagte ich: »Wir wollen nicht dasitzen und Blödsinn reden. Sie sind einmal mein Schüler gewesen, und wenn Ihnen etwas gedroht hätte und ich hätte davon gewußt, so wären Sie von mir in Schutz genommen worden. Genauso ist Diemut Andernoth eine Schülerin von mir. Ich bin ihr Lehrer.«

»O ja, Lehrer«, entgegnete Rakitsch, »Sie sagen Lehrer und vielleicht denken Sie es auch. Aber vielleicht denken nicht alle Leute: Lehrer.«

Der verrückte Hund auf meinem Sofa. Auf dem Sofa meiner Wirtin vielmehr. Der verrückte Hund in seiner Verrücktheit, er spürte, daß die Parade unsicher sei, und sogleich stieß er nach. Keine Ehre, so ein Gegner. Er stieß nach, er lag im Angriff, das merkte ich an dem eigentümlichen Aufbrennen, dem unverschämten, standhaften Brennen, mit dem er meinen Blick zurückgab. Es war jetzt ein ganz anderer Blick als der Blick kürzlich, mit dem er gesagt hatte: die Gans, die blöde Gans.

»Sie sind ein Lehrer«, sagte er, »aber für das Fräulein sind Sie vielleicht nicht ein Lehrer. Ich kann viel sehen, wenn ich sehen will.«

Saß auf dem Sofa meiner Wirtin, saß in dem Zimmer, das ich gemietet hatte, klopfte nachts an bei mir und nahm sich heraus, mich anzureden. Nahm mir die Knochen heraus, weil er ja krank war und ich nicht brüllen konnte: Sie Flegel, raus! Wie erlauben Sie sich mit mir zu reden? – Kein Gegner für mich. Nur noch widrige Lagen; aber kein Gegner.
»Beschäftigen Sie sich mit was anderem, Rakitsch«, sagte ich wieder. »Das sind Lächerlichkeiten. Von dem Mädchen könnte ich geradesogut der Vater sein.«
»Vielleicht könnten Sie es sein«, sagte Rakitsch mit seiner schwachsinnigen Beharrung. »Ob Sie es aber sein könnten, machen nicht Sie allein. Wenn ich will, kann ich sehen. Ich kann sehen das Mädchen.«
»Sie spionieren also wieder hinter ihr her«, sagte ich unbeherrscht, denn es war nun nicht anders, als daß dieser Bursche das Heft in die Hand bekommen hatte und mich peinigte. Dieser Bursche, der mir auf den Kopf zusagte, was ich nicht sehen und nicht wissen wollte. Auf dem Sofa meiner Wirtin saß und mir's auf den Kopf zusagte. Mit dem Roller herumfuhr. *Seinen Mörder suchte.* Vorbeugend suchte, ob ihn einer austrat.
»Was wollen Sie eigentlich?« fragte ich unfreundlich. Ich war aufgeregt, der verrückte Hund auf meinem Sofa hatte mich aufgeregt. Der kalte Hund auf meinem Sofa saß ganz ruhig mit seiner queren Stirnfalte und lauerte auf mich, und ich war viel älter als er und war ihm an Bildung über und hatte den Vorzug gesund zu sein, und ich regte mich auf und warf die Sachen auf meinem Tisch durcheinander. Und ich sah, daß ich einen Stein in die Hand bekam, schwer und von frischen scharfen Kanten, Granit, er lag auf meinem Schreibtisch. Ich hatte den Stein von den Hundsköpfen mitgenommen.
»Sehr gefährlich«, sagte Rakitsch auf meinem Sofa und rührte sich nicht.
»Was denn gefährlich?« rief ich aufgebracht.
»Gefährlich. Vielleicht muß ich tun, was mein Kopf nicht will. Ich muß etwas tun.«
Ich weiß noch, daß in diesem Augenblick meine Wirtin anklopfte und irgend etwas hereinsagte, vielleicht ob ich noch etwas wolle oder daß sie zu Bett gehe; ja, ich glaube, sie gehe weg, sagte sie. Und ich sagte mir, daß es Rakitsch nicht darauf

angekommen war, den Kopf voraus aus dem Karussell zu fahren, und ich sagte mir, ohne daß ich es wußte, sagte mir: – hinter der Frau in der Wohnung mußte etwas offenstehen, Tür oder Fenster, und als sie meine Tür zuzog, kam ein Schwall von der schwülen Luft durchs Fenster gefahren, von der unfrischen dreckigen Luft, in der man die Pansalva roch, und ein Zug fuhr raschelnd in einen Stoß Blätter, die da lagen und von denen ich den Stein gehoben hatte, und sie blätterten auf, flogen und ließen sich fächernd zum Boden nieder.
Rakitsch war sofort hinuntergetaucht. Er hatte ja eine Lebensart und konnte wohl gar nicht anders als nach den Blättern sich hinunterlassen. Und erst wollte ich ganz gewohnheitsmäßig mich auch bücken und helfen, nach den Sachen zu greifen, aber dann dachte ich in meinem Haß: Soll er unten kriechen. Und ich saß da, in der Hand den schweren Stein, und vieles schoß mir durch den Kopf, sah ihn grade unter mir, wie er da kauerte und mit seinen gelblichen Fingern auf dem Boden herumlangte, und ich sah seinen Nacken aus dem Kragen vorgestreckt, einen sonderbar schmächtigen Nacken, in den das dichte Haar, das hätte gestutzt werden müssen, hinunterwuchs, und ich dachte: *ein Schädelbruch, sie werden ihm den Kopf rasiert gehabt haben* –, ich dachte: *Keine Narbe, man sieht sie wenigstens nicht*, dachte so etwas wie: *das Reptil*, dachte: *von den Hundsköpfen*. Und plötzlich, ganz genau in dem Augenblick, als ich sinnlos dachte: *sucht seinen Mörder* –, in der seltsamen krankhaften Übereinkunft erstarrte Rakitsch eine lange Sekunde unter mir, erstarrte wirklich, nur daß sein Nacken sich noch eine Kleinigkeit zu strecken schien, ganz grundlos, und auch seine Finger, die sich am Boden bewegt hatten, hörten mit dem Greifen auf und warteten, und immer noch hielt er still, als wolle er mich versuchen und verhöhnen. Und ich dachte: Gott verdamm mich, und ich legte den Stein schnell, so als ob er heiß wäre, auf den Schreibtisch zurück. Dann kam alles wieder in Fluß, alle Bewegungen zu ihrem Ende. Rakitsch hatte die Blätter aufgesammelt und legte sie rasch und geschickt wieder auf einen Haufen, und er griff sogar nach dem großen Stein, den ich weggelegt hatte, umgriff ihn vorsichtig mit seinen gelblichen Fingern und setzte ihn wieder auf die Papiere. Und er sagte noch einmal, in einem ganz leeren erschöpften Ton, so als spräche er nur etwas zu

Ende, was jetzt nicht mehr von Belang war: »Sehr gefährlich.« Eine Weile blieb es still. Dann sagte ich:
»Sie sollten schlafen gehen und zusehen, daß Sie nicht gegen einen Baum fahren.«
»Es wäre vielleicht gut«, sagte Rakitsch, »wenn ich führe gegen einen Baum. Würden Sie sich freuen?«
Schon wieder alles verkehrt. Schon wieder Rakitsch nicht der Frechling, der Rede zu stehen hatte, sondern so als säße er dort auf dem Sofa zu Recht und verhörte mich. Solange er redete, hatte er die Augen niedergeschlagen, Lider mit langen schwarzen Wimpern wie eine Frau. Nicht aus Neu-Spuhl; in manchem Betracht ein hübscher Mensch, wäre es nicht allzu deutlich gewesen, daß er zu fürchten war. Er zog die Lider halb herauf und warf einen Blick auf mich, der sich überzeugen wollte, wie er gewirkt hatte. Ich wollte es richtig machen, ich schrie ihn nicht an und warf ihn nicht hinaus. Ich redete noch eine längere Zeit mit ihm und gegen ihn, redete geduldig alles, was sich so sagen ließ und was andere auch gesagt hätten. Aber er lächelte jetzt nur noch, lächelte höflich, blickte nicht kalt wie damals, als er »blöde Gans« gesagt hatte. Er lächelte, und das hieß: Redet wie ein Lehrer. Redet, wie ein Lehrer reden müßte und als ob er Lehrer wäre, und ist doch keiner und wird keiner sein.
Als er gegangen war, blieb ich sehr aufgeregt zurück, stand mitten in meinem Zimmer und horchte, wie er drunten auf seinem Roller davonfuhr. Eine ganze Zeit blieb ich so stehen und hatte die Hand ausgestreckt und dann den Stein wieder aufgenommen und grübelte. War er ein Schwätzer? Aber er hatte sich aus dem Karussell gestürzt. War er gefährlich? Sicher beides: ein Schwätzer und gefährlich. Ihm kann man nichts anhaben. Aber er darf andern etwas anhaben. Erst muß er etwas tun, damit man ihm etwas anhaben kann. Da ist es einfach aus mit den Sicherungen. Und ich sah den Stein in meiner Hand an und sagte zu mir: Ich hätte es ihr abnehmen können. Aber ich habe es nicht getan.

16

EINE STIMME: ER IST JA NOCH NICHT ALT

Er hatte den Stein in der Hand gehabt, den Granit von den Hundsköpfen. Es war ihm ja ernst. »Schwärmer«, hat er damals gesagt, »die Ordnung stiften. Meine Jahrgänge.« Seitdem er nichts mehr hatte, lief er durch die Welt. Er suchte immer noch etwas, er wollte ja alles ernst nehmen, irgendwo klein und ernst anfangen. Er spürte Drachen auf, um sie zu erschlagen. Er hob Steine, und dann legte er sie wieder weg. Die Drachen, die er fand, waren auch nur klein. Genauer gesagt, suchte er nicht einmal bloß die Drachen, es kam ihm auch auf die Frauen und Jungfrauen an, denen Drachen gefährlich wurden. Andromeda. Auch Angelika. Er war ja noch nicht alt.

Nachdem seine Welt so klein und so enge geworden war, nahm er sie ernst. Dabei redete er sich ein, daß er sie nicht und nichts mehr ernst nehme. Er fing an zu sagen: Kitsch, wenn ihn etwas ernst ankam. Er sagte: Alte Platten. Die Welt, die wir einmal hatten, war geräumig; Platz drin zum Reiten und Fahren. Bald darauf stand er vor einem Inspektor auf, der im Wald zu Pferd saß.

Mich hat er nicht ernst genommen, wie man seine Frau ernst nehmen soll. Von Worten wie: – nicht leben ohne dich, hat er damals schon gesagt: Kitsch, und: Alte Platten. Er konnte ja auch ohne mich leben.

Ich habe es ihm zu leicht gemacht. Er will es schwer haben, darum geht er herum und hebt Steine auf. Aber er findet nur Würmer drunter. Er hat Verbesserungen im Kopf, und dann: Angelika mit dem Drachen. Ich habe es ihm zu leicht gemacht. Ich ließ ihm gar nichts zu tun übrig. Ich werde gespürt haben, daß nicht viel Zeit zu vergeuden blieb.

Ich bin verlobt gewesen, und trotzdem habe ich mich nicht bedacht und zu ihm gesagt: seit eben jetzt, seit ein paar Augenblicken bin ich es nicht mehr. Aber er hat nur gedacht, es fehle mir wohl an Ernst, weil ich so schnell bereit war. Nein, mir hat es an Ernst nicht gefehlt. Trotzdem hieß ich sehr schnell Rosamund Soldner. Man verschob ja nichts gern.

Für ihn war es nicht schwer. Für mich selbst viel schwerer. Ich habe es ihm nie gesagt, wie schwer es für mich war. Sonst hätte er mich vielleicht ernst nehmen müssen. Mein Wort gebrochen zu haben, das war nicht leicht für mich. Rechneten wir nach Schulden, hätte ich mich oft gefragt, wieviel Schuld ich da habe zusammenkommen lassen. Aber wir fragen nun nicht mehr. Ich habe es getan. Er sagte zu mir: die Löwin. Er dachte wohl, eine Löwin habe kein Wort.
Ich sagte: Im Gegenteil, Löwinnen haben keine Mähne. Es ist zudem ein Mangel an Ernst, wenn du nichts sonst zu sagen weißt. Hast du sonst keinen Namen für mich? – Aber ich war eine Figur für ihn, seine Figur. Ich war für ihn eine Wilde mit einer Löwenmähne. Zudem weiß ich jetzt: diese Herse Andernoth hatte er im Kopf, ehe er sie noch kannte oder wußte, daß es sie überhaupt gab.
Ich bin nicht die Welt für ihn gewesen, nur das Stück einer Welt, die für ihn vergangen ist. Nur eine Figur. Er dachte gar nicht einmal mehr an mich. Eine ganze Weile hatte er mich vergessen. Und wir ritten doch zusammen über das Land, das an keiner Stelle zu Ende war. – Vorgabe? Mich kannst du ohnedies nicht einholen. – Wunderbares Land. Wir sind nicht dafür gewesen, daß wir es eroberten und behielten. Immer haben es andere für andere besorgt. Aber wir waren auch nicht dagegen. Wir haben niemand etwas getan, freilich auch nicht verhindert, daß jemand etwas zugefügt wurde. Wir gehörten dazu und begnügten uns mit der Meinung, um des Ganzen willen müßte Hartes geschehen. Vielleicht hat das zu den Schulden gehört, die ich habe zusammenkommen lassen. Es gibt kein Ganzes. Das Ganze, das sind wir alle einzeln. Das Ganze, das war auch ich. Darum haben sie mich totgemacht wie eine Ratte.
Wie eine Ratte und nicht wie eine Löwin. Es ist gut, daß er fort war und dann alles aus- und abgeschnitten und keine Funksprüche mehr, keinerlei Nachrichten, und daß er also nie etwas von dem allem erfahren hat. Besser, er bleibt bei dem Glauben, ich sei in der brennenden Stadt umgekommen. Aber wir liefen über Land, und dort haben sie es mit uns getan. Die es getan haben, wissen es heute vielleicht selbst nicht mehr oder wollen es nicht mehr wissen. Erinnerten sie sich, sie könnten sich selber kaum begreifen. Damals begriff es sich leicht.

Alles vergißt sich rasch. Daß man Menschen wie Ratten totmacht und daß die selbst wieder totgemacht werden, die damit anfangen, und daß andere weiterleben, die es angefangen haben, und andere, die bloß dabei waren, das vergißt sich. Ein paar Jahre, und der Kontoauszug ist das große Thema. Sie holen sich Erkältungen und sind in Listen eingetragen. Die Polizei ist zu ihrem Schutz da. Bälle von vier bis um vier.
Es ist früh aus gewesen. Wir haben einst solche beweint, für die das Ende so früh kam. Wer weiter weiß, verliert bald die Vorstellung, daß einer zu beneiden sei, für den es länger dauert. Außer der Zeit verliert die Zeit ihr Maß. Dann ist es genug für jeden.
Eine Weile noch in der Zeit, muß er sich mühen. Er ist ja noch nicht alt. Viel Vergebliches. Er muß lieben, auch wo er sich sträubt und: Kitsch – sagt und: Alte Platten. Eine Weile noch in der Zeit. Er wird nicht mehr: die Löwin – sagen. Eine Figur, und in der dritten Person. Er wird noch zu mir sagen: Rosamund.

17

HERSE ANDERNOTH: NACH SCHÄTZUNG UND AUF VORSCHUSS

In seelsorgerlichen Pflichten fing ein alter Herr an und meinte es gut: »Ich sehe, Frau Andernoth, und mich bekümmert, daß Sie noch ganz ungetröstet sind.«
Ich wunderte mich einen Augenblick lang und fragte dann zurück: »Warum sagen Sie: noch? Meinen Sie, ich wolle mich trösten?«
Ich konnte mich doch nicht trösten, wie man sich über den Verlust eines Ringes beruhigt oder über eine Stelle, die man nicht bekommen hat. Ist man zur Tröstung bereit, denke ich, hat man nachgelassen. Man gibt etwas preis, wenn man den Trost kommen läßt.
Zum Schwersten gehörte, daß Tom mir kein Zeichen geben konnte, vom Leben nicht noch vom Sterben. Darüber klagen viele. Man muß sich quälen und sagen: vielleicht, solange du eben in einen Apfel gebissen oder dir Lockenwickel eingedreht hast –.
Du hast an nichts gedacht oder daran, ob die Schneiderin kommt. Du hast nichts für ihn tun können, nicht einmal mit einem Gedanken. Permanente Ohnmacht, keine Sondergenehmigungen.
Kuriose Zeichen werden erzählt: Hinweise auf eingehende Post, auf Zugverspätungen oder Lotteriegewinne. In den großen Dingen gibt es keine, oder die Leute machen sie sich selbst. Ein paarmal vielleicht schickt Gott etwas und redet. Aber mit sich reden läßt er nicht. Uns steht nichts zu. Wir müssen ohne Zeichen auskommen.
Ohne Zeichen auskommen, und dann: über die Zeit kommen. Lange bleibt der Schmerz unerträglich, das Verbarmen um den andern. Verbarmen, sagte man bei uns auf dem Land und meinte das schreckliche Erbarmen, das zugleich weiß, wie vergeblich es sich müht. Das Verbarmen um die Zeit, die dem andern entrissen ist. Nach einer Weile erst wird die Vorstellung absurd, es könnte einen Vorzug bedeuten, zurückgeblieben zu sein.

Denn dann hat der Abschnitt des halben Lichts angefangen. Du hast es nur noch mit Halblicht zu tun, mit flachen Bildern und unscharfen Geräuschen wie Sendungen in fremden Idiomen, die nicht für dich gemacht und ausgestrahlt sind. Du kannst dir nicht einmal mehr sagen, früh um drei, wenn der Wind umgeschlagen hat und die Gardine ins Zimmer flattert: wunderbar, schwarzer Wind, Föhn vor Tag. Du kannst dich bloß erinnern: wunderbar, früher, wenn der schwarze feuchte Wind ging. Du sagst dir nicht einmal mehr: sonnig heute –, du sagst dir: richtig, früher, wenn die Sonne schien.
Du hast es mit den Kopien zu tun, aber doch horchst du, du bist noch gesammelt auf das Original. Du willst dich durch Trost nicht ablenken lassen. Ungetröstet gehen und dabei nicht krank sein. Wenn man endlich getröstet ist, ich weiß nicht, hat man dann ganz verloren oder alles gewonnen? Jedenfalls geht man ungetröstet am nächsten an der Wahrheit.
Niemand kann es kennen, bevor er es erlebt, das halbe Dasein. Wer sich auf das ganze nie eingelassen hat, weiß natürlich auch nichts davon. Vielleicht merkt er nicht einmal, was es mit seinen Surrogaten auf sich hat. Nein, einer, der allein bleibt, ist halb. Der Streich, der ihn so zurichtet, rührt die Wurzel an.
Dann geht es weiter: natürlich kannst du für dein Unglück nichts. Das geht dem platten Verstand ein. Aber was heißt: dafür können? Du bist getroffen, und da wird es für den Verstand schon schwieriger. Denn *du* bist es und nicht jemand anders. Manchmal, wenn du allein hineinkommst zwischen die Ganzen und Ungeteilten, denkst du, kein Hund nimmt mehr ein Stück Brot von dir. So etwas kannte auch Diemut. Diemut ist immer störrisch gewesen. Sie setzte sich noch zur Wehr. Sie wollte nicht zugeben, daß wir getroffen waren.
Ich weiß nicht, wieviel Diemut entbehrt hat; Vergleiche lassen sich ja nicht ziehen, und wir kennen auch nicht die nächsten. Jedenfalls fehlte ihr viel, und ich hatte sie zu verteidigen und konnte ihr doch nicht verschaffen, was sie entbehrte. Meine Hände aufheben und zuschlagen, und dann nichts mehr. Diemut wollte immer so gern lustig sein. Tom ist auch gern lustig gewesen, und offenbar ich auch. Aber wo sollte Diemut lustig werden und mit wem? Immer für sich allein lustig sein, ist eine schwierige Aufgabe. Und in Neu-Spuhl waren sie noch nicht einmal beim Tanzen lustig.

»Am liebsten«, sagte Diemut immer, »sind sie mir in der Schule, wenn sie einem auf die Zehen treten und sagen: du Rindvieh, oder: Trampel, geh doch mal da weg. Vormittags sagen sie, wenn sie dich einladen wollen: komm doch mal her, ich will was mit dir ausmachen. Und dann auf einmal werden sie künstlich, und es heißt: die Damen. Sie sagen: darf ich anbieten? und wenn ich sage: danke nein, ziehen sie ein Gesicht und fragen: warum eigentlich nicht, ist das ein Grundsatz? und ich: wieso denn Grundsatz, ich mag einfach nicht, wie manche Leute keine Blutwurst mögen –, und dann sagen sie beleidigt: eine Dame raucht.« Und als ich das erste Mal hineinsah zu Diemut und ihren Altersgenossinnen, fuhr es mir heraus: was sind das denn alles für gewachste Blüten? Alle mit dem Ehrgeiz, auszusehen wie nach dem dritten Zusammenbruch und dann perfekt aufpoliert. Überall Anstrengungen. Permanente Publikationen, wo es mehr anschlüge, Vorrat anzulegen. Aber woher sollen sie es wissen? Lauter Anstrengungen, die nicht lustig sind.
Ich konnte Diemut nichts anderes verschaffen. Permanente Ohnmacht. Die Hände aufheben und zuschlagen, ja. Aber nichts verschenken. Wie gern hätte ich verschenkt, aber überall stehen Preise. Bekommst du etwas, so stellt sich heraus, daß es auf Vorschuß war.
Als wir die Muntmischur-Hütte erreicht hatten, triefend, und hatten uns unter dem Vordach ausgeschüttelt und über dem Türeisen die Füße abgetreten, und als ich mich wunderte über das Land und es pries, daß hier die Schlüssel steckten in so entlegenen Hütten und dabei alles blank innen und gefegt und aufgeräumt und an seinem Ort und mit Vorrat wohlversehen, die Herdringe geputzt und sauber eingesetzt und auch die Streichholzschachtel nicht vergessen, und solang Tom die Mäntel aufzuhängen versuchte, beugte ich mich über das Hüttenbuch, in dem vorne die *Anweisung für die Gäste* eingetragen stand. Genau, wie zu wirtschaften war und was das Entnommene kostete. *»Suppen, das Päckchen 40 Gr., Doppelpäckchen 75 Gr., Kaffee für die Kanne 1/2 Reghin. Jeder Gast soll Holz klein machen und so viel gehacktes Holz zurücklassen, als er selbst angetroffen hat. Für Feuerung zu hinterlassen, für den Tag 1 Reghin, starkes Feuer nach Schätzung. Spaghetti die Rolle 80 Gr.«*

Ich las und mußte lachen, und wie ich so stand, tropfte es aus meinem Haar in das saubere Büchlein, und wie ich schnell mit dem Finger wischte, färbte die Schrift, und ich sagte: »Gleich fängt die Unordnung hier an. Wollen Sie wirklich heizen, und ist wirklich Holz im Vorrat?«
»Holz genug«, sagte Tom und ging hinaus, und als er wieder hereinkam, sagte er weiter: »Wenn Sie aber Ihre guten Geister bei sich haben, Herse, bleibt das Holz von sekundärer Bedeutung.«
Es wurde früh dunkel in jenen Tagen, wir hatten ja schon September, und es war kein Gedanke mehr an Absteigen, und der Regen floß, schwarzer Regen, hohe Wasser ums Haus, Wasserfluten, und das Gehäuse trug. Es trug wie ein Schiff, der trockene, räucherige, nach frischgeschlitztem Holz und frischloderndem Feuer, nach Sägemehl und gedörrtem Schaffleisch riechende Kasten, in dem der Geruch unserer nassen Sachen langsam verzog. Auf und ab, dunkle Wasser, lange Flut, und so viele Inseln zu befahren: die Andamanen, die Lakkadiven, die Nikobaren und die Carmedusen.
»Die Carmedusen«, sagte ich, »gibt es nicht.«
»Wahrscheinlich gibt es sie. Du wirst bei den Carmedusen eben gefehlt haben. Also weiter: die Valgradisken, die Mariposen, die Maskarenen –«
»Falsch«, sagte ich, »Maskarenen gibt es. Bitte nicht an Land gehen.«
»Wir werden uns hüten«, sagte Tom.
Am hellen Tage: »Mein Gott, es wird aber Zeit abzusteigen. Bedenke ich es genau, wird unten Firgun Pintg schon auf den Beinen sein. Meine Wirtin –«
»Ach wo denn«, sagte Tom. »Erinnerst du dich an den Mann mit dem Heuschlitten auf der Alp Grafons?«
»Ja«, sagte ich, »gestern. Was soll mit dem Mann denn sein?«
»Er hat in Firgun Pintg ausgerichtet, daß du über den Schmalberg nach Pro de Peadra absteigen wirst. Du bringst niemand in Ungelegenheiten. Übrigens war das mit dem Mann vorgestern.«
»Du Betrüger«, sagte ich, »du hinterhältiger, gemeiner Betrüger. Hättest du wenigstens das mit vorgestern nicht gesagt.«
»Du hast selbst davon angefangen«, sagte Tom.

Tom hatte sein ganzes Geld auf den Küchenbord hingeschüttet, und wir nahmen es sehr genau mit den Weisungen und warfen, wenn wir Kaffee gemacht hatten, unseren halben Reghin ein, und für eine Dose Fleisch, was geschrieben stand. Wo wir den Betrag nicht feststellen konnten, warfen wir »nach Schätzung« in die Blechkasse, die gleichfalls unverschlossen auf den Küchenbord gestellt war.
»Das Feuer«, sagte Tom, als wir gingen, »bleibt noch abzurechnen.«
»Nicht sparen«, sagte ich, »nicht sparen.« Und Tom warf alles vollends hinein, was auf dem Brett lag, und ich sagte: »Das ist aber außer Abrechnung. Der Hüttenwart wird sich wundern.«
»Er wird nichts dagegen haben«, sagte Tom. »Es ist nach Schätzung.«
Nach Schätzung. Auf Vorschuß. Plötzlich eine Person, noch nicht alt genug, um unter einem Immortellenkranz ihre Tage zu verbringen. Langsam versiegend, doch nicht alt genug. Kein Feuer mehr, keine lange Flut. Ein zentralgeheiztes Büro, in dem ihr Leben ausgeht. Über die Zeit kommen.
Ungetröstet gehen und dabei nicht krank sein. Ungetröstet, der Wahrheit am nächsten.
Mit Soldner hätte ich mich nicht getröstet. Seltsamerweise war da nichts von Tröstungen und von Nachlassen. Aber er hätte nicht auch so sagen dürfen: »Wenn Sie Ihre guten Geister bei sich haben, Herse –«

18

SOLDNER: SCHON EIN WENIG ZU LANG IN NEU-SPUHL

Heute begreife ich kaum mehr, daß ich damals gedacht haben soll, Herse Andernoth könnte ich bekommen. Herse Andernoth bekommen so, wie ich es angriff. Ich griff es auch nicht einmal an; es ergriff mich, eine Stunde vorher wußte ich kaum, daß ich es einmal versuchen könnte. Es versuchte mich, und ich ließ mich mitnehmen. Allerlei kam ja zusammen; ich hielt es nicht mehr aus.

Die Zeit hätte längst vorbei sein müssen, in der man es nicht mehr aushält. Ein Knabe war ich ja nicht mehr, und ein Jüngling nie gewesen. Ich weiß ohnedies nicht, was wir eigentlich sind in unseren Jahrgängen. Kaum Knaben gewesen und niemals Jünglinge; den Mann haben wir übersprungen, ohne daß wir hoffen könnten, einmal Greise zu sein. Vielmehr wir brauchen es nicht zu fürchten. Seltsam, ich hielt es nicht mehr aus.

Plötzlich war es so weit. Schlußball, sagte ich mir, der Kehraus fängt an. Die Zeit in Neu-Spuhl, meine Zeit, sie war jetzt wie alles auf der Welt: bei kleinen Teilerfolgen im ganzen verkracht. Jetzt noch Herse Andernoth. Im Ernst konnte ich es nicht hoffen. Sie hatte ja einen Mann und wollte nicht zugeben, daß dieser Mann allen Anzeichen nach längst ein toter Mann war; so wie auch Diemut Andernoth es nie hatte wahrhaben wollen, daß sie ein vaterloses Kind sei. Aber ich brauchte den Beweis dafür, daß ich sie nicht bekommen könne, damit es mir tags darauf leichter fallen sollte, zu gehen.

Ich kam auf diesen sogenannten Ball erst ziemlich spät, denn ich kam ja aus der Amtsstadt, wo mein zweiter Besuch stattgefunden hatte. Auf der Hinfahrt hatte ich wie beim erstenmal gedacht: Na also. Aber dieses Mal dachte ich es mit Grund.

Dieses Mal war es nicht die lächerliche Attacke aus Neu-Spuhl, aber sicherlich deren Nachstöße. Irgend jemand hatte nicht locker gelassen. Gleichgültig, eines Tages mußte es ohnedies kommen, und so war es mir im Grunde recht, daß es kam. Es hatte ja etwas Erheiterndes, nahm man nur den gebührenden

Abstand. Ich hatte herausbringen wollen, wie lang man so etwas treiben konnte und wie es dann ablaufe. Jetzt lief es ab.

Damals, als ich zu den Barfüßern gekommen war oder noch eher: man mich zu den Barfüßern geholt hatte, paßte es in die Zeit, daß ein Mensch mit nichts mehr hinter sich und aus einer verlorenen Stadt keine Papiere vorzulegen hatte und keine Zeugnisse noch Abschriften von solchen. Man nahm es hin. Jetzt aber nahm man es wieder genauer. In die überhandnehmende Ordnung, in die allgemeiner werdende Sauberkeit ragte ich hinein wie ein verdächtiges, von Unkraut überwachsenes Ruinenstück, dessen man sich allmählich schämt. Ich hätte mich beizeiten selbst überführen und damit Aufsehen vermeiden können: vermeiden ein Verfahren wegen allerhand, das nun vorlag: Irreführung, Erschleichung, falsche Angaben an Eides Statt, alles nicht eben repräsentabel für einen Mann, der erzieherisch wirken sollte. Von den Ansprüchen auf Rückerstattung ganz zu schweigen. Natürlich war es auch bequemer gewesen, den Lauf der Dinge abzuwarten, als selbst etwas herbeizuführen. Im Grunde habe ich vom Herbeiführen nie viel gehalten. Und gerade an jenem Abend, als ich etwas herbeiführen wollte, ist es mir schlecht bekommen, mir und vor allem Herse.

Hätte ich mich nicht so gehen lassen, wäre sie nachher nicht aus dem Saal fortgelaufen. Sie hätte mir vielleicht erlaubt, daß ich sie heimbegleitete, und wir wären zusammen auf dem Weg gewesen, und der Mörder wäre im Dunkeln geblieben; wir hätten nicht einmal etwas von ihm bemerkt. Zwei Personen greift ein Mörder nicht an, wenn er im Sinn hat, weiterzuleben mit dem Gefühl, daß er berühmt werden kann.

Ich hatte die Entlassung noch nicht in der Tasche, als ich aus der Amtsstadt nach Neu-Spuhl zurückkam; sie folgte erst, wie es amtlich heißt, im Nachgang. Sie reiste etliche Zeit hinter mir her; sie fand mich nicht mehr in Neu-Spuhl.

Auf der Behörde das Zimmer war noch das gleiche, nur daß ein anderer Mann darin saß, offenbar der, von dem sein freundlicher Vorgänger schon gewußt hatte, als er mir den Humor anempfahl. Der Vorgänger war aus dem Zimmer verzogen und offenbar mit ihm der Humor.

Als die Eröffnung fertig und alles heraus war, hätte ich schweigen können und mir eine bessere Note verschaffen. Aber ich sagte: »Vielleicht wäre es richtiger gewesen, zeitiger einzuwenden, daß ich meiner Stellung nicht genüge.«
»Darum«, sagte mein Vorgesetzter, »handelt es sich nicht. Ihre Leistungen sind nicht zu beanstanden. Allein Sie haben Bezüge eingesteckt, die Ihnen nicht zustanden.«
»Mit diesen Bezügen«, sagte ich, »wurde meiner Ansicht nach die Leistung honoriert.«
Und er: »Ein fehlerhaftes Denken. Es geht um ein Prinzip. Es geht um wohlerworbene Rechte anderer.«
»Andern«, sagte ich, »wurde nichts geschmälert. Man hat mir gesagt, es bestehe Mangel an Lehrkräften. Ich bin sogar aufgefordert worden, einzuspringen.«
»Deshalb wird man Ihnen möglicherweise eine Chance geben.«
»Eine Chance?« sagte ich.
»Durch Teilnahme an einem Lehrgang von nur zwei Jahren, durch Ablegung einer Prüfung werden Sie sich die Berechtigung erwerben können, weiterhin zu unterrichten.«
»Also zu tun, was ich bisher auch betrieben habe?«
»Es mit den unerläßlichen Grundlagen zu tun. Auf Grund wohlerworbener Rechte.«
»Jawohl«, sagte ich und verbesserte mich, indem ich sagte: »Ja.« Dann verbesserte ich mich noch einmal und sagte: »Sehr wohl.« Denn der Humor war mir eingefallen, den der Vorgänger mir so sehr empfohlen hatte.
»Man wird Ihnen«, fuhr mein bisheriger Vorgesetzter fort, »diese Chance aus einem bestimmten Grund nicht ungern geben. Unsere Kasse wird Gelegenheit haben, an Ihren Bezügen einzubehalten, was Sie an Rückerstattungen schuldig sind.«
»Außerordentlich«, sagte ich.
»Was außerordentlich?«
»Außerordentlich maßvoll und weitblickend«, sagte ich.
»Etwas Schriftliches«, schloß der ehemalige Vorgesetzte, »Schriftliches folgt, sobald es ausgearbeitet ist. Inzwischen erfolgt Suspendierung bis zu endgültiger Klärung.«
Ich verbeugte mich, und kaum aus der Tür, so traf ich auf dem Gang meinen Freund, den vom letzten Male und mit dem Humor.

»Schon vernommen«, sagte er zu mir. »Wollen Sie einen Augenblick eintreten?«
»Sofern ich nicht störe«, sagte ich.
»Wenn ich es sage, rechne ich mit der Störung.«
Er wartete, und ich sagte: »Alles deutlich. Nur etwas ist mir nicht aufgegangen. Was oder wer wird denn da bezahlt?«
»Nicht was, sondern nur wer. Sie belieben den Unterschied nicht zu sehen zwischen Gehalt und Bezahlung. Gehalt beruht auf Vertrauen, und dafür nimmt man an dem Mann auch etwas in Kauf. Bezahle ich bloß, schmeiße ich den Mann raus, dessen Arbeit mir nicht zusagt.«
»Genau was mir jetzt passiert.«
»Weil Sie das Vertrauen zuerst gebrochen haben. Das ist doch einleuchtend.«
»Wenn Sie es sagen, werde ich darüber nachdenken. Aber ein bißchen verzwickt ist es doch.«
»Mein Lieber«, sagte mein Freund und lachte. »So wie ich Sie kenne, wäre Ihnen das gar nicht verzwickt erschienen, ehe Sie nach Neu-Spuhl kamen. Nur Neu-Spuhl hat so was Direktes. Mir scheint, Sie sind doch schon ein wenig lang in Neu-Spuhl.«
»Das wird sich ja jetzt ändern.«
»Es muß nicht, wenn Sie nicht wollen. Denken Sie dran, daß Sie hier jemand haben, der für Sie eintritt. Im übrigen kommt ein Mannsbild überall durch, wenn es allein ist.«
»Ja. Allein, und wenn einer allein bleiben will.«
»Auch wenn Sie nicht allein bleiben wollen: Viel Gutes.«
Ich bedankte mich. Und dann erst, als ich mich eine Weile in der Stadt herumgetrieben hatte, fiel mir ein, daß ich ja die Einladung in der Tasche trug zu dem Ball meiner Klasse, die sich einstmals den Igel geheißen hatte. Ich zog sie heraus, las sie und dachte: *Schlußball.* O ja wohl. Das paßt wie angemessen. Natürlich mußt du hingehen.

19

AUS DEM BERICHT EINES REFERENTEN

Es ist selbstverständlich, daß von den Obersten Stellen nicht zu jeder Réunion ein Vertreter entsandt wird, zumal selten genug eine ausdrückliche Einladung ergeht. Nicht abwegig wäre es, unsere Anwesenheit stillschweigend vorauszusetzen, indessen sprechen zahlreiche Merkmale dafür, daß dies nicht der Fall ist. Man zieht uns nicht in Betracht. Regierungen mag man nicht gern spüren, sofern man sich nicht ihrer zu erinnern wünscht, um sie für Notstände verantwortlich zu machen oder gegen sie zu klagen. Sie lassen sich auch nicht spüren, wenn sie gute Regierungen sind.

Wir halten es häufig so, daß wir unsere Anwesenheit versagen oder sie für überflüssig erachten, wo sie nur aus Gewohnheit erbeten wird oder um eines Scheins, wo nicht gar einer Bescheinigung willen. Dagegen nehmen wir Einblick, wo nicht mit uns gerechnet wird. Es handelt sich um den Einblick, nicht um Eingriffe, zumal die Anlässe geringfügig zu sein pflegen. Ohnedies lehnen wir ja die lauten Effekte ab.

Dafür stellt sich der Vergleich ein. Vergleiche haben etwas Schmerzhaftes in der Regel nur dann, wenn wenig Dinge miteinander verglichen werden. Sobald aber die Reihe lang genug ist, entsteht das Maß. Die Möglichkeit, uneingeschränkt zu vergleichen, bildet einen Teil der höheren Leichtigkeit, die hier unser Vorrecht ist.

Der Punkt war beliebig ausgesucht: ein Wohnbezirk mittleren Umfangs, der mittlere Ergebnisse versprach. Der Name Stadt war, gemessen an dem ursprünglichen Inhalt dieses Namens, ein leeres Wort. Anlaß der Lustbarkeit: der Abschluß eines Lehrgangs im Tanzen. Solche Lehrgänge hatten damals und für die Altersklassen, die sie besuchten, eine absonderliche Wichtigkeit angenommen, der kein Gewicht entsprach. Nur ein Mangel an anderen Proben, an Inhalten und Beschäftigungen überhaupt konnte das erklären. Man kennt freilich Proben, Inhalte und Beschäftigungen, aus denen nicht mehr Heil geflossen ist. Da es also Proben nicht gab, die Weihen sich des Sinnes entleert hatten, nicht einmal bloße Formen mehr zu Gebot standen, so schien diese Einführung in den Tanz sich zu einer Art niederer Weihe auszuwachsen, nur daß diese Weihen den Schmerz umgingen, der sonst mit Weihen verbunden ist. Dafür waren sie mit einem Ausgeben von Geld, dem ein Charakter magischer Bestätigung der Person zukam, eng verknüpft.

Es konnte der Anschein entstehen, als gäbe es noch eine Gesellschaft, und als bedeuteten diese Lehrgänge den Eintritt in sie. Aber eine Gesellschaft, die keine ist, erhebt keine Forderungen. Daß sie dem Prüfling keine Pflichten zumaß, sondern Genuß versprach, machte den Eintritt begehrenswerter. Die Menschen, die damals aufstiegen, gingen von der Begier aus, sich dies und jenes, was sie bisher von fern gekannt hatten, nun kräftig zu gönnen. Von dem Rang, den es bedeutet, sich etwas zu versagen, wußten sie nichts; sie kannten die Auszeichnung nicht, die im Verzicht liegt.

Eine besondere Art der Formlosigkeit fiel auf in der Weise der Jugendlichen, sich als Paare einzurichten. Pflichten älteren Zuschnitts wie die, ihre Partner zu wechseln, ließen sie sich nicht mehr aufdrängen. Das Empfinden mochte mitspielen, daß doch eins wie das andere sei. Auch bedeutete es Ersparnis an Gesprächsworten. Aus dieser Ersparnis floß Armut. Sie kannten keine Erwartungen und mochten die Spannungen nicht, die der Wechsel bringt. Aber die Langeweile spürten sie offenbar auch nicht, die in ihrem Verhalten lag. Begann ein Tanz, sah man stets die gleichen Paare zusammen aufstehen. Sie legten sich wortlos aneinander, ließen die Lider fallen und begannen mit ihren Bewegungen. Ihre Mienen drückten dabei gern ein flaches Schmachten, eine gewisse künstliche Erschöpfung aus.

Erwachsene gab es auf dem Fest zahlreich und in einer Durchmengung, die vorher kaum zu denken gewesen wäre. Die Durchmengung stammte aus der Zeit der Auflösung. Ein wenig später, und das Wort Durchmengung hatte seinen Sinn verloren, denn in der Folge verwischten die Unterschiede sich ganz. Sie bestanden nur hinsichtlich des Einkommens auf eine flache Weise weiter. Damals aber unterschieden sich die Begriffe noch.

Die Erwachsenen jener Jahre waren von einer Gier nach Besitz und nach Sicherheiten umgetrieben, die etwas Verzweifel-

tes an sich hatte. Sie nahm sich um so seltsamer aus, je deutlicher es wurde, wie alle Sicherheiten sich zurückzogen und wie gefährdet jede Art von Besitz war. Sie schienen alle sich vorzusagen, daß sie etwas nachholen und zugleich schon vorbauen müßten. Die Mühe, die sie sich machten, um eine Lebenshöhe zu erreichen und sie vermeintlich zu sichern, fraß ihre Zeit und endlich sie selbst. Sie fraß sie fort, ohne daß sie dazu kamen, zu genießen, um was sie sich so verzweifelt anstrengten. Sie maßen sich selbst an dem Geld, das andere einnahmen, denn an was sie sich sonst messen sollten, das wußten sie nicht. Weil sie mit nichts fertig wurden, lebten sie im Stande dauernder Versehrung. Diese Versehrung rührte die Wurzeln an, die Fähigkeit, etwas zu glauben, den Willen, über etwas zu urteilen. Die Versehrtheit fiel besonders an den Männern auf, die sich dem überließen, was sie das Gebot der Stunde nannten. Die Frauen, wiewohl auch nicht unangetastet, blieben gesünder.

Es waren Tage, an denen die durcheinandergeworfenen Dinge sich neu zu befestigen schienen, indessen auf eine äußerliche Weise und so, daß weder etwas an seinen alten Platz kam noch neue Formen sich bildeten. Weil das meiste falsch lag und liegen blieb, traten seltsame Verkehrungen zutage, ohne daß sie viel bemerkt worden wären. So auch in Vorfällen jenes Abends, deren einige die Zeitungen beschäftigt haben. Merkwürdige Umkehrungen: Von einem Lehrer zum Beispiel, der seine Rolle achtbar, wenn auch nicht unangefochten gespielt hatte, erwies sich, daß er kein Lehrer war; die Folgen hatte er zu tragen. Eine Dame schied aus dem Leben, weil es ihr gut ging, nachdem sie und ihr Mann es lange Zeit schlecht gehabt hatten. Streitbar erwiesen sich zwei andere Damen in der Abwehr von Angriffen, wobei kein Mann sie unterstützte: eine von jenen Witwen, die seit so viel Jahren in Ungewißheit leben mußten, ob sie nun wirklich Witwen waren oder nicht, eine Puritanerin, schön und von schrecklicher Kraft in einem sehr zarten Gefüge, und deren Tochter, die ähnliche Anlagen ihrer Natur verriet. Die Tochter brauchte nur Glas zu zerschlagen, die Mutter traf mehr. Zu der allgemeinen Verkehrung gehörte, daß diesmal wirklich der Getötete schuld war.

So kam ich also, mich zu verbeugen, aber Herse Andernoth sagte zu mir: »Tanzen Sie doch einmal mit Diemut. Ich weiß, Diemut freut sich schrecklich, wenn Sie sie einmal holen.«
Das hieß: Diemut Andernoth freut sich; Herse Andernoth aber freut sich nicht oder will sich nicht freuen. Hieß entweder das oder hieß: Herse Andernoth hat jetzt eine Tochter, die tanzt; sie selbst will nicht mehr. Und ich sah plötzlich etwas anderes, sah die Tische hinten und rechts und links mit den Erwachsenen dran so wie früher, als die Erwachsenen Randfiguren für uns waren, Zaungäste unseres Glanzes und solche, die daran niemals Anteil gehabt hatten, die für uns längst keine Figur mehr waren noch für uns zählten und von denen wir schon gar nicht auf den Gedanken kamen, sie besäßen ein Geschlecht. Und die Zeit zwischen damals und jetzt, wo wir selbst schon an jene Tische gehörten, die war hinabgefallen. Wir waren nicht alt. Aber wir wußten nicht recht, wie uns anstellen. Die Jahre fehlten uns.
Abgewiesen also und auf einen Pflichttanz verwiesen. Pflichttanz eines steifgewordenen Kerls, der suspendiert ist und außerdem auch die neuen Tänze nicht beherrscht. Pflichttänze sind etwas Gesellschaftliches. Wie aber, wenn es keine Gesellschaft gibt und man einen trotzdem tanzen heißt? Einen Pflicht tanz in Würde könnte ich noch absolvieren, einen mit Zeremoniell und steifer Konversation. Dame hin, Dame her. Lauter Verbindliches, deshalb unverbindlich. Aber diese Tänze sind Intimitäten. Ich kann doch nicht Intimitäten treiben, die mir nicht zustehen und die deshalb nicht einmal schön aussehen. Wenn sie schön aussehen, braucht man sie nicht zu verstecken. Wenn die jungen Leute zu rasen anfangen, daß die Unterzüge sich durchbiegen, dann sieht das ganz schön aus. Aber ich kann mir doch nicht vornehmen, daß ich orgiastisch werden will.
Ich kann es auch noch nicht mit den frohen älteren Herrschaften halten, welche die Jacke auf die Stuhllehnen hängen und ihre Figuren strampeln. Sie sehen dabei fröhlich bemüht aus und schwitzen und sagen etwas von Bewegung und Aus-

arbeiten. Aber in Gesellschaft? Auf die Kegelbahn würde es passen. Man hat mich dazu aufgefordert, aber ich habe mich auch heute noch nicht, so viel später, dazu aufraffen können, ein paar Stunden Tanzunterricht zu nehmen. Kunstvoll rasen können, ist großartig, aber wenn ich nicht zuerst von Natur rase, kommt was Peinliches heraus. Obwohl ich früher für mein Leben gern getanzt habe: sagt mir heute ein Tanzmeister, wie ich mich im Kreuz halten soll, damit ich eine gute Figur mache, und wie die Sohlen über den Boden schleifen lassen, so fallen mir gleich die Verstümmelten ein und die Leute, die ich habe krepieren sehen. Offenbar sind es ein bißchen zu viele gewesen. Barbarisch. Etwas ganz Krüdes und Barbarisches, deshalb nicht mehr tanzen zu mögen. Das hat doch nichts miteinander zu tun. So barbarisch und grausam, ebenso lächerlich, wie wenn von einer Witwe verlangt würde, sie solle nicht wieder heiraten. Ob die Gesellschaft es von ihr verlangt oder nur sie selbst von sich selber. Aber freilich kann sie vielleicht auch nicht an gegen das Barbarische in sich. So wie ich nicht gern tanzen mag.
Als ich das Mädchen im Arm hielt, wußte ich gleich, daß ich nicht mehr da war. Meine Schülerin, mit der ich einen Pflichttanz absolvierte, denn ihre Mutter hatte gesagt, sie freue sich darüber sicherlich. *Soledades.* So alt wie das Mädchen jetzt, so alt war Loni, als ich mit ihr tanzte. *Soledades y el gran Kitsch del mundo. Ilona, vergiß, daß ich ein Zigeuner bin.* Süße Welt. – Wir wollen zusammenbleiben, Ilona. – Zusammenbleiben wozu? – Zusammen, um zu tanzen. Wir brauchen nichts als immer nur einander und ein einziges Zimmer für uns und ein Gerät, das Musik macht. Weiter nichts als ein Zimmer, in dem wir tanzen können. *El gran Kitsch, el Kitsch grande del corazón.* –
Kitsch. Viel Kitsch. Kitsch so heiß, daß es schon wieder kein Kitsch mehr ist. Von weitem kein Kitsch mehr. Der Teufel ist kalt, Kitsch ist lau. Wenn heiß, ist auch Kitsch wundervoll. *E lucevan le stelle* – oh helles Kleid auf dem Gartenweg. Den Weg hinunter. Den Kitsch hatte ich in meinem Arm und tanzte, denn oh das Fest neigte sich, tanzte mit allem Kitsch den letzten Walzer den Weg hinunter. *Tanto. Tanto la vita* –
Nina zum Beispiel. Nina mit den weißen Augen. Mit den weißen Armen. Der Fisch Nina. Sie gehörte Max, und immer

hatte ich sie im Verdacht, daß sie in einen Fischleib auslaufe. Die Kleider, in denen man auf den Ball ging damals, wären lang genug gewesen, um das zu verbergen. Ich spürte die Kühle, als ich sie anfaßte. Aber sie war kein Fisch. Nina nicht, aber die andere, die Intellektuelle. Sie konnte nichts, als was die Intellektuellen immer können, sogar in den wortlosesten Lagen: reden. Denn sie hatte ja nichts sonst, als was die Intellektuellen haben: für alles ein Wort. Ein Wort und keine Ahnung. Keine Ahnung von Dingen, für die es kein Wort gibt. Skalen und Meßröhren, jedes Verfahren hygienisch. Alles erklärbar. Pfui Teufel, wie kam ich bloß an die? Nein nichts mehr davon. Von dem allem gar nichts mehr.

Die Löwin, die in meinen Armen lag. Die Löwin Rosamund. Kann jemand Rosamund getauft sein? Vielleicht ungetauft; aus einem wilden Volk, die Tochter, die aus des Vaters Schädel Bescheid tun muß. Die das Schwert des Königs an seinem Bettpfosten anschnürt, damit der König falle. Sachmet mit dem Kopf der Löwin. Freilich, die Löwin Tier ist ohne Mähne. Aber Rosamund mit der Mähne, auf meine Schulter fallend. Die Mähne auf meiner Schulter.

Was hast du für einen Haufen Haar, Rosamund.

Es sind nicht viele, aber es ist ein Haar wie Drahtsaiten. Probier, ob du eines abreißen kannst. Ein Haar wie von Pferden.

Von Löwinnen, Rosamund.

Irrtum, Löwinnen sind ohne Mähnen.

Der Tango mit der Ungetauften, mit der Barbarin, gezogen, klopfend, übersüß. *Canto por no llorar*. So waren die Tänze damals; die Kleider lang, blumig, und die Tänze Orange, Orange mit was Bitterem drin, süß und lang, klopfend, mit etwas Bitterem. *Canto por no llorar* –

Paß doch auf, Rosamund, du kannst jetzt nicht heulen. Nimm den Kopf hoch, Rosamund, die Leute werden schon aufmerksam.

Mir egal. Was machst du mich auch verrückt? Jetzt laß mich heulen.

Heul doch nicht. Ich muß erst morgen am Nachmittag reisen. Morgen nachmittag um vier.

Da können wir noch vorher zusammenbleiben.

Da verreisen wir vorher zusammen, ehe du allein verreisen mußt.

Wir brauchen keinen Zug, um in den Zug zu steigen.
Wir brauchen keinen Wagen, um in den Wagen einzusteigen.
Ich will dir nur sagen: Ich bin nicht mehr verlobt. Ich bin verlobt gewesen, aber jetzt bin ich es nicht mehr. Ich will es dir vorher sagen, damit du nicht glauben sollst, es sei so etwas, das man hinterher sagt.
Und ich sage dir, daß du es bist, Rosamund.
Nicht so schnell. Vielleicht will ich dich gar nicht. Erst wenn ich will. Ich bin jetzt von nirgends, ich will nirgends hin.
Süßes Geschwätz, wild, rasend, und der Tango, bitter und süß wie die Tänze damals waren. Rosamund, und dann meine Frau; dreizehn Monate, und in der roten Stadt verbrannt. Die Löwin in meinem Arm. Es ist nichts mehr da. Ich bin es nicht mehr.
Die dummen Geschwätze alle. Die notwendigen dummen Geschwätze, die das Leben erhalten. Die dummen Geschwätze, die das Leben süß machen: Die abgestandenen Tonarten alle: *Sie sind eine wunderbare Frau.* Und dann der nächsten das gleiche. Alte Platten: *Ich kann nicht leben ohne dich.* Anfängergewäsch. Jeder kann ohne jede leben und jede ohne einen. Außer er will es nicht. Außer sie will es nicht. Aber nichts mehr aus der bewußten Kiste. Und wenn es nur ein Wort kostete aus der bewußten Kiste. Und wenn Herse Andernoth, wie sie geht und steht, nur ein Wort kostete aus der bewußten Kiste: nichts mehr davon. Aus alles, Schluß. Aus, das süße Gewäsch.
Als ich aber Herse Andernoth in meinem Arm hatte, wußte ich, daß überhaupt nichts vorbei war. Alles anders, aber alles war wiedergekehrt, alles da. Die dummen Geschwätze, ich will sie alle wieder aufsagen. Ich bin bereit und will kein einziges auslassen. Ich will zu ihr sagen: –
Aber ich bin ja verrückt.
Als ich sie im Arm hatte, wußte ich gleich, was ich nachher zu wissen hatte: Da geht es nicht mit dem Gehenlassen. Da geht es nicht so, wie man im allgemeinen rechnet. Nicht wie bei den vielen, die es mit vielen machen, und nicht den meisten, die es mit einem nach dem andern tun. Auf Verwischungen kannst du nicht rechnen und nicht mit Vermischungen. Dort, auf der Seite Andernoth, mißt man sich keinen Anspruch auf das sogenannte Glück zu. Dort nimmt man sein Los. Nimmt

sein Los, ohne sich allgemeinverständlich: *man lebt nur einmal* – zu sagen, und: *man ist nachher so lange tot.* Nein, das ist Herse Andernoth, die einst gewartet hat und nur einmal und vielleicht lange und auf einen. Nichts auswechselbar und nichts teilbar. Nichts vorher, und dann einmal, und nachher nichts mehr und nie. Das ist eine, die in den Hügel geht zu dem Toten.

Aber ich bin nicht zu Rosamund in ihr Feuer gegangen. Nicht zu Rosamund, und so soll auch sie nicht in den Hügel gehen zu Toten. Sie sagt: habe ich mich gegeben, tut es das gleiche, ob er lebt oder nicht. Sagt: Leben, was ist das? – Aber ich weiß auf einmal wieder, was es ist. Sie sagt wohl: Lebt er oder nicht, das geht niemand an, mich nicht, kaum ihn selber. In ihrem Zauber lebt sie. In ihrem barbarischen Zauber. Aber den Zauber brechen, brechen sie selbst, Herse Andernoth. Sie und nichts sonst mehr. Nach der Pause nichts mehr oder Herse Andernoth. Ankommen bei ihr, noch nicht zu spät ankommen. Und ich werde es ihr sagen. Ich werde ihr alles sagen. Ich werde Herse Andernoth sagen:

21

EINE PERSON DAZWISCHEN: WALZER NUR FÜR GÄSTE

Nächster Tanz – hörte ich rufen –: ein Walzer nur für Gäste. Auf einmal war ich da. Ich sah viele Gäste, viel Blumen und viel Rauch, in dem die Blumen abwelkten. Ich war Gast.
Wenn ich gelebt hätte, wäre ich ohnedies dabei gewesen. Ich hätte dann überall mitmachen können, bei: Alle Paare – und auch bei: Damenwahl. So kam ich auf: Nur für Gäste. Wäre ich bei Leben geblieben, wäre mein Platz sicher gewesen auf einem Ball, der in Neu-Spuhl stattfand. Ich gehörte ja zu Neu-Spuhl, freilich zu den Jahrgängen, die man einzog, und so bin ich Helferin geworden. Es hätte nicht schlimm zu werden brauchen; von meinen Jahrgängen saßen ja manche auf dem Ball da, gutes Alter, erste Ehejahre, für mich hätte es auch ganz gut so gepaßt. Ich hatte mich drauf gefreut; erste Ehejahre, das sind die, in denen Mann und Frau noch gerne zusammen ausgehen und sich sehen lassen, damit man sie beneidet. In denen man gerne zeigt, daß man einem gehört und zu wem und was einem einer geschenkt hat. Damit die Leute sich sagen: Die und der, der und die.
Vermißt wird wohl keine und keiner, wenigstens wenn etwas Zeit um ist. Dann sind wir nur noch Gäste. Hat wirklich jemand an mich gedacht; wer denn? Es dachte vielleicht, und es rief, so daß ich da durchgehen mußte. Ich ging durch, her und hin, wo? Ausruf: Nur für Gäste! Auf einmal war ich ein Gast und ging flüchtig durch den Raum. Die Menschen zahlreich. Dicht, sehr dicht gedrängt, alle bei Leben. Sie saßen, sie gingen und standen, sie tanzten ganz dicht aneinander. Ohr und Mund, eine Schulter an der andern. Wer etwas hatte, es dem andern ins Ohr zu sagen, konnte es tun, ohne gehört zu werden; wer nichts hatte, an dem lag es selbst, wenn er allein blieb. So viele, und kaum einer, der etwas zu sagen wußte. Vielleicht hielten sie deshalb darauf, wenigstens dicht aneinander zu sein. Dicht aneinander, das wärmt, und die Angst wird weniger.
Als ich da hindurchging, war es nicht mehr an dem, daß ich noch mit dem Raum zu tun hatte, noch mit der Zeit zu tun

hatte. Ich ging hindurch. Wären es noch mehr gewesen, es hätte mich nicht belästigt. Zweihundertsechsundneunzig in dem Sechsmotorigen. Oder auch zweihundertachtundneunzig, sehr viele, sehr dicht gedrängt, viel Angst dicht aufgepackt. Ich sah es wieder damals, obwohl es doch weit ablag. Es betraf nicht mehr. Wir sehen so vieles und so heitere Dinge; heitere Dinge ohne Rest, so daß nichts mehr beschwert.

Viele auf einmal in dem Sechsmotorigen; viele haben auf einmal den Umschlag mitgemacht. Die Männer blieben zurück, und indem sie zurückblieben, meinten sie, es ginge jetzt sie an, nur sie und nicht uns. Sie meinten sogar, sie könnten uns ihre Post mitgeben; so sicher war es ihnen, daß es nur sie allein anging. Denn für uns war ja der Gigant gekommen. Es hätten, so wenigstens hörten wir, drei Giganten kommen sollen, um uns herauszufliegen. Dann hätten mehr einsteigen können. Aber auch ein einziger Gigant war schon viel.

Unter uns gab es eine ganze Anzahl, die Post mitbekamen, und sie stopften die Post unter ihre Kleider und Hemden, die sie alle übereinander angelegt hatten, denn in der Hand mittragen durfte ja keine etwas, nur das nackte Leben und drei Garnituren Wäsche drauf, falls eine so viel hatte. Die Wäsche nützte ja dann nicht viel. Ich war auch gebeten worden, Post mitzunehmen, und konnte sie nachher nicht bestellen, obwohl Adressen sorgsam draufgemalt waren. Manche hatten noch einen Umschlag, wie sich's gehört, andere auch bloß einen Zettel, von einem Block abgerissen, ein paarmal gekniffen und den Namen drauf. Sie schrieben die Zettel auf ihren Knien, jeder schrieb noch etwas hin, um damit zu schließen. Merkwürdig, daß fast jeder zum Schluß etwas ausrufen will. Und das hieß dann vielleicht Es lebe Deutschland *oder* Für Euch, Ihr Lieben *oder auch einfach* Gott befohlen. *Manchmal auch bloß ein Name, zweimal und dreimal. Jeder braucht etwas, damit er nicht allein ist. Zu einem Anfang braucht es wenig. Aber jeder braucht ein* WOFÜR, *damit er aufhören kann.*

Sie kniffen die Zettel also und sagten: Fräulein, den meinen können Sie doch mitnehmen, Mühe macht es Ihnen ja nicht viel. Einfach einwerfen, oder in einen Umschlag stecken und dann einwerfen irgendwo. Damit sie zu Hause was wissen –

Denn für uns war ja der Gigant angefordert. War gekommen und stand da mit seinen sechs Motoren und einem Maul im

Bauch, groß wie eine Ehrenpforte. Mir machte das Ansehen nicht viel Freude, die Öffnung schien mir ein Rachen. Aber es war eine allgemeine Sache, daß ein Gigant sicher sei. Die Besatzung nannte die Zahl, wie viele einsteigen dürften. Für alle reichte es nun natürlich nicht, es hätten ja drei sein müssen.
So gab es Aufregung, und die Besatzung stand da, und ein paar Offiziere standen auch da, und sie mußten Männer zurückdrängen, die irgendwas sagten, vielleicht: sie hätten einen Marschbefehl zum Kommando oder sie stünden im Majorsrang, oder einer sagte, seine Frau erwarte etwas Kleines; und einer von den Offizieren sagte: So etwas Dummes habe ich doch nie gehört. Die Männer schämten sich nicht, es war so weit, daß sich sehr viele nicht mehr schämten. Sehr viele schämten sich nicht zu zeigen, daß sie lieber am Leben bleiben als sterben wollten. Es hieß für uns Mädchen: Antreten, und dann hieß es: Die Verheirateten aus Aufsicht drei, und so; und dann hieß es: Die krank sind, und dann: Solche, die ein Kind erwarten. Auf einmal erwarteten eine ganze Anzahl ein Kind, und dabei solche, die bestimmt keines erwarteten, zum Beispiel die zwei Schnittköpfe aus Aufsicht eins, die immer loszogen, wenn eine Pech hatte; und andere, von denen man wissen konnte, sie waren nicht so dumm, daß sie eines erwarten mußten; und andere, von denen man sich nicht denken konnte, wer ihnen eines gemacht haben sollte. Ich wollte nicht einmal mitfliegen, war nicht so begierig drauf, denn ich hatte ein Mißfallen an dem Rachen. Aber es hieß: Kein Durcheinander, und: Sie sind schon eingeteilt.
Das Anrollen, weich und erschütternd; schreckliche, weiche Stöße. Stöße wie im gepolsterten Möbelwagen. Und das Finstere, weil die Fenster alle verstellt waren. Die Stickluft, alles mit Angst vollgepackt in dem dröhnenden Bauch; das Rollen, als ob es den Bauch zerrisse, gequetscht voll Fleisch, jede mit einer auf dem Schoß und dann und wann drüber noch eine, liegend. Das preßt den Atem, und man spürt fast die Angst weniger. Fast keine Luft mehr dazwischen, alles voll Fleisch. Wer da hineinhält, der kann kaum vorbeitreffen.
Warum soll einer da nicht draufhalten? So ein Ziel ist groß wie ein Scheunentor. Ist Krieg, so ist jedes Flugzeug ein Kriegsflugzeug, egal was es im Bauch hat. Ist Fleisch im Bauch, dient das Fleisch dem Gegner, und im Krieg tut jeder Gegner seine

Pflicht. Pflicht ist nicht böse; er tut seine Pflicht und meint es herrlich, denn er tut es ja für etwas oder für jemanden. Last ist Last; hinab muß sie, wenn es feindliche Last ist. Ein Geräusch kann ja niemand hören, wenn alles klirrt und dröhnt; und so hörte niemand etwas ankommen.

Die wenigsten merkten etwas, nur wer jemand von der Besatzung zufällig im Blick hatte, der nahm wahr, daß sich etwas änderte oder schon anders geworden war. Und schon als es anfing hereinzuhauen, wurden nicht gleich alle aufmerksam, nur die natürlich, die es traf oder die zunächst saßen; nicht einmal von dem Geschrei hörte man richtig etwas, denn die Motoren brüllten ja noch immer. Man hörte es weniger als daß man es sah, das Schreien, die Druckwelle spürte von dem Geschrei, als es schon anfing zu brennen, das viele Schreien, als immer noch die Motoren mit ihrem Gedonner anhielten, der Kasten noch immer nicht herunterfiel.

Für etwas: das möchte jeder haben und wissen. Gegen etwas: das ist schon weniger gefragt. Ich weiß nicht, ob es für etwas sein kann und was die Männer im Kopf hatten, als sie Es lebe Deutschland *hinschrieben und dann ihre Zettel zusammenkniffen. Wofür? Ich besinne mich, daß wir einstens vielfach der Ansicht waren, wir bekämen es dereinst oder drüben mitgeteilt. Dereinst, sagten wir, und: drüben. Derweilen ist dereinst jetzt und drüben hier wie immer. Antworten bekommen wir nicht, aber die Fragen haben ein Ende. Was auf eine Frage passen würde, so etwas gibt es nicht. Man hört etwa fragen: Wie, soll es dafür gewesen sein? Dafür, daß nun einer sagen kann: Kleine Sauferei machen –, oder: Eine Anzeige in einem großen Blatt, die bringt sechstausend –, oder eine: Fünfunddreißig Meter Tüll müssen auf mich drauf. Oder sagen: Liebe, oder: Fräulein, die Speisekarte. Das hat gar keinen Zusammenhang miteinander. Wer tut, als ob nur das eine wäre und das andere wäre niemals gewesen, der sollte nicht leben, auch wenn er bei Leben ist. Aber sich bei Leben dem Tod geben, das nicht. Das sollten sie nicht vermengen. Am Zoll findet Wechsel statt. Da gilt nicht gleiche Münze.*

Warum ich? Wenn der Gigant noch ein paar Plätze weniger gehabt hätte oder wenn er nicht abgeschossen worden wäre, vielleicht wäre ich unter denen gewesen, die hier zu tanzen hatten. Hätte zu sein gehabt. Vielleicht bestehen Zusammen-

hänge, das wissen auch wir nicht. Ich war, weil ich gewesen wäre. Versäumnis? Kaum. Ich hörte ausrufen: Alle Paare –, ich hörte: Nur für Gäste – oder: Damenwahl. – Ich hörte sagen: Nein, Frau Rakitsch braucht einen Kunden nicht zu poussieren –, und: Herse, lassen Sie mich ausreden. Es ist nicht zu spät, nicht für mich, nicht für Sie. – So und so, hörte ich sagen: Deine Bekannten. Müssen wir denn dabei sein, müssen wir bleiben? – Alles das hörte ich. Ich sah Blumen und Rauch, in dem die Blumen welkten. Ich sehe sonst viel Leichtes, viel Heiteres. Obwohl wir hier auch nicht zu beneiden sind. Niemand ist zu beneiden. Ein Ruf? Er betraf mich nicht. Ich verlor den Raum.

22

DAS LAHME MÄDCHEN: DAS LICHT SOLL AUSGEHEN

Mit meinem Schlaf ist es nicht weit her. Wovon soll eine im Rollstuhl müde werden? Vom Rollstuhl ins Bett, und aus dem Bett in den Rollstuhl. Ich wache oft lang in der Nacht. Eine Kleinigkeit weckt mich auf.

Es kann etwas anderes gewesen sein, irgendein Geräusch; ich glaube aber doch, es war das Licht, an dem ich aufwachte. Ich wachte daran auf, daß gegenüber das Licht angegangen war.

Wenn ich aufwache, schießen mir meistens ein paar Dinge durch den Kopf. Ich hole sie mir herbei, ohne daß ich davon weiß, damit ich mich an ihnen zurechtfinde. Es sind selten Dinge, die mich betreffen, denn mich betrifft ja nicht viel. Ich sagte mir also vor: Es ist die Nacht zum Sonntag. Es ist April, Ende April. Diemut und Herse Andernoth sind heute nacht auf den Ball gegangen.

Auf den Ball! Schöner Klang. Nie auf einem Ball gewesen. Nie gewesen, und jetzt wäre es längst zu spät. Mit den Jahren werden die Unterschiede geringer. Mehr Leute sind dann schon halb tot. Wenn wir alle ganz tot sind, gibt es auch keine Unterschiede mehr zwischen solchen, die gehen, und solchen, die nicht gehen können. Dann kann ich auch endlich einmal sagen: WIR.

Bälle nur aus Büchern. Bälle aus den Illustrierten. Balle aus manchem Märchen: *Allerleirauh. Ruckedikuh, Blut ist im Schuh.* Andernoths also auf dem Ball. Wieviel Uhr? Wenn sie vergnügt sind, so sind sie noch nicht nach Haus gekommen. *Ruckedikuh.* Das Licht drüben, es war kein festliches Licht, nur ein Küchenlicht. Ein Licht für *Aschenbrödel.* Nein, daß drüben das Licht brannte, das hatte mit dem Ball gar nichts zu tun. Aber nicht bloß mit dem Ball nicht: dieses Licht brannte überhaupt außer aller Ordnung. Und nicht allein deshalb außer aller Ordnung, weil um ein Uhr fünfzehn in der Nacht selten jemand in der Küche arbeitet.

Wenn man so wenig von der Welt sehen kann wie ich, ist man genau unterrichtet über seine Welt. Zeit ist genug vorhanden, um zu beobachten und um sich zusammenzureimen, was man bemerkt. Wer überall Zugang hat, begibt sich gar nicht lang an ein Nachdenken. Ihm schwebt ja vor, daß er überall hineingehen kann, wenn er nicht Bescheid weiß, und um die Ecken sehen. Ich kann nie um die Ecken sehen. Um die Ecken herum denken, ja; bei jemandem nachfragen, ja; aber über das Wichtigste bekommt man selten eine Auskunft.

Das Haus drüben kannte ich ganz genau, denn schon seit zehn Jahren schlief ich so, daß ich von meinem Kissen aus auf das Haus blickte. Vor Augen lag es mir auch von meinem gewöhnlichen Fensterplatz aus. Es war die Hofseite, und jeden Ziegelstein an ihr kannte ich. Ich kannte die Blumentöpfe auf den Simsen und ich kannte die Bodenläufer und die Teppiche, die dort herausgehängt wurden, wenn Reinemachen war. Wenn bloß ein neuer Abwaschfleck zum Trocknen heraushing, fiel es mir auf.

Ein altmodisches Haus, so ein Neu-Spuhler Backsteinhaus, Erker und Wetterfahne, Jahrgang achtzehnhundertneunzig. Unten im Haus wohnte niemand, dort war ein Lager, ich glaube, ein Papierlager des »Neu-Spuhler Volksblattes«. Unterm Dach wohnten Leute, und den ersten Stock hatten bis vor ein paar Tagen noch Förckhs bewohnt. Seitdem Herr Förckh mir seine Aufwartung gemacht und mir die Pralinés und das schön lackierte Spiel mit den Grundstückspreisen mitgebracht hatte, war ja sein Name noch immer größer geworden in Neu-Spuhl. Zum Beispiel war Herr Förckh der Eis-Förckh geworden, so las man es überall auf Fähnchen und auf den Tüten, in denen die Kinder das Förckh-Eis daherbrachten, oft auch sah ich in meinem Fenster den bunten Luftballon stehen mit der Aufschrift: Förckh Eis. Aber das Eisgeschäft war ja bloß eines von Herrn Förckhs vielen Geschäften. Ich konnte eine Weile Besucher sagen hören: »Was, Förckh, der wohnt noch da drüben? Aber sicher nicht mehr lange, er wird schon seine Pläne haben –.« Innen in der Wohnung bin ich natürlich nie gewesen, sicher war sie geräumig und recht bequem mit ihren hohen Fenstern, aber eben altmodisch, und auf die Dauer war dort kein Wohnen für Förckhs.

Jetzt hatte Förckh gebaut, und zwar so gebaut, daß ganz Neu-Spuhl über das neue Haus redete. Das heißt einiges bei den vielen neuen Häusern, die es damals in Neu-Spuhl gab. Er baute draußen auf der Binsenbleiche, vorm Wind, wo der

Dreck der Pansalva nicht hinkommt und wohin die reichen Leute sich damals absetzten. Dort hinaus waren Förckhs also gerade umgezogen, und die Wohnung drüben stand leer. Ich nehme an, daß sie gerichtet werden sollte, denn ich hatte Maler anrücken sehen, die sich in der Küche bewegten, sie stellten dort Leitern und Gerät ab. Es war darüber Samstag geworden, und ich hatte mir gedacht: Montag früh werden sie wahrscheinlich anfangen.
Das Fenster, hinter dem es hell geworden war, es war eben das Küchenfenster. Auch dieses Fenster recht hoch und weit, wie es zu der Wohnung paßte. Solange Förckhs drüben wohnten, hatte das Fenster natürlich Vorhänge gehabt. Obwohl es meistens offenstand, konnte ich von der Küche nicht viel sehen, nur das Stück Wand dem Fenster gegenüber und ein Regal mit weißen emaillierten Dosen. Die Wand graugrün gestrichen, in der langweiligen Malerfarbe, die so kalt und trüb macht. Jetzt gab es keinen Vorhang mehr, und das Regal war abgeräumt. Leer die ganze Wohnung, und doch war jetzt, um ein Uhr fünfzehn in der Nacht, drüben das Licht angegangen. Ich fragte mich: Hat vielleicht jemand etwas drüben liegengelassen? Oder ziehen die neuen Leute mitten in der Nacht ein? Aber nein, sagte ich mir, die Maler haben ja noch keinen Strich drinnen gemacht. Ich dachte: Hat sich jemand etwas Vergessenes drüben geholt, so muß er jetzt fertig sein, und das Licht wird ausgehen. Aber das Licht ging nicht aus.
In einer so kleinen Welt ist alles, was sich in ihr zuträgt, von Wichtigkeit. Jemand anderes an meiner Stelle hätte sich gesagt: Was geht's mich an, laß das Licht brennen. Aber ich hätte gern gewußt, was mit dem Licht war. Um meinen Schlaf brauche ich ja nicht zu geizen. Schlaf kann ich nachholen, ich brauche ohnedies nicht so viel. Endlich sah ich eine Person, die sich drüben bewegte. Die Person kam sogar zum Fenster. Die Person war Frau Förckh.
Ich kannte Frau Förckh natürlich sofort, obwohl sie eine andere Frisur trug als gewöhnlich. Sie war im Mantel, aber der Mantel hing ihr nur lose über den Schultern. Jetzt hob sie die Arme, um das Fenster aufzumachen, und ich sah jetzt auch, daß sie bloß waren bis zu den Schultern. Der Mantel ging vorne auf, und dabei sah ich, daß sie im Abendkleid war. Ich dachte: Kommt sie auch von dem Ball? Kommt sie von dem

Ball, auf den Andernoths gegangen sind? Aber wenn sie von einem Ball kommt, warum denn allein und in die verlassene Küche? Die Küche ist leer, nur ein paar Leitern stehen drin herum und das Gerät der Maler, Kübel, Bürsten und Pinsel. Sie öffnete das Fenster, und dann zog sie den Mantel wieder um sich zusammen und blieb so. Eine ganze Weile stand sie, beide Hände auf dem Fensterbord, ohne sich zu bewegen.
Ich konnte ihr zusehen; ich sah sie sehr genau, wie sie dastand und jetzt ihre Haltung ein wenig änderte und dann wieder ganz erstarrte. Ich sah sie, aber sie sah mich nicht. Ihr Gesicht konnte ich nicht erkennen, denn gegen das Licht war das Gesicht schwarz. Drüben stand sie; ich lag da auf meinem Kissen; zwischen unseren beiden Gesichtern war nichts. Stille; und sie wußte von mir nichts, und ich wußte nichts von ihr, obwohl ich sie doch beobachtete; sie rührte sich nicht, und ich rührte mich auch nicht. Allmählich ergriff mich eine sonderbare Aufregung, so als mischte ich mich in etwas, als würde ich auf eine ungehörige Weise in einen Vorgang gezogen, der nicht für mich bestimmt war. Ein paar Augenblicke zitterte ich sogar.
Luft kam durchs Fenster, wohlduftende, erwartungsvolle Luft im April. Ging es auf Sonntag, konnte sogar in Neu-Spuhl die Luft gut riechen. Sonntag war es ja, er war schon angebrochen. Endlich hatte die Frau drüben Luft genug geschöpft. Nun schloß sie das Fenster. Sie schloß es langsam und mit einer umständlichen Sorgfalt; nachdenklich schien sie es mir zu tun, so wie man vielleicht nachdenklich wird im Verlassen einer Wohnung, in der man gelebt hat und in die man nie wieder zurückkehren wird. Ich bemerkte, wie sie sogar noch die Reiber abfühlte oben und unten an den Rahmen, und sie festdrückte. Als sie ganz fertig war, blieb sie noch einen Augenblick stehen, die Hand an dem mittleren Knauf.
Jetzt wird sie ja hinausgehen, dachte ich. Sie wird das Licht löschen und die Wohnung wieder abschließen. Wahrscheinlich hat sie vorne auf der Straße ihren Wagen stehen. Ich wartete, aber das Licht ging nicht aus.
Ich wartete und hatte das Gefühl, drüben bewege sich jetzt nichts mehr. Ob sie gegangen war und das Licht vergessen hatte? Aber ich hörte ihren Wagen nicht anspringen, und ich hatte auch keine Tür gehen gehört. Um diese Zeit ist es so still, daß ich die Haustür drüben hätte klappen hören, ich kannte

den Ton. Also war Frau Förckh doch in der Wohnung geblieben. Aber wo? Das Licht ging nicht aus.
Ich wartete, damit ich dann endlich doch sollte weiterschlafen können. Aber das Licht ging nicht aus. Ich lag und starrte auf das kahle Viereck, hinter dem Licht brannte, und ich sah den graugrünen Anstrich und das ausgeräumte Regal. Jetzt, seitdem ausgeräumt war, bemerkte man sogar von weitem die Schäbigkeit dieses Anstrichs. Ja, es war nötig, daß die Maler ins Haus kamen. Nein, das Licht soll jetzt ausgehen, sagte ich und starrte auf das Fenster. Aber das Licht ging nicht aus.
Bis zwanzig, sagte ich zu mir. Ich zähle langsam bis zwanzig, und dann wird das Licht bestimmt ausgehen. Und ich zählte bis zwanzig und zählte fort und zählte sinnlos bis ich weiß nicht wohin, ohne daß das Licht drüben ausging. Als es noch immer nicht ausgegangen war, zählte ich weiter und konnte nun nicht mehr aufhören mit dem Zählen, und dann war es gar kein Zählen mehr, sondern ein Stammeln, hirnverrückt und schweißnaß: »Allerleirauh, Palisander, Pflasterstein, Staub —«, und das Zittern war wiedergekommen, ein krampfhaftes, tierisches Zittern; und indessen ich immer noch zählen mußte und zählte: »Stroh und Straß, Karfunkel«, sagte ich mir, daß ich krank geworden sein müsse oder verrückt, und daß nicht das Licht mich aufgeweckt habe, sondern nichts anderes als eben dieser Vorgang, daß ich krank oder verrückt oder beides geworden war. Und gerade da, als ich mir sagte: Du bist verrückt — konnte ich plötzlich mit dem Zählen aufhören.
Trotzdem schob ich meine Hand nach der Klingel hin, dachte zitternd, es wäre doch besser, zu klingeln, als so schrecklich Angst haben zu müssen. Aber dann dachte ich: Klingle ich jetzt, so daß jemand aufstehen muß, und kommt jemand herein und frägt, was sollst du denn sagen? Sollst du vielleicht sagen: drüben brennt ein Licht? Und sie werden ärgerlich sagen: Darum, und nichts sonst, und darum schellst du uns aus unserem Schlaf? Laß doch das Licht brennen, was geht uns das Licht an, bist du verrückt? — Und dann kann ich nichts anderes sagen als: ja, wahrscheinlich habt ihr recht, und ich bin verrückt. — Endlich wich das Zittern, und ich sagte erschöpft zu mir: Es ist wahr. Was geht dich denn ein Licht an in einer leeren Wohnung.

Ich schlief nicht mehr weiter, obwohl ich jetzt immer ruhiger wurde nach dem sonderbaren Anfall. Ruhig, ein wenig matt, und immerfort lag ich noch da mit dem unbeweglichen Viereck vor mir, dem Licht mit der graugrünen Wand, das nicht ausgegangen war. Aber ich konnte nun ohne die unverständliche Erregung gegen das Licht blicken. An manches dachte ich, ein wenig matt, widerstandslos wie man ist in den ersten Morgenstunden. Es ist ja gut, daß man die ersten Stunden am Tag meist verschlafen kann.
Ich dachte an Diemut, ich dachte an Frau Andernoth, ob sie wohl von dem Ball zurück waren. *Blut ist im Schuh.* Dann die ersten Vögel. Das Licht brannte fort in der leeren Küche. Ein Schwung Regen fiel einmal, ganz kurz, mit einem fliehenden Rauschen. Dann sah ich den Himmel grün werden hinter dem kohlschwarzen Haus. Dann das Haus bleicher. Als ich die ersten Vögel hörte, fing ich an zu flennen. Ich flennte aus gar keinem Grund, nur eben so, wie es in ersten Morgenstunden vorkommen kann. Es roch nach Morgen. Ball. Schöner Klang. Ein Aprilmorgen. Ende April, und alles früh dran in jenem Jahr. Bald Mai.
In dem Garten, der zwischen meinem Zimmer und dem Haus drüben lag, sangen die Vögel längst hoch und herrlich. Ein Vogel überlaut, immer lauter, je mehr es gegen den Morgen ging. Das Haus drüben war fahl geworden und dann rosagrau und dann wie gewöhnlich, nur daß immer noch drüben das Licht brannte, obwohl es doch heller Tag war. Es brannte noch lange, immer unscheinbarer, denn nun wurde es doch draußen so ein prächtiger, vollkommener Tag. In der Nacht hatte ich klingeln wollen, weil das Licht nicht ausging; jetzt aber, als sie kamen, sagte ich niemandem etwas über das Licht. Es fiel niemand auf, und ich wollte nicht, daß sie es entdeckten und vielleicht etwas sagten. Das Licht gehörte mir. Ich hatte ein Geheimnis mit diesem Licht.
Immer noch war es da, und es wurde Mittag, bis drüben die plötzliche Unruhe entstand. Ich hörte Wagengeräusch, und dann sah ich einen Mann von innen heranstürzen und das Fenster aufreißen, hastig und ganz weit aufreißen, und dann sprang er wieder von dem Fenster zurück. Ich sah den Raum voll von Feuerwehrleuten, dazwischen auch Menschen in ihren Sonntagskleidern. Dabei brannte das Licht immer noch, aber

jetzt hatte natürlich erst recht niemand Zeit, auf das Licht zu achten. Es war ein langes Hin und Her. Erst allmählich wurde es wieder still drüben. Und ich sah, daß jetzt auch das Licht abgeschaltet war.

Selbst zu mir kam die Nachricht sehr schnell, denn so etwas breitet sich aus, ohne daß man weiß wie; auch wußte ich ja alles, kaum daß sie angefangen hatten zu erzählen. Ein paar Tage sprach man in Neu-Spuhl drüber. Die Frau des Förckh, hieß es, wie denn, die Frau von dem, der das herrliche Haus gebaut hat? – Eben von dem. – Merkwürdig, hieß es, was doch die Leute in den Tod treiben kann. Und dann am Gasherd, in der alten schäbigen Küche. Hat es so gut, und kehrt um und geht zurück in die alte schäbige Küche, wo sie noch am Abwasch gestanden hat. Und konnte doch froh sein, daß sie aus der alten schäbigen Küche heraus war. Besser konnte man es doch überhaupt gar nicht bekommen. – Aber es ist kein Maß mehr unter den Leuten, sagten andere, kein Maß und kein Ziel.

Kein Ziel. Ich weiß es auch nicht, was die Frau drüben für ein Maß und für ein Ziel gehabt hat, und ob sie eines hatte. Ich hatte sie ja so wenig gekannt wie offenbar die andern sie kannten. Nur eben vom Sehen. Ich hatte ihr zugesehen, und niemand war bei ihr gewesen außer mir, und ich hatte ihr auch nicht helfen können. Was wußte ich denn von ihr, was weiß ich heute? Ihren Namen, nichts sonst, als wie sie hieß. Ihren Namen. Ihren Namen –

23

FÖRCKH: HISTORISCHE TÄNZE

Die Zeit tut ja viel. Mit der Zeit legt sich manches. Ich bin darüber weggekommen, so gut man über so etwas wegkommen kann. Eine Weile dachte ich sogar, ich könnte einmal wieder leben wie früher. Aber alles kann auch die Zeit nicht gutmachen.

Jetzt, wo ich in die Jahre komme und morgens nicht mehr so schlafen kann, und es hat noch keinen Sinn, aufzustehen und hinüberzugehen, denn im Geschäft ist doch noch niemand da und noch nichts los –: es ist ja auch nicht mehr der Drang wie früher; früher war es einfach Drang, der einen aufstehen ließ und hinübergehen und anfangen, ob nun einer da war oder etwas los oder nicht, zu erledigen gibt es ja immer etwas. Ich saß längst schon da, bis die Angestellten kamen; aber der Drang ist geringer geworden; alles läuft ja im Grunde von selbst, auch wenn einer glaubt, er müsse dabei sein, ohne ihn komme nichts zustande – jetzt, wenn ich also manchmal so daliege und nicht mehr einschlafe und habe doch keinen Drang zum Aufstehen, sage ich mir: sie hätte es nicht tun dürfen.

Sie hätte es nicht tun dürfen. Obwohl ich es ihr verziehen habe: tun dürfen hätte sie das nicht. Ein Mensch ist nicht allein auf der Welt und nicht für sich allein. Ich habe es ihr an nichts fehlen lassen. Und die Kinder hatte sie doch auf jeden Fall. Jetzt sind die Kinder ja größer und haben sich dran gewöhnen müssen. Aber das hätte nicht sein dürfen, daß sie von den Leuten hören mußten – zu vertuschen war es nicht –: eure Mutter hat sich umgebracht.

Früher habe ich einen anderen Schlaf gehabt. Früher, das war in den Jahren, als ich den Nachtwächter spielte und jede Nacht unterwegs war und als bloß tagsüber da und dort eine Stunde anfiel, in der ich schlafen konnte. Das war ja mein Glück: überall und zu jeder Zeit konnte ich schlafen. Kurz war der Schlaf damals, aber ein Schlaf, der Rede wert. Damals kam es mir als das höchste Glück vor, einmal schlafen zu dürfen, ungeweckt, so lang ich wollte, in einem Bett und mit dem Gefühl, daß ich, wenn ich nicht wollte, nicht aufzuwachen brauchte.

Aber so gut kriegte ich es nie. Der Wach- und Schließdienst Förckh, das war doch damals so gut wie bloß ich selber. Ein, dann zwei Leute, erst später kam die Menge dazu. Heute, wenn es noch Spaß machte, könnte ich mir alles leisten. Aber jetzt wollte ich am liebsten wieder manchmal in der Nacht unterwegs sein. In der Nacht unterwegs, und von mir aus in dem alten Klapperkasten, dem Opel mit dem zerschlitzten Sitz und dem Wackelkontakt am linken Auge. Es war so still damals auf den Straßen in der Nacht, Fahrzeuge fuhren kaum, man brauchte nicht aufzupassen. Man konnte mit seinen Gedanken irgendwo sein und sah dabei die Straße auf sich zukommen und die Bäume an der Straße, angeschienen, ein Baum um den andern, Apfelbäume, her und weg. Im Winter glänzten die Zweige vom Regen. Im Herbst hingen Schöpfe von Stroh dran, Stroh aus Erntewagen, und die Strohhalme glänzten auch. Verdammt, waren die Straßen leer damals in der Nacht. Auf allerlei mußte man noch gefaßt sein bei dem vielen Gesindel. Niemand war gern unterwegs. Und doch kommt es mir vor, als wäre ich damals nie so allein gewesen wie wenn ich heute mal nachts unterwegs bin und die Lichter nicht abreißen, ein Wagen am andern, Licht um Licht.
Zum Beispiel konnte es sein nachts auf der Straße, daß im Scheinwerferlicht Oberstelehn lang ging, der Kerl mit dem komischen Namen, und der mich dann wiederkannte und gleich zu mir sagte: »Dich kenne ich an deinen Tatzen. Du bist der Tatzen-Förckh.« Nie wieder von ihm gehört, obwohl wir doch damals in Irrnwies dann und wann zusammenwaren. Ein Gelegenheitsarbeiter, der Oberstelehn, nicht anzunehmen, daß aus ihm viel geworden ist. Er hatte wohl was mit einer Frau damals und hatte irgendwo auch noch eine eigene. Als der Mann von der Frau kam, da mußte Oberstelehn gehen, und dann kam wohl auch zu der Frau Oberstelehn der Mann wieder, falls sie nicht sonst einen hatte. Und wenn sie nicht gestorben sind – na, viel kann er nicht haben. Aber vielleicht hat er mehr Glück gehabt als ich. Nein, drauf rechnen, daß nichts mehr passiert, das kannst du nie. Immer kann etwas passieren. Oder es passiert gar nichts mehr – so hat sie gesagt – und dann ist gerade das, daß nichts mehr passiert, das Übel. Hat sie gesagt. Damals begriff ich es nicht. Erst jetzt meine ich manchmal, ich begreife es. Nein, sicher bist du nirgends.

Jetzt liege ich da allein in meinem Schlafzimmer. Groß genug für einen Tanzsaal, und alles für mich allein. Alles vom Besten. Als wir das Bauen anfingen, wollte sie es so, viel Platz, jeder für sich sein Zimmer. Zuerst hatten wir nicht einmal zusammen eines für uns. Zum Beispiel auf der Geißhalde, als wir anfingen, da war es eine Weile so, daß ich mich in ihr Bett legte, wenn ich nach Hause kam, in unser einziges, und darin weiterschlief, wenn sie aufstehen mußte. War sie krank oder noch nicht aufgewacht, so daß ich sie nicht wecken mochte, hatte ich hinten auf dem Grundstück die Bank, und ich haute mich auf die Bretter hin und schlief dort, bis ich von irgend etwas erwachte. Ja. Einmal, zu Weihnachten, das Kind war damals gerade unterwegs, da fuhr sie mit mir herum, saß die ganze Nacht über mit mir in der alten klapprigen Kiste. In einer alten Gaulsdecke saß sie neben mir, denn sie hatte gesagt: Heute nacht bleiben wir zusammen. Ich lasse dich heute nacht doch nicht allein.

Ja, merkwürdig ist das schon. Wenn wir später nicht viel mehr zusammenwaren, dann immer wegen des gleichen: es fehlte eben an Zeit. Genau besehen, hatten wir früher viel weniger Zeit; und doch waren wir beisammen. Kommt es vielleicht auf die Zeit nicht einmal so an? Aber sie hatte doch die Kinder, wenn sie sich schon aus mir nicht mehr viel machte. Und gespart worden ist an nichts. Sie hat sagen können, was sie wollte oder sich wünschte. Ich bin nie einer gewesen, der an seiner Frau gespart hat. Ja, Zeit war natürlich knapp. So ein Geschäft verlangt etwas, oder vielmehr so ein paar Geschäfte. Viel unterwegs, und dann die Besprechungen und die Tagungen und das alles, da geht die Zeit drauf. Aber das hätte sie einsehen müssen. Als wir anfingen mit dem Haus, sagte ich es sogar zu ihr, weil ich es zum erstenmal ein bißchen spürte: »Das Haus noch, Sabi. Dann wird es auch ruhiger für uns.«

Das Haus machte mir solchen Spaß, daß ich auf den Gedanken gar nicht kam, ihr könnte es nicht viel Spaß machen. Aber es ist mir jetzt klar, sie machte sich von vornherein nichts aus dem neuen Haus. Sie antwortete auch damals nur: »So, glaubst du?« und nichts weiter. Ich brachte sie nicht einmal dazu, daß sie mit mir hinauskam zur Baustelle. Sie sagte: »*Muß* es sein? An solchen Orten ist es immer furchtbar schmutzig. Ich verstehe auch gar nichts davon und kann mir nichts vorstellen, wenn ich rohe Wände sehe. Ich sehe es ja dann, wenn du damit fertig bist.«

Genauso sagte sie: »Wenn du fertig bist.« Sie sah das Haus nicht einmal als ein Haus von uns beiden an. Das ist mir erst hinterher richtig aufgefallen, als ich anfing, nachzudenken über alles. »Wenn du damit fertig bist.« Als wir aber das erstemal bauten, da brachte sie den Gaul aus der Gärtnerei an. Mit dem Gaul stand sie da; die Leute ließen ihr den Gaul jeden Tag für eine Fuhre. Frühmorgens mußte es sein, ehe sie den Gaul selber im Geschäft brauchten. An Pferde war sie gewöhnt von Kind an, wenn auch wahrscheinlich an andere Pferde. Aber sie brachte mit der Mähre jeden Tag eine Last Steine an; Steine, Ziegel, auch Eisenteile, einmal ein paar Fensterrahmen; ich weiß nicht, wo sie das Zeug zusammenlas; unten in der Stadt irgendwo klaubte sie es aus den Ruinen. Die Nachtwächterei hatte ich noch nicht, ging damals auf den Bau arbeiten, freilich nicht auf meinen eigenen, damit Geld hereinkam und Schwerarbeiterzulage. Erst abends bastelte ich an unserer Hütte. Wenn sie aufstand, um die Mähre zu holen, schlief ich noch, mußte ja schlafen; und wenn sie dann wiederkehrte, war ich immer schon fort.

Einmal begegnete ich ihr zufällig, ich ging auf dem Gehsteig, sie vor dem Gaul drüben auf der Straße, und sie bemerkte mich nicht, daß ich da ging. Das war so sonderbar, ich besinne mich noch, ich habe es damals Oberstelehn erzählt, weil es mich merkwürdig erschreckte: wie sie da ging mit dem Gaul und mit der elenden Fuhre hinter sich. Sie ging in ihren Lumpen und Hosen, die Augen unter sich, ganz die Augen niedergeschlagen, und sie sah mich überhaupt nicht; und ich hatte trotzdem das Gefühl, sie sei ganz und gar bei mir. Und sie ging wie eine Blinde.

Es hat ja eine Weile gebraucht, bis ich mich richtig mit ihr getraute. Ja. Ich konnte nicht gleich ungezwungen sein. Nicht am Anfang, und sonderbar, zum Schluß ist es wieder ähnlich geworden. Nur daß ich damals natürlich nicht wußte, daß es »zum Schluß« war. Eine »von«. Daß sie das gewesen ist, hat einen Dreck bedeutet. Was nützt alles »von«, wenn eines von nichts mehr ist. Aber es ist noch etwas anderes als der Name. Ich bin Obergefreiter gewesen, Obergefreiter und Kraftfahrer.

Und wenn ich auch der Obergefreite bin, der sie auf den Wagen heraufzog, als sie an der Straße lag und nicht mehr weiterkonnte: es kam doch immer darauf hinaus, als müßte ich froh sein und es als eine Auszeichnung empfinden, daß sie sich von mir heraufziehen ließ. Für mich, sage ich, kam es darauf hinaus. Daß sie es nicht so auffaßte, weiß ich ganz gewiß, nein, das hätte sie nicht erlaubt, es so aufzufassen, dafür weiß ich zu gut über sie Bescheid. Nein. Erst ganz am Schluß, zuallerletzt, als sie da auf dem Küchenstuhl saß, den Kopf rückwärts gegen die Wand und ihren Mantel um die Schultern, als sie schon tot war, schoß es mir durch den Kopf: Ganz zuletzt hat sie es gedacht. Sie hat sich die ganze Zeit nicht erlaubt, so zu denken. Aber sowie sie tot war, konnte sie es nicht mehr hindern. Da kam es herauf.
Es kann doch nicht an etwas gelegen haben, das mit diesem lumpigen Tanzabend zusammenhing. Wir konnten uns ja andere Sachen leisten und woandershin ausgehen. Aber es sollte doch eine nette zwanglose Sache werden bei dem jungen Volk, und unsere Eigenen waren ja in ein paar Jahren auch dran. Also nicht wegen dem Kinderball, aber es waren doch Leute dort, nette Gesellschaft, von denen Kinder da tanzten, und der Tanzmeister hatte mir Karten geschickt. Leute, mit denen man nebenbei zwanglos ein bißchen vom Geschäft reden konnte. Sie hatte nicht viel Lust. Anfangs in Neu-Spuhl hatte sie ein paarmal sagen können: »Sollten wir nicht einmal zusammen irgendwo hingehn?« Aber jetzt hatte sie keine Lust. Ja. Launen in letzter Zeit. Sie war vielleicht nicht gesund. Ich hätte sie zum Arzt schicken sollen. Sie zwingen, zum Arzt zu gehen. Zwingen? Sie wäre mir doch nicht gefolgt.
Hätte ich denn dableiben sollen mit ihr, bloß weil sie eine Laune und keine Lust hatte? Das hätte sie einsehen können, spüren müssen, daß ich gerade an dem Tag so gut aufgelegt war. Gut aufgelegt wie lange nicht mehr, das Geschäft gut, das Haus unter Dach, alles neu und vom Besten. Da hat man doch das Bedürfnis, ein bißchen unter Menschen zu gehen. Ein bißchen unter Menschen zu gehen, sich anzuhören, wenn sie sagten: »Da kommt der Förckh, der mit dem Haus. Wie geht's? Es soll ja ein tolles Ding sein«, und darauf zu sagen: »Na, so dick nicht, aber ein ganz gemütliches kleines Gartenhäuschen ist es.« Ja. Ich muß sagen, ich war gut aufgelegt an

jenem Abend, das ist auch keine Schande. Wenn man was hinter sich gebracht hat, darf man mal gut aufgelegt sein. Und ich hatte mir gerade den neuen Anzug bauen lassen, den von Basner, ganz was Gutes und nach dem Schnitt, der grade kam, nicht mehr mit den eckigen Schultern und in der Mitte dünn, wo jeder verunglückt drin aussieht, wenn er nicht ein Oberleutnant auf Urlaub ist, nein so was Rundes, wo man was drunter haben kann, und ein Sack da, wo die Oberleutnants dünn werden, so was, das fällt und dazu da ist, daß man auch mal die Hände in die Taschen verschwinden läßt, ohne daß gleich Beulen entstehen, vor allem wenn einer Hände hat wie ich. Auch mit den Dingern habe ich mir ja Mühe gegeben und mich's was kosten lassen; seit wir nach Neu-Spuhl umgezogen waren, ging ich regelmäßig zur Maniküre zu Conzelmann. Nein, ich hatte gar nichts dagegen, mal auf andere Gedanken zu kommen und auf den Kinderball zu gehen. Sie aber konnte sich nun mal nicht mehr in mich hineindenken oder wollte es nicht. Und wußte nichts anderes zu sagen mit ihrer hochmütigen Stimme als: »*Müssen* wir hin?«
Als wir in Neu-Spuhl aufzogen, hatte ich grade den ganzen Dienst groß organisiert. Nachtfahrten gab es längst bloß noch zur Kontrolle dann und wann, wenn es mir paßte, und das mit den Zelten war auch schon dabei. Große Truppenzelte aus abgestoßenen Beständen, billig, ganz billig zu kriegen, wenn man nah genug dran war; die brachten was ein damals, wo alles noch flach lag; Feste, Ausstellungen, Messen, Tagesmieten, die der Rede wert waren, und natürlich immer unterwegs, Aufbauen, Abschlagen, hier und dort. Dann die Eismaschinen. Die Ecke schräg gegenüber dem Hauptbahnhof in Neu-Spuhl, ein Ding mit Brennesseln und angeschwärzten Ziegelhaufen; offenbar sah es keiner, ich sah es aber, bloß eine Viertelstunde Aufenthalt brauchte ich dazu in Neu-Spuhl. Ich sah, daß die Ecke ein Goldgrübchen war, da brauchte es noch gar nicht die »Iduna-Diele«, wie sie jetzt dort steht. Der alte Anhänger, ein Ei von einem Wohnwagen, ich ließ es weiß anstreichen und stellte es auf und hieß es »Nordpol-Expreß«; dort gab es das erste Förckh-Eis. Das Förckh-Eis vom Eis-Förckh. »Nordpol-Expreß«, und ein paar Gartenstühle drum rum und abends ein paar farbige Birnen an Drähten, fertig, kostete fast nichts, und wir setzten im ersten Monat siebenundzwanzigtausend

um. Da war nach einer Woche der Treffpunkt von allem, was auf Motorrädern herumfuhr und Lederjacken anhatte mit den geflochtenen Röllchen drauf; abends enorm, vor den Kinos, nachher nochmal.
Das war bloß der Anfang, dann alle die Filialen, alles ein Aufwaschen, raus wollte ich ja aus dem Dreck, raus ein für alle Male; für sie doch, für die Frau, für die Kinder habe ich das in erster Linie gemacht. Ich hatte sie gehen sehen in ihren Lumpen und Hosen und hatte mir geschworen: sie nicht und ich nicht, niemand von uns soll einmal wieder in Lumpen gehn. Keins Hunger und Durst haben, keines frieren müssen. Ich habe sie doch lieb gehabt, als ich sie gehen sah mit der Mähre am Halfter, und ich möchte heute noch schwören, auch sie machte sich damals etwas aus mir. Als wir mit dem Aushub anfingen draußen auf der Binsenbleiche, sagte ich eines Tages zu ihr: »Was denkst du, Sabi, was mir für ein Gedanke gekommen ist?«
Das war noch, bevor ich bemerkt hatte, daß sie das neue Haus gar nicht beschäftigte. »Was denn für ein Gedanke?« sagte sie.
»Vorne heraus«, erklärte ich ihr, »brauchen wir doch eine Aufschüttung. Anstatt daß ich Erde anfahren lasse, nehme ich sie hinten weg. Das spart erstens Kosten.«
»Und?« sagte sie.
»Und was meinst du, was ich mit dem Loch anfangen lasse?«
»Sag es nur, ich errate es bestimmt nicht. Du hast immer so praktische Einfälle.«
»Das Loch«, sagte ich, »wird ein bißchen zurechtgemacht, und da kommen ein paar -zig Tonnen Kohlen rein; einfach rein und drüber zugeschüttet und Rasen. Kohle im Boden wird nicht schlecht. Kohle ist das Liegen im Boden gewöhnt. Stehlen kann sie auch keiner. Kommen die schlechten Zeiten aber, so haben wir da unser kleines Kohlenbergwerk.«
Tatsächlich, ich bin stolz drauf gewesen, daß mir das mit der Kohle eingefallen war, und das haben mir auch Klöpplers und Blechers gleich nachgemacht, eine ganze Reihe, nicht von den Dümmsten. Aber ich war der erste. Sie hätte das doch anerkennen können und sich ein bißchen drüber freuen. Aber sie sagte nur einmal kurz: »Ach –«, und dann noch einmal: »– Ach.« Sie heuchelte nicht mal so etwas, als ob sie auf mich

eingingе. Dabei dachte ich fort und fort doch bloß an die Kinder und an sie. Ich tat immer, was ich konnte. Ich bin schließlich der Tatzen-Förckh und nicht Lohengrin oder so was. Lohengrin nicht. Aber Kohlen konnte ich besorgen. Das erste »Ach« klang ganz beiläufig, mechanisch verwundert. Das zweite »Ach«, da war mehr drin, auch noch Verwunderung, aber ziemlich viel Neugier, eine langsame und gedehnte Neugier, wie wenn man auf was aufmerksam wird, das man noch gar nicht kennt, aber jetzt zu kennen anfängt, und das ein bißchen ekelhaft ist und sogar vielleicht Mitleid verdient.

Und solange sie »Ach« und noch einmal »Ach« sagte, nahm ich die Miene an ihr wahr, die sie seit ein paar Monaten zeitenweise zu eigen hatte. Sonderbarerweise ein Gesicht ganz ähnlich dem, das sie damals mit der Mähre und in ihren Lumpen getragen hatte, als ich ihr zusah und sie mich nicht sah. Ein weißes Gesicht, sogar ein wenig ins Graue, ganz helle Augenbrauen und die Lider niedergelassen wie ein Vorhang, niemand konnte dahinter. Aber damals, als sie mit dem Pferd daherzog, hatte ich das Gefühl – und ich weiß, daß ich mich nicht täusche –, das Gefühl, als wäre ich dort drinnen zuhaus. Jetzt aber war ich draußen. Der Vorhang war gefallen, und ich draußen geblieben, ich kannte dahinter gar nichts, ich konnte auch nicht mehr hinein.

Ich wollte es recht machen und sagte zu ihr: »Rede doch, Sabi. Du bist manchmal nicht mehr wie früher. Sag, was geht dir ab?«

»Wie denn soll ich sein?« sagte sie. »Abgehen? Mir geht nichts ab.«

»Doch, ich weiß bestimmt, du hast etwas auf dem Herzen. Ist irgend etwas passiert?«

Da lachte sie auf einmal ganz kurz, es war ein Laut ähnlich dem in ihrem zweiten »Ach« vorhin. Sie sagte langsam und eigentümlich: »Oh nein, es ist nichts passiert.«

Und auf einmal wurde ihr Ton scharf und sie sagte weiter: »Merkst du denn das nicht? Das ist es ja eben, woran es fehlt. Es passiert wirklich nichts mehr.«

Und ich fragte, wie aus den Wolken gefallen: »Nichts? Ja, was verstehst du denn unter passieren, was meinst du denn damit?«

»Offenbar etwas anderes als du«, sagte sie, »und darum ist es sinnlos, sich darüber zu unterhalten. Ich habe es bloß gesagt, weil du gerade danach gefragt hast.«
Ich dachte eine Weile nach und fragte sie dann wieder: »Überlegst du dir das auch richtig, Sabi? Ich denke, passiert ist uns wahrlich genug. Ich denke doch, wir könnten froh sein und dem lieben Gott dankbar, daß es uns geht wie es uns jetzt geht und daß uns nicht so schnell was passieren kann.«
»Vielleicht«, sagte sie, »magst du recht haben. Für dich hast du sicherlich recht damit. Aber für mich hast du eben nicht recht.«
Ich wagte die Rede nicht. In letzter Zeit hatte ich wieder angefangen, eben damals, mich vor ihr zu genieren. Ich konnte nicht mehr unbefangen vor ihr sein. Am liebsten war ich mit ihr unter Leuten. Da aber, wie ich mit ihr sprach wegen der Kohlengeschichte, kam es mir vor, als wäre etwas in Gefahr, und deshalb sagte ich und war ziemlich traurig: »Heute sagst du: für dich, und sagst: für mich. Und einmal hast du zu mir gesagt: Du und ich, das ist jetzt das gleiche. Ist das nicht mehr so?«
»Ich habe gemerkt«, sagte sie, »es ist leichtsinnig, so etwas zu sagen. Ich glaube eher, daß wir in jedem Augenblick etwas anderes sind. Und wenn wir selber uns selbst nicht gleichen, so kann es schwer sein, daß zwei immer das gleiche sind.«
Ich verstand sie nicht, ich war auch zu aufgeregt, um genau zuzuhören. Sie schwieg, und es regte sich nichts mehr in ihrem Gesicht. Ich hoffte so sehr, sie möchte mich ansehen, damit ich sie dann vielleicht besser verstehen könnte. Aber sie sah mich nicht an. Beharrlich erhob sie die Augen nicht, und ich fragte noch einmal: »Sag, ist es nicht mehr so wie damals?«
»Nein«, sagte sie, »wenn du mich frägst, so will ich auch nicht lügen. Es ist einmal so gewesen«, sagte sie. »Aber jetzt ist es nicht mehr so.«
Und jetzt schlug sie die Augen das erstemal auf und sah mich an, als ob sie es schuldig wäre, mich jetzt anzusehen. Ich hatte vorher mir so gewünscht, daß sie herblicken möchte. Aber als sie mich jetzt ansah, wollte ich, ich hätte es mir nicht gewünscht.
»Aber es kann doch«, sagte ich nach einer Weile wieder, »es kann doch einmal wieder so werden, Sabi. In dem neuen Haus –«
»Ach«, sagte sie wieder. »Laß doch das neue Haus.«

Nein, ich verstand nicht mehr mit ihr zu sprechen. Vielleicht habe ich es überhaupt nie verstanden, aber ich merkte es jetzt erst. Früher war alles einfach gewesen. Es war gar nicht nötig gewesen, sich zu verständigen. Jetzt ging es uns gut. Und jetzt war es viel zu schwer geworden.
»Sabi«, sagte ich, »red' von dem Haus nicht so verächtlich. Denk auch einmal dran, was wir erreicht haben. Möchtest du etwa noch einmal mit einer Gärtnersmähre kutschieren und einem Leutschinder hintendran mit gestohlenen Ziegeln aus einem Ruinengrundstück? Möchtest du noch einmal?«
Und sie sagte: »Wenn du danach fragst, so kannst du es auch wissen. Ich weiß, daß es nicht mehr sein wird. Aber ich möchte es noch einmal.«
Ich habe sie nicht mehr verstanden.
Das kann doch nicht sein, daß eine Frau sich das Leben nimmt, weil es ihr gut geht, und früher ging es ihr dreckig. So ist das vom lieben Gott bestimmt nicht gemeint. »Damals«, sagte sie zu mir, »damals hatten wir noch einen Wert.« Als ob wir jetzt, wo wir was zu essen hatten und was auf der Bank, auf einmal keinen Wert mehr gehabt hätten. Das mag ja sein, daß ich in allen den Jahren ein bißchen anders geworden war mit all den Lasten und den Verpflichtungen, und ohne die Ellenbogen kommt einer nicht in die Höhe; das gebe ich alles zu. Das meinte sie ja wohl selbst, als sie sagte, daß wir in jedem Augenblick etwas anderes wären. Aber einen Kern gibt es doch. Weil ich ihr Kleider und Dienstboten und einen eigenen Wagen angeschafft hatte, deshalb sollte nun nichts mehr mit mir los sein? Jetzt, wo ich einmal mit ihr ausgehen wollte, wußte sie keine andere Antwort als: »*Müssen* wir hin?«
Wie ernst es steht oder vielmehr gestanden hat, merkt man meist erst hinterher. Sonst wäre mir natürlich einiges aufgefallen. Aber weil ich gut aufgelegt war, nahm ich Kleinigkeiten nicht so schwer. Heute muß ich mir sagen: sie war an dem Abend nicht mehr in Ordnung. Wie soll ich es ausdrücken: auf einmal nahm sie nicht die geringste Rücksicht mehr. Kaum an unserem Tisch, wo die Uli Klöpplers und wo der alte Oswald Blecher saßen und uns Plätze aufgehoben hatten – an so was merkte man doch, daß wir einen Anschluß hatten, wir waren doch nicht mehr allein in Neu-Spuhl –, kaum am Tisch also, fing sie an, so zu tun, als ob sie gar nicht

dazugehörte. Oder doch, als hätten die Leute rundherum überhaupt nichts mit ihr zu tun. Sie hörte gar nicht, wenn jemand versuchte, etwas zu ihr zu sagen, oder sie sah plötzlich überrascht einem ins Gesicht, ganz rücksichtslos, als ob sie sich merkwürdige Tiere besähe, im Schlangenhaus oder auf der Froschfarm. Sie gab keine Antworten oder unterbrach den andern mitten in seiner Rede mit etwas, das nicht im mindesten hergehörte. Es kam so heraus, als wollte sie probieren, was der nun machte, oder als wollte sie damit ausdrücken: Was ihr redet und was ich rede, das ist doch ganz egal. Deshalb ist es auch ohne Bedeutung, ob einer ausredet oder zuhört oder unterbrochen wird, Hauptsache nur, man redet. – Natürlich fiel das mit der Zeit auf. Dabei hätte es ein prima Abend werden können. Der alte Blecher, an den eines doch gar nicht leicht herankommt, ich kam gerade neben ihn zu sitzen, wegen eines Neffen oder so ähnlich, der da mittanzte bei den Kindern, war er da, und ich glaube, ich traf den Ton ganz schön mit ihm; es hätte geschäftlich wichtig werden können. Aber eine Frau am Tisch in einer solchen Laune, die verdirbt das Konzept.
Bestimmt, ich wollte es sie nicht entgelten lassen. Vorwerfen kann ich mir da gar nichts. Geduld habe ich immer mit ihr gehabt. Ich habe niemals zum Beispiel jemand rausgeworfen, als ihr Anhang auftauchte in der Geißhalde damals, und als ich für Tante Lalla und für Tante Aglaja schuften mußte, damit die ihren Tee kriegten, wie sie ihn gewohnt waren. Oberstelehn erzählte ich mal davon, und er sagte selber: »Gehst du da nicht doch ein bißchen weit, Förckh?« Nein, es kam mir nicht drauf an, zu weit zu gehen. Was zu ihr gehört, das ist auch mein Anhang, sagte ich mir. Förckh läßt sich nicht lumpen. Ja. Ich wollte es ihr recht machen. Auch an dem Abend wollte ich es ihr recht machen, stand auf zum Tanzen, obwohl ich wirklich nicht gern tanze, auch damals nicht, und es mir viel wichtiger gewesen wäre, an dem Oswald Blecher dranzubleiben. Ich tanzte also mit ihr, und daß wir nicht sehr weit kamen, daran kann ich mir auch nicht allein die Schuld zumessen. Einen Tanz brachten wir herum, und im zweiten blieb sie stehen und machte sich los und sagte: »Wollen wir aufhören? Ich glaube, wir können uns nicht recht einigen, was das für ein Tanz ist.«

Ich wurde rot, obwohl sie doch meine Frau war, verlegen wie ein Tanzstündler, der sein Ding nicht richtig beherrscht, aber meinen Ärger ließ ich nicht merken und wollte auch nicht grob sagen, daß mir das Tanzen egal war und bloß eine Last. Ich nahm mich zusammen, ich wollte es ihr ja immer noch recht machen, und sagte zu ihr: »Du hast ganz recht, Sabi. Wie soll ich auch auf der Höhe sein? Aber hör mal« – sagte ich und war ganz verlegen, wir standen da noch immer, und die Paare drängten sich um uns herum und stießen an uns –: »Wie wäre das denn, wenn wir einmal ein bißchen Stunde nähmen, ganz privat, meine ich, oder wir könnten noch ein oder zwei Ehepaare auffordern? Wäre das nicht etwas, das dir vielleicht Spaß machte, Sabi?« Und sie sagte nicht ja und nicht nein, aber doch ganz freundlich, fast als hätte sie Mitleid: »Ja, ja, man muß das bedenken.«

Und dann gingen wir an unseren Tisch zurück. Und dann wurde sie noch einmal gebeten und noch einmal, von dem jungen Klöppler und noch von einem Herrn, der von einem anderen Tisch kam, und blieb jedesmal aus, solange die drei Tänze währten. Dann tanzte sie nicht mehr, saß aber da und sah zur Mitte hin, wo getanzt wurde, als ob sie die Tanzerei ziemlich aufmerksam verfolge, und dann und wann schlug sie mit ihrem Fächer nachdenklich auf den Tisch. Zu mir war sie eine Weile ganz freundlich gewesen, aber auf einmal fing sie wieder an, warf Bemerkungen dazwischen und gab den Blechers Antworten, daß die immer stiller wurden. Und als gerade eine Gelegenheit war, sagte ich zu ihr: »Sabi, tu mir den Gefallen, sei ein bißchen freundlicher mit den Leuten. Man stößt solche Leute wie die Blechers doch nicht vor den Kopf.«

Sie aber sagte und klopfte mit ihrem Fächer: »Leute? Sind das denn Leute? Ist das ein Kopf, was sie da herumtragen?«

Da wurde ich das erstemal zornig, denn es kam mir auf einmal vor, als ob sie mich genauso ansähe wie die Blechers und all die Leute und sich auch früge, ob das, was ich herumtrage, ein Kopf sei. Ich sagte aber nur: »Du hast etwas, Sabi. Vielleicht ist es besser, wir gehen. Oder sag doch, was du hast.«

»Du kannst beruhigt sein«, sagte sie, »ich habe nichts oder wenigstens nichts, was wehtut. Und hier oder zuhause, das kommt ganz auf das gleiche heraus.«

Dann gab es bald eine von den Darbietungen, wie die Tanzmeister sie für solche Anlässe einstudieren, es hieß: »Historische Tänze«. Wie man das so macht, die Mädchen in Krinoline und Großmama, und die Burschen mit Vatermördern, mit Zylindern und angepappten Bärtchen. Sah hübsch aus, zierlich, Uralt Lavendel und mit der Postkutsche, und sie hopsten und sprangen, und das Geknickse und die vielen Kratzfüße dazwischen, wie sie den Krimskrams so machten; steife Sache damals, zum Lachen; aber zum Angucken noch ganz hübsch, recht niedlich, alte Märchen und Sagen sind ja auch immer schön, viel Stimmung, und es gab einen anständigen Beifall für die Kratzfüße. Sie aber, die Frau, hatte irgendwas mit dem Wort »Historische Tänze«; sie lachte darüber, ganz kurz und verdutzt, als es angezeigt wurde, und patschte leise mit ihrem Fächer und sah den Kratzfüßen aufmerksam zu. Sie klatschte auch mit, als es Beifall gab. Sie sagte sogar: »Applaudieren wir. Applaus den historischen Tänzen.«
Dann aber, obwohl sie vorhin gemeint hatte, hier oder zuhause wäre das gleiche, sagte sie auf einmal zu mir: »Ich möchte gehen. Das gilt aber nicht für dich.« Sofort bot ich ihr an, daß ich mit ihr gehen und sie heimbringen wolle, aber sie ließ es nicht zu und sagte: »Nein nein, das gilt nicht für dich. Es wäre mir ganz und gar nicht recht, wenn du dich stören ließest. Ich will es nicht. Bitte, bleib bei deinen Bekannten.« Ich gab nicht gleich nach, obwohl es mir wirklich nicht paßte, daß sie gehen wollte, und obwohl es mich wieder ein wenig reizte, weil sie gesagt hatte: »*Deine* Bekannten.« Sie sagte hartnäckig: »Nein, ich meine es wirklich. Laß mich mit dem Taxi fahren.«
So ging sie, und »das gilt nicht für dich« war das letzte, was ich von ihr gehört habe. »Das gilt nicht für dich.« Ich weiß nicht, ob es anders gekommen wäre, wenn ich aufgestanden wäre und hätte sie nach Hause gebracht. Vielleicht nicht in jener Nacht, aber vielleicht wann anders. Natürlich, wenn sie vielleicht doch krank war, so handelte es sich um jene Nacht. Niemand weiß das. Immer die gleichen Gedanken. Aber was jene Nacht angeht: sie konnte es doch nicht auf eine Probe angelegt haben. Das wäre doch eine Art von Hinterhalt gewesen. Hinterhältig war sie nie, wenn auch oft fremd und ungebräuchlich. Sie konnte doch nicht darüber so erzürnt sein,

daß ich sie allein gehen ließ. Nein. Freilich, das gebe ich zu, mir lag verflucht viel dran, mit dem Blecher im Gespräch zu bleiben. Kantinenlieferungen. Aber das kam ihr doch schließlich auch zugut. Das ging doch um reale Sachen. In das Taxi half ich ihr einsteigen und machte den Schlag zu. Ich gab dem Fahrer noch selbst die Adresse.

Davon, daß sie woanders hinfuhr und nicht dahin, wo sie hingehörte, konnte ich natürlich nichts ahnen. Als ich selbst heimkam, ein paar Stunden später, gab ich mir Mühe, leise zu sein. Ich erinnere mich, daß ich an ihrer Tür stehen blieb, nur so aus Gewohnheit, so von ungefähr, ob sich bei ihr etwas rühre. Die Tür aufzumachen traute ich mich nicht. Ich stellte mir plötzlich vor, wie das wäre, wenn sie vielleicht wachte und mich gehört hatte und, sobald ich die Tür aufmachte, dalag und mich mit offenen Augen anblickte, meinen Kopf, wie er durch den Türspalt kam, oder das, was ich als Kopf mit mir herumtrug. Ich traute mich nicht, auf die Klinke zu drükken. In den letzten Zeiten. Zuletzt war das so. Ich horchte nur, und als sich nichts rührte, legte ich mich schlafen und schlief ziemlich lang; der folgende Tag war ja ein Sonntag. Nachher waren die Kinder schon lang unten, längst unten in ihren Sonntagskleidern.

Sonntags war sie gewöhnlich früh heraus, aber das Mädchen und das Kindermädchen sagten: »Frau Förckh, heute ist sie noch nicht da.« Und die Kinder sagten: »Wir sind schön leis, damit Mutti nicht aufwacht.«

Mit den Kindern war es ein Jammer. Wie konnte sie es den Kindern antun? Offenbar machte sie sich sogar aus den Kindern nichts mehr. Einmal hörte ich zufällig mit an, wie sie ihrer Nähfrau eine Antwort gab, es war die Frau, die zum Nähen ins Haus kam in unserer ersten Zeit in Neu-Spuhl. Ich weiß nicht, über wen sie gesprochen hatten, aber die Frau hatte gerade gesagt von einer andern: »Sie sollte da nichts verlangen, was nicht sein kann. Schließlich hat sie doch die Kinder.« – Und sie dagegen: »Ja, sie hat die Kinder. So heißt das immer, und es ist ein alter Spruch.« Ich erinnerte mich daran, als ich selber einmal das gleiche zu ihr gesagt hatte, weiß nicht mehr bei welcher Gelegenheit, und erst als es schon heraus war, fiel es mir auf: »Du hast doch die Kinder, Sabi.« Und sie dagegen: »Freilich. Aber du hast sie auch.« Hat sie da-

mals schon sagen wollen, daß mir ja auch die Kinder blieben? Vielleicht ist sie doch keine ganz richtige Mutter gewesen. Und es hätte nicht in der alten schäbigen Küche zu sein brauchen. Die Küche hätte schon damals hergerichtet gehört, als wir die Wohnung bezogen, aber ich sagte: »Da stecke ich nichts mehr rein. Der Hauswirt läßt nichts machen, und von mir aus stecke ich nichts rein. Über kurz oder lang gibt es bei uns doch einen Neubau.« In der Küche, dort in der alten schäbigen Küche, wo sie noch alles selber gemacht hat und noch in der nassen Schürze am Abwasch gestanden ist. Wer dachte an die alte Wohnung?
Ich traute mich auch an dem Vormittag noch nicht, anzuklopfen oder zu ihr hineinzusehen. Und als zu Mittag Sissi herunterkam und rief: »Mutti ist gar nicht da! Sie ist fort oder ist gar nicht dagewesen! Ihr Bett ist nicht angerührt, und das Zimmer leer!« – da dachte ich noch nicht weit, obwohl meine Finger kalt wurden und zu zittern anfingen. Aber ich ließ nichts merken und sagte irgendwas und ging ins Nebenzimmer und begann zu denken und dachte: Sie ist, sie hat, sie kann sein und sie ist vielleicht bloß fortgefahren; für eine Weile verreist irgendwohin; es kommt was mit der Post oder es kommt ein Anruf. Ein Anruf. Ein Anruf kam.
Alles war ausgeräumt dort, und man sah, wie schäbig die Wände waren, verspritzt und räucherig, und im Verputz Löcher. Die Maler hatten ihr Gerät abgestellt, Leitern, Kübel. Als sie da in der Ecke saß hinter dem Gasherd, den Mantel um ihre Schultern und in dem grauen Taftkleid, dachte ich: das nicht, sie hätte es nicht tun dürfen. Sie gab mir auch jetzt keinen Blick, aber ihr Gesicht sagte, daß ich eben doch bloß der Obergefreite gewesen war, der sie aus dem Graben gezogen hatte, und daß ich ihr immer was schuldig gewesen war dafür, daß sie blieb. Ihr Gesicht sagte: Bis hierher, mehr habe ich nicht für dich tun können. Und einen Augenblick haßte ich ihren Hochmut, wie am Abend, als sie gesagt hatte: Deine Bekannten. Ich sagte zu ihr: Ja, aber aus dem Graben gezogen habe ich dich trotzdem. Und sie sagte: Ja, aber mehr konntest du nicht tun. Und ich sagte: So ein schönes Haus habe ich für dich bauen lassen. Warum die elende Küche? Warum?
Sie sagte gar nichts mehr. Und ich hatte ihr so ein schönes Haus gebaut.

24

Als sie mich hinterher fragten und sagten: »Sie erklären, Frau Andernoth, daß Sie sich in Erregung befunden haben, als Sie den Ballsaal verließen. Wollen Sie angeben, wodurch diese Erregung verursacht war?« – als sie so sagten und fragten, antwortete ich: »Das ist eine andere Sache.« Da fragten sie mich nicht weiter.

Andere Sache. Jeder will glücklich sein. Jeder, sagen sie, möchte zu dem Seinigen kommen. Sie sagen: Nachholen. Sich entschädigen. Einen Ersatz besorgen. Jedem sein Glück. Aber Glück, was ist das? Sein Glück wollen, ja. Aber glücklich sein können? Können: oh nein, ich denke, da reicht der Vorrat nicht. So viel ist gar nicht im Vorrat, daß es allen reichte und für immer. So viel Wohlfahrt ist überhaupt nicht in der Welt.

Er hat zu mir gesagt – Soldner –: »Haben Sie doch einen Mut, Herse Andernoth. Sie reden mit sich, Sie sagen zu sich allerhand; dabei ist es weiter nichts als das, daß Sie keinen Mut haben. Sie wagen nichts mehr. Bringen Sie doch den Mut auf, Herse –« Aber so war es nicht, es war nicht so, es war viel mehr als das mit dem Mut. Es war viel mehr.

Sagte ich mir auch vor, daß ich wohl könnte und daß es keinen Einwand gab dagegen, zu wollen und auch zu können: ich konnte nicht. Ich hätte schon gar nicht gekonnt, wenn er – Soldner – nichts gebraucht hätte und wäre gut versorgt gewesen.

Hätte ich gewußt, daß er mich wohl einpacken konnte und bei sich in die gute Stube setzen – keine Rede. Aber er kannte mich wohl – Soldner –, kannte mich wohl, als er auch das noch sagte: »Wissen Sie, was ich bin? Seit heute oder ab morgen nimmt kein Hund mehr ein Stück Brot von mir. Nur damit Sie es wissen und damit Sie nicht glauben, ich wolle Sie locken. Im Gegenteil, ich will von Ihnen was. Ich sage es Ihnen, damit Sie wissen, worauf es ankommt. Sagen Sie ja, und es fehlt an nichts mehr. Es wäre gut, Sie sagten ja.«

Er hatte mich nötig – Soldner –, aber ich sagte trotzdem nicht ja. *Ich brauche dich:* alter Zauber, gut für junge Mädchen. Ein Zauber für Diemut etwa. Diemut wollte es schlecht bekommen, wenn sie einmal lieben würde. Aber Diemut war sechzehn, und ich sechsunddreißig. Trotzdem, ich hätte vielleicht gekonnt. Zweite Blüte. Gesegnet sogar. Oh ja, ich hätte noch viel vor mir haben können.
Nein, mit dem Mut hat das nichts zu tun und nicht mit den alten Zaubern. Allein ich besann mich, als ich mit Soldner dort stand bei den Metzgerpalmen, dort in dem poveren Ballsaal in Neu-Spuhl, wo jede Sache ihr Geld kostete – auf den Abend besann ich mich, als er – Tom – aus dem letzten Urlaub fuhr. Es war schon so damals, daß nur noch die Lokalzüge eine Art von Fahrplan einhalten konnten. Zehn Uhr einunddreißig in der Nacht ging der letzte Zug ab in Richtung Kreutz, wenn kein Alarm war. In Kreutz auf dem großen Verschiebebahnhof wurden nachts Züge zusammengestellt, die nach den Fronten fuhren. Der Bahnhof trist, ohne Licht, und der Zug kalt und kaum Leute drin auf die kurze Strecke. Ich konnte kein Stück mehr mitfahren, ich mußte nach Hause, Diemuts wegen, und dann hatten wir ja Sibylle damals; die war noch kein Jahr. Tom kam aus dem Wagen, nachdem er sein Zeug drin abgelegt hatte, und stellte sich draußen zu mir, eng zu mir, und ich stand da und fror bis in die Knochen ganz tief hinein, obwohl ich warm angezogen war. Ich hatte den Mantel an, den ich mir aus einem von ihm hatte machen lassen, man bekam ja damals keine neuen Sachen. Tom sagte: »Ich brauche ihn nicht. Was willst du den alten Mantel hüten?« Viele sorgten sich damals vor; man hörte, daß sie nach Hause schickten und sich was hinlegten für den Frieden. Aber er sagte: »Komme ich wieder, wird es auch Sachen geben. Komme ich nicht, brauche ich keine Sachen mehr.« Damit hatte er nicht recht. Viele kamen wieder, und es gab für sie keine Sachen. Viele kamen nicht mehr, und irgend jemand war doch an ihren Sachen froh. Also den Mantel hatte ich an, der aus dem seinigen gemacht war, ein wenig verändert, ein wenig schwarzer Pelz auf dem Kragen und auf den Taschen. Ich bin froh, daß wir uns ein Herz gefaßt hatten und die Dinge bei Namen nannten und nicht die letzten Minuten vertaten mit dummen Tröstungen, nicht mit Verlegenheitsgeschwätz. Und wir hatten

schon dies und jenes gesagt, als wir in der Finsternis nach der Bahn gingen, er hatte den Rucksack auf und die Maschinenpistole an sich, und er war schon ein wenig fremd von dem Zeug, und das Zeug roch fremd an ihm nach einem fremden Leben, und er sagte: »Ja dann, und wenn ich wiederkomme.«
Und ich also faßte mir ein Herz, sagte: »Und aber, wenn du nicht wiederkommst, Tom? Du denkst es doch, und ich auch, warum sollen wir nicht darüber sprechen?«
Er sagte: »Glaubst du, daß das viel ändern wird an mir und an dir und an dem mit uns? Ich kann es nicht glauben. Bis auf eines natürlich: wer zurückbleibt, bekommt es schwer. Auseinander aber kann es uns nicht bringen.«
Und ich sagte zu ihm: »Danke, Tom. Wenn du es glaubst, bin ich froh; und ich will es auch glauben.«
Tom sagte: »Im Grunde haben wir gehabt, was wir haben konnten. Länger wäre natürlich schöner. Und es gibt Sachen, die wehtun. Ich will ein paar unbedeutende nennen. Es reut mich zum Beispiel, daß ich nicht mehr darauf aus gewesen bin, dir etwas Geld zu verdienen; aber immer dachte ich mir, dazu wäre noch Zeit, wenn einem nichts Klügeres mehr einfiele. Ein bißchen bequemer hätte ich es dir gerne gemacht.«
»Hast du den Eindruck von mir, Tom, daß ich darauf aus war, es bequem zu kriegen?«
»Eben nicht. Gerade deshalb hättest du es verdient. Ein paar hübsche Sachen mehr, ich weiß in der Eile nicht genau was, ein paar Nettigkeiten. Denk sie dir selber; denk dir dazu, es sind die, von denen mir wehtut, daß ich sie dir nicht verschafft habe.«
»Danke«, sagte ich noch einmal, »und ich nehme sie für genossen an. Aber vermißt habe ich sie nie. Ich habe nie etwas vermißt, Tom, solange wir beisammen waren.«
»Vielleicht aber«, sagte er, »wirst du doch einmal etwas vermissen, wenn ich nicht da bin. Du wirst dann noch sehr jung sein. Du brauchst nicht zu denken, daß du deshalb auf immer allein bleiben müßtest.«
»Ich bin dann doch nicht allein. Das hast du eben selbst gesagt.«
»Du bist es nicht; aber es kann sein, du wirst dir allein vorkommen. Vielleicht hast du es schwer und könntest es leichter bekommen. Auf irgend eine Weise gehörst du mir doch.«

»Ich sage nichts«, antwortete ich, »es klänge billig, was ich sagen könnte. Ich bin froh, daß du weißt und glaubst, was du mußt.«
»Manchmal habe ich Angst«, sagte Tom, »wir könnten uns nicht alles gesagt haben. Aber ich glaube jetzt, daß kein Rest bleibt. Was nicht gesagt ist, braucht auch gar nicht gesagt zu werden.«
»Ich bin froh, Tom«, sagte ich, »ich bin froh –«
Und in dem Augenblick, als ich »ich bin froh« sagte, ruckte der mürrische kleine Zug, denn es bestand ja nicht viel Ordnung damals mit Abrufen und mit Winken, der mürrische Zug ruckte an, und Tom mußte aufspringen und konnte sich eben noch wenden und mir vom Trittbrett aus winken, solange wir etwas voneinander sahen, aber das dauerte nur einen Augenblick. Und das ist seltsam, daß »ich bin froh, ich bin froh« die letzten Worte gewesen sind, die ich zu ihm gesprochen habe. Man sah von dem Zug nichts mehr, es war so eine Frühwinternacht mit einem dünnen schmutzigen Schnee, der einen ärmlichen Schein gab; der Schein reichte nicht, um den Zug länger sehen zu lassen. Rauch; ich allein dort auf dem Bahnsteig und niemand mehr bei mir. Dort stand ich in dem Mantel, der aus dem seinigen alten gemacht war, und stand wie erstarrt, brauchte lange, bis daß ich merkte, wo ich war. Daß ich geblieben war, und bis ich mich darauf besann, daß ich Eile hatte, nach Hause zu kommen.
Und ich dachte später manchmal, wenn ich mich erinnerte: Alles klingt nach Geschwätz, was wir in solchen Augenblicken sagen können, und wir sollten uns doch nicht davor fürchten, es zu sagen, bloß weil es so klingen könnte. Mit unseren Worten ist es Geschwätz, Geschwätz in unseren Worten, scheinbar schnell fertig, scheinbar leicht fertig. Aber nur in unseren Worten. Auf seine Weise ist es alles wahr.
Ich kann mich doch nicht ablösen von etwas, das aus zweien bestanden hat, und nun wieder sagen: hier das bin ich, und dort ist nichts mehr; und dann kann dort auf einmal etwas anderes sein. Nicht, daß ich es mir verbieten wollte. Ich habe oft Menschen gesehen, die hatten Mühe, sich zu etwas zu zwingen, das ihnen ihr Gedanke für recht eingab, oder sich etwas zu versagen, von dem ihr Gedanke sagte, es sei nicht recht für sie. Ich sehe kein Recht und nichts Unrechtes. Ich sehe

nur, was ich kann und was ich nicht kann. Und ich konnte nicht.

Wenn ich mir sagte: du hast nie mehr von Tom gehört und von niemand etwas über ihn –, und mir sagte: du säßest in deinem neuen Glück da und hättest dich beholfen und es hätte dir geholfen, und er käme doch eines Tages wieder von irgendwo und vielleicht in zehn oder zwanzig Jahren, was dann? Es wäre ein Leid so groß, daß kein Glück rechtfertigte, es zu wagen. Wenn ich mir sagte: Setze den Fall, Tom ist noch irgendwo am Leben – dann ist er nicht gut daran, und seine Welt ist nur ein Stück von der Welt, eine armselige Scherbe. Dann will ich auch nicht das Ganze haben. Dann will ich auch nicht gut daran sein. Man soll sich nichts ausleihen. So groß ist der Vorrat gar nicht, von dem man abheben kann. Nein, die Welt ist nicht mehr ganz, sie kann nie mehr ganz werden. Ich weiß, daß ihm das nicht helfen kann. Ich weiß, daß ich damit nichts für ihn tue. Aber nach dem, was ich bloß weiß, kann ich mich nicht richten. Ich glaube nicht einmal, daß Tom lebt, glaube nicht, daß er wiederkommt. Ich glaubte es damals schon nicht mehr. Aber darauf kommt es gar nicht an.

Nein, ich konnte mich nicht richten nach dem, was ich bloß wußte und mir vorsagte, weil es vernünftig war. So sanitär ist die Welt nicht eingerichtet. Einmal kann Schluß sein, bevor der wirkliche Schluß ist. Und du mußt es aushalten. Bei manchen ist Schluß schon, bevor es angefangen hat. Schwarze Steine. Das lahme Mädchen in Neu-Spuhl hatte auch den schwarzen Stein. Warum? Wozu? Ungemäße Frage. Ohne Sinn. Das mit dem Sinn ist der falsche Schlüssel. Suchen auf falscher Frequenz nach Dingen, die nicht für uns bestimmt sind. Mehr steht uns nicht zu, als wir haben und gehabt haben.

Das alles habe ich mir gesagt, zuvor und damals und dazwischen und später, und manches stand gegeneinander und stritt sich. Aber noch etwas anderes begriff ich erst in dem Augenblick, als Diemut uns sah, mich und Soldner, und auf einmal stehen blieb und dann davonlief, Diemut, die es doch eigentlich kaum wissen konnte und es deshalb früher als ich gespürt haben muß, denn ich konnte es wissen: es war mir in dem Augenblick ganz deutlich, wie ähnlich er, Soldner, ihm, Tom, war, und warum ich mich immer gescheut hatte, ihn um etwas zu bitten und ihn noch einmal aufzusuchen, und weshalb ich dann nichts anderes mehr wußte als aus dem Saal zu laufen, nachdem er zu mir gesagt hatte: »Wenn Sie Ihre guten Geister bei sich haben, Herse –«

Sie fragten mich hinterher und wollten feststellen: »Können Sie angeben, Frau Andernoth, welches der Anlaß war, der Sie so aufgeregt hatte?« Und ich gab zur Antwort: »Das ist eine ganz andere Sache.«

25

DIE SCHNEIDERIN: NICHTS ALS EINE FORMSACHE, UND DANN: DAMENWAHL

Jener Tag hatte für Frau Andernoth schon schlecht begonnen. Ich meine den Brief: er muß mit der Morgenpost gekommen oder von einer Person, die Amtssachen austrug, zugestellt worden sein. Mit dem Tanzkleid für Diemut war ich spät dran und brachte es ins Haus um die Mittagszeit, damit Diemut, wenn sie aus der Schule kam, noch einmal probieren könnte. Als mich Frau Andernoth einließ, merkte ich gleich, daß Sie von etwas getroffen war. Diemut war noch nicht da, und wir traten zusammen in Frau Andernoths Zimmer. Auf dem kleinen Tisch, an dem Frau Andernoth schrieb und wo auch Diemut manchmal Schularbeiten machte, sah ich ein Schreiben offen daliegen. Kommt man viel in die Häuser, hat man eine Witterung. Sogleich spürte ich, es war etwas Besonderes in dem Zimmer, und das Besondere ging von dem Papier auf dem Schreibtisch aus. Das ganze Zimmer und alles darin war nur etwas Drumherum. Ich sah den Umschlag daneben und erkannte an der Farbe was Amtliches. Mehr sah ich nicht, denn ich hatte meine Brille noch nicht aufgesetzt.
Ich merkte auch sogleich, daß es Frau Andernoth darauf ankam, das Papier zu verbergen. Sie strich an dem Schreibtisch vorbei und warf wie zufällig ein Heft auf das Schreiben, ein großes Doppelheft von Diemut. Da lag nun das Heft, aber so, daß es den weißen Bogen nicht ganz zudeckte, die Ecken schauten drunter hervor. Und weil etwas von dem Papier ausging, machte mich das merkwürdig unruhig; nicht daß ich das Gelüste gespürt hätte, das Heft wegzunehmen und zu lesen, was dort stand; das nicht, obwohl Schneiderinnen alle neugierig sind; nein es zog mich in den Fingern, das Schulheft zu nehmen und zurechtzuschieben, bis auch die Ecken nicht mehr hervorschauten.
Inzwischen hängte ich das Kleid Diemuts, das ich gebracht hatte, über einen Stuhl, denn Frau Andernoth hatte gesagt: »Lassen wir Diemut hier probieren, es ist mehr Raum da, und wir sehen besser.« Wir sprachen auch ein paar Worte, und ich

hatte das Gefühl, als zwänge Frau Andernoth sich fortwährend. Aber der Zwang war ihr kaum anzuspüren, sie redete auf ihre freundliche und gelassene Art, die nur kühler wirkte als es in Neu-Spuhl der Brauch ist, wo alles ein wenig dick kommt. Sie war freundlich; mich beklemmte aber, daß gar keine Freude in ihr war. Daß sie sich auf den Ball freuen sollte, konnte man nicht erwarten, aber da war doch Diemut, und alle Mütter freuen sich, wenn sie ihre Töchter tanzen sehen. Dann ging sie einen Augenblick aus dem Zimmer.

Und während sie draußen war, gab es an der Glastür Stimmen; die Stimme Diemuts war dabei. Dann hörte ich nebenan Diemut in ihrem Zimmer herumfahren und etwas zu Boden werfen; und dann wieder aus dem Zimmer: »Ja, ja«, hörte ich sie hinter sich rufen, »es ist Ditta, und sie will nur eben mein Chemieheft« – kam hereingefahren, wo ich stand, und wartete neben dem Kleid auf dem Stuhl; sah das Kleid, grüßte und rief: »Oh das Kleid« und dann »Gleich, gleich«, und blickte herum und schoß auf das Heft los, das mir nicht gefallen hatte, wie es auf dem Brief lag, und wiederholte noch einmal: »Ditta will es mitnehmen –« und wurde schon langsamer in dem letzten Wort, das sie ein wenig hinauszog; und ich sah, daß sie stehen blieb und natürlich das Schreiben hatte sehen müssen und jetzt die Augen darauf geheftet hielt, eine Falte zwischen den Augen und das Heft gegen die Brust gedrückt. Dann erst mußte ihr zu Bewußtsein kommen, wie sie da stand und daß ich ihr zusah und daß hinter der halboffenen Zimmertür und in der offenen Glastür ihre Freundin auf das Heft wartete, und sie sagte noch einmal abwesend: »Ja, gleich«, und ging aus dem Zimmer langsamer und auf eine andere Art als sie gekommen war.

Frau Andernoth ließ von privaten Dingen wenig hören. Nicht so wie die meisten Kundinnen: wer in die Häuser kommt, kriegt viel mehr zu hören als ihm selber lieb ist; sogar für die Schneiderin kann es langweilig werden. Daß es bei Frau Andernoth in der Schwebe war, ob sie ihren Mann für tot erklären ließ, darauf kam einmal beiläufig die Rede. Ganz kurz, denn ich merkte, Frau Andernoth sprach nicht gern darüber.

»Es ist doch bloß eine Formsache«, sagte ich zu ihr.

Und sie sagte: »Ich weiß. Und es käme Diemut vor allem zugute. Aber gerade Diemut würde es nicht begreifen wollen.«

Ich glaube nicht, daß Frau Andernoth ihren Entschluß gefaßt und das Verfahren eingeleitet hat, ohne mit Diemut zu sprechen. Trotzdem kam dieses Schriftstück unglücklich in dem Augenblick, in dem sich Mutter und Tochter für einen Ball fertig machten. Da brauchte es kein übertriebenes Zartgefühl, wenn Frau Andernoth es gern auf die Seite gebracht hätte.
Jetzt, als Diemut hinaus war und die Tür immer noch halb offen stand, brauchte ich nicht einmal einen Schritt zu machen oder mich auf die Zehen zu stellen und den Hals zu strecken: ich hatte meine Brille auf und konnte gar nicht anders, als daß ich es sah; es war die Erklärung. Ich trat schnell noch einen Schritt weiter ab und richtete es so ein, daß ich mit dem Rücken zum Zimmer stand, als Frau Andernoth wieder hereinkam. Ich hatte das Kleid auf den Arm genommen, ich hielt es ans Licht und machte mir dran zu schaffen. Aber das nützte ja nicht viel. Ich hörte, wie ihr Schritt einen Augenblick stockte und wie sie dann zu dem Schreibtisch weiterging; das Schurren einer Schublade, die sie auszog, klang müde, und der Klaps, mit dem sie die Schublade wieder zustieß, hatte einen schmerzhaften Ton. Dann kam sie zu mir ans Fenster und sagte mit ihrer ruhigen, enttäuschten Stimme: »Also dann das Kleid.«
Sie war nicht bei der Sache, obwohl sie immer dieses Gesammelte hatte, und Diemut, als sie wieder hereinkam, war es auch nicht. Sie kam anders als vor ein paar Minuten. Es tat mir weh, daß sie nicht bei der Sache war, denn Handwerk will gern gelobt sein. Und wenn auch Diemut zu denen gehörte, die nichts Besonderes an sich bemerken und gern anders aussehen möchten als sie sind, und zwar meistens so gewöhnlich wie die andern, die was drum gäben, wenn sie ungewöhnlich wirkten: das Kleid mußte ihr doch gefallen. Aber sie war nicht bei der Sache wie ein junges Mädchen bei der Sache sein sollte, wenn es sein Tanzkleid probiert.
Auf dem Ball tanzte mehr als ein Kleid, das aus meiner Hand kam. Trotzdem hatte ich den ganzen Abend ein Auge auf Diemut. Korfiz, das Männchen, hatte sie ja als Dame. Auch Frau Andernoth sah ich den ganzen Abend. Sie saß an einem Tisch neben mir, einem der Tische mit alleinstehenden Frauen. Das findet sich gewöhnlich so, die Familien halten sich zu Familien; wer allein ist und übrig, gerät zu anderen, die auch

allein und auch übrig sind. Zu meinem Ärger kam an meinen Tisch Frau Rakitsch, als eben noch ein Platz frei war. Eine unangenehme Person, wenn auch großartig und mit guten Manieren; ich glaube, niemand mochte sie gern am Tisch. Wer sie eingeladen haben soll, kann ich mir gar nicht denken, oder wer ihr sonst Zugang verschafft hat. Aber sie legte ja Wert auf Anschluß, vor allem wollte sie mit Leuten gesehen werden, die für ruhig und für seriös galten.
Ich komme in die Häuser, aber wenig hinaus. Ich muß annehmen, daß diese Tanzerei anfing und ablief wie andere ähnliche Tanzereien. Nicht viel Besonderes daran außer eben dem Besonderen für eine Mutter, wenn sie ihrem Kind zusehen kann, wie es sich bewegt und wie es handelt und aufgenommen wird unter anderen Menschen. Das Merkwürdige ist ja, eine Mutter hat so eine Möglichkeit gar nicht oft. Sobald einmal die Zeit um ist, in der ein Bürschchen auf dem Fußboden rutscht oder seine Spiele in einem Höfchen treibt, wohin sie blicken kann, weiß sie immer weniger von ihm.
Von einer gewissen Zeit an fiel mir Frau Andernoth auf. Ich habe mir das nicht nachträglich eingebildet. Aber von einer gewissen Zeit an war sie verändert. Kommt man viel in die Häuser, so entsteht eine Witterung dafür, ob etwas sich zusammenzieht. Wie ich am Vormittag das mit dem Brief gleich gespürt hatte, merkte ich auch, es war jemand im Saal neu hinzugekommen. Ich blickte mich um, und nach einer Weile war es mir deutlich: Soldner. Ich merkte gleich, er und Frau Andernoth hatten miteinander zu tun. Nicht weil er an ihren Tisch kam; er war vorher schon eine ganze Zeit dagewesen; ich merkte es, während er herumging und bald da bald dort einen freien Platz einnahm. Dazwischen stand er auch auf und tanzte.
Endlich kam er zu Frau Andernoth, grüßte und redete mit ihr, und dann erhob er sich wieder, aber nicht um mit ihr zu tanzen, sondern er blickte sich um und sah, daß Diemut an ihrem Tisch saß – wenn nicht Korfiz mit ihr tanzte, saß Diemut meistens. Und Soldner ging hin und holte Diemut und tanzte mit ihr, und als er sie an ihren Platz geführt hatte, holte er Frau Andernoth und tanzte mit ihr die drei Tänze, welche die Kapelle jedesmal hintereinander spielte. Soldner und Frau Andernoth kamen nicht zurück, sondern ich sah sie gehen und

stehen bleiben, und er sprach zu ihr. Als die Musik wieder einsetzte, fingen sie wieder zu tanzen an.
Soldner war genauso etwas anzumerken wie Frau Andernoth. Sie tanzten jetzt das zweitemal, und Frau Andernoth schien wenig zu sprechen, nur Soldner sprach. Vielmehr er redete auf sie ein, halblaut, man sah seine Lippen sich nicht viel bewegen, und sie antwortete gar nicht oder nur mit einer Wendung des Kopfes. Es fiel mir dabei auf, daß Frau Andernoth das, was um sie herum war, zu vergessen schien, anders als ich es von ihr kannte. Als die nächsten drei Tänze auch um waren, brachte er Frau Andernoth immer noch nicht zurück.
Zu meinem Ärger mußte ich mich die ganze Zeit mit dieser Frau Rakitsch unterhalten. Daß mein Korfiz ihrem Sohn Mathematikstunden gegeben hatte, war ihr ein Anlaß zu tun, als wären wir alte Bekannte; sonderbarerweise wußte sie über diesen Unterricht Bescheid, obwohl sie sich sonst nicht um den Sohn kümmerte. Sie führte ein großes Wesen und redete laut und ungeniert und fast so, als ob wir bei ihr zu Besuch wären und sie das Wort zu führen hätte. Ein aufdringliches, stolzes Weib, das regieren wollte, mit ihren in die Stirn geklebten Löckchen und ihrem runden Kinn und den Steinen an vielen Fingern. Sie hatte eine bestimmte Gewohnheit: es konnte jemand vorbeigehen oder vorbeitanzen oder auch ruhig an seinem Platz sitzen, nur daß er ihr gerade ins Auge fiel; – so unterbrach sie sich plötzlich oder unterbrach auch mit einer Handbewegung das Gespräch, nur um mit einer besonderen Betonung den Namen des Betreffenden zu nennen, genauso, als wüßte ihn nur sie und sonst niemand. Sie sagte also etwa: »Andernoth. Frau Andernoth –« und ließ eine Pause dahinter, der nichts mehr folgte, von der aber jeder denken mußte, diese Pause bedeute etwas ganz Bestimmtes, und zwar etwas, das nur Frau Rakitsch ganz allein wisse oder sagen könne. Und alle mußten dann zu der Person hinblicken, die Frau Rakitsch nannte; es war, als hätte Frau Rakitsch die Leute alle zusammenbestellt, um sie sich gegenseitig vorzuführen. Und sie rauchte viel, schwenkte ihren Kopf und schüttelte ihre vielen Steine.
Auch nahm sie Korfiz in Augenschein, der ja einmal an den Tisch kommen mußte. Als er weggehen wollte, rief sie ihn zu sich und fing noch einmal eine Unterhaltung mit ihm an. Und

kaum daß sie ihn entlassen hatte, lobte sie ihn heraus bei den Leuten am Tisch, als wäre Korfiz etwas ganz Besonderes, nein als hätte sie etwas dazu beigetragen, daß mein Korfiz so geworden war. Und immer jedes Wort so, daß das Gefühl entstand, sie sage mit diesem Wort auch noch etwas anderes, und etliche seien schon da, die wüßten, was sie damit meine. Einmal, als ich aufgestanden und zu einem anderen Tisch gegangen war, jemand zu besuchen, sah ich zurück und sah Korfiz schon wieder bei der Rakitsch, die ihn gerufen haben mußte. Während sie mit ihm redete, saß mein Korfiz rot da und grinste, wie ein Bursch so grinst, wenn er in Verlegenheit ist und gern weiter möchte.

Als ich nachher im Saal Korfiz traf, nahm er mich beiseit: »Mutter, was soll ich machen? Die Frau hat mir zwanzig Mark geschenkt.«

Das Malefizbübchen, dachte ich, der Pechvogel. Mal stehlen sie ihm sein Geld, mal kriegt er's geschenkt von wo er bestimmt nichts haben will. Es war mir so unangenehm wie ihm, daß Frau Rakitsch ihm Geld geschenkt haben sollte. »Wie kommt sie denn drauf«, sagte ich, »wie hat sie es denn machen können?«

»Sie hat allerhand mit mir gesprochen. Sie lobte mich wegen der Mathematikstunden und machte dann weiter: Sind Sie nicht mit der kleinen Andernoth da? Ich kenne sie doch – wir wohnen ja im gleichen Hause. – Und sie sagte: Hochanständig, ganz was Seriöses. Dann die Dame, die ihre Mutter ist, Frau Andernoth. – Und dann beugte sie sich vor und sagte vertraulich so was wie: Augenblick mal –, als ob sie mir was vom Anzug pflücken oder zurechtzupfen wollte, ganz nahe, so daß ich ihren großen, gewellten Kopf roch, und schon hatte sie mir etwas oben ins Täschchen gesteckt und flüsterte mir ins Ohr: Damit Sie eine Reserve haben, junger Mann. Sie haben die Schönste von allen bei sich und wissen es vielleicht selbst nicht einmal. Eine solche Dame muß man auch bewirten können. – Und ich wehrte mich, aber ich wußte nicht, wie weiter, und sie schob mich fort und sagte: Gegen mich können Sie nichts machen, denn ich bin Frau Rakitsch. Erstens ist mir das ein Spaß, zweitens bin ich ohnedies in Ihrer Schuld. Gehen Sie jetzt, junger Mann, versäumen Sie keine von Ihren Pflichten.«

Und ich horchte zu und war erzürnt, wie die Frau mit den Leuten umsprang, aber am Ende sagte ich auch: »Im Augenblick kannst du nichts dagegen tun.«
Darüber war mir Frau Andernoth aus den Augen gekommen. Erst etwas später bemerkte ich sie wieder, und noch immer war Soldner bei ihr. Der Saal, in dem getanzt wurde, hatte an seinem einen Ende Schranken, eine Art Brüstung gegen einen kleinen Vorraum hin, und von dort führten Flügeltüren ins Freie. Diese großen Flügel wurden aber nur geöffnet, wenn in dem Saal Versammlungen stattfanden oder sonst Andrang bestand, jetzt waren sie geschlossen; man betrat den Saal nur von dem Korridor aus, jenseits dessen die Wirtschaft lag. Zwischen den Schranken und den Außentüren waren ein paar Korbsessel herumgestellt, aber Soldner und Frau Andernoth hatten sich nicht niedergesetzt. Sie standen, und ich sah Frau Andernoth nicht sofort, weil Soldner sie fast verdeckte. Soldner stand mit dem Rücken gegen den Saal und den Arm gegen einen Pfeiler gestemmt, so als verwehre er ihr mit dem Arm, zurückzugehen oder überhaupt zu gehen, wohin sie wollte. Sie stand ihm nicht gegenüber, sondern seitlich, so daß ich nur ihr Haar und ihre Schläfe und ihre Wange sehen konnte und ich sah, wie sie einen Zug aus einer Zigarette nahm, so daß ihre Wange sich einzog und es auf der Wange einen Schatten gab. Es fiel mir auf, daß sie rauchte; bei sich zu Hause rauchte Frau Andernoth nie. Und auf der Brüstung neben ihr standen Töpfe mit Grünzeug, Metzgerpalmen, wie wir sie nennen, tristes grünes Zeug. Sie bewegte einmal den Arm und stieß gegen das grüne Zeug, ich sah es schwanken.
Inzwischen war im Saal ausgerufen worden: Damenwahl. Ich stand da immer noch bei Korfiz und dachte sofort, als ich das Wort hörte: Jetzt muß Diemut Andernoth kommen und Korfiz holen, das gehört sich doch. Und ich sah mich um und sagte: »Deine Dame, wo bleibt sie denn?« Aber Korfiz antwortete: »Es ist doch die zweite Damenwahl. Mit mir hat sie schon getanzt.«
Im gleichen Augenblick sah ich Diemut im Saal. Weil der Tanz schon begonnen hatte, strich sie zwischen Paaren durch, die schon tanzten, und sie ging gegen andere, die sich zu der Fläche hindrängten, und man konnte sehen, daß sie Ausschau hielt nach jemand, den sie nicht gleich fand.

Endlich fiel ihr Blick auf Soldner. Es war zu merken, daß sie ihn gesucht hatte. Sie mußte ihm ja einen Tanz heimgeben; so war sie unterwegs, eifrig und eilig und ein bißchen befangen wie junge Mädchen hingehen, um einen älteren Mann aufzufordern, der dazu ihr Lehrer ist. Sie steuerte auf ihn zu und machte eine kleine Schwenkung, so daß sie von vorn auf ihn zukommen sollte. Da erst muß sie gesehen haben, daß Soldner dort nicht allein stand, und dann, mit wem er dort stand, und dann, auf welche Art.
Ich sah sie stehen bleiben und einen Augenblick starr werden ganz ähnlich wie am Vormittag, als sie das Chemieheft von dem Schreiben gezogen hatte, in dem ihr Vater für tot erklärt worden war, und mit den Augen suchen und dann einen völlig verschreckten Ausdruck annehmen. Ich sage verschreckt, denn mehr als ein Erschrecken war es, übermäßig, mehr ein Entsetzen, so wie man sich vor etwas entsetzt, das man nie gesehen und mit dessen Möglichkeit man nie gerechnet hat und von dem man auch nicht weiß, wie es ertragen. Und mir fiel, wie sie da stand, als wollte sie versteinern, ganz schnell ein, was ihre Mutter gesagt hatte: Es ist wegen Diemut. Diemut würde das gar nicht begreifen – und ich meinte zugleich, ich könnte auf dem Gesicht Diemuts lesen, was ihr durch den Kopf schoß: Ach so, ach so. Ach so, darum, und darum der Totenschein. Das geht schnell.
Sah sie so stehen und dann Soldner eilig sich umwenden, dem wohl Frau Andernoth ein Zeichen gemacht hatte. Das Kleid, das ich genäht hatte, und an dem soeben jede Falte starr stehengeblieben war, fing auf einmal an zu flattern. Und ich sah Diemut, ehe noch Soldner sich ganz umgewendet hatte, zurückfahren und sah sie dann rennen zwischen den Paaren durch, die mir immer wieder den Blick verstellten, davonrennen immer geschwinder und offenbar ohne einen Plan, wohin, und im Rennen auf der Suche nach einem Vorsatz, wo sie hinwolle. Ich sah sie sogar durch die eine Saaltür verschwinden, die in den Korridor führte, und sah sie wieder auftauchen in der oberen Saaltür und noch immer nicht einhalten oder sich irgendwo niedersetzen; sie wollte nichts als im Trab bleiben und sich nicht fangen lassen und wollte vortäuschen oder zeigen, daß sie nach irgend jemand oder irgend etwas auf der Suche sei; und plötzlich mußte ich zu Korfiz sagen:

»Paß doch einmal auf, sieh zu, wie Diemut Andernoth da herumfährt. Geh einmal hin und sieh nach ihr.« – Korfiz sagte: »Das sieht aber komisch aus, Mutter, wenn ich ihr nachlaufe. Es ist doch Damenwahl.« – Und ich sagte wieder: »Geh, das ist gleich. Geh ihr trotzdem nach.«
Korfiz tat, was ich sagte, und das Weitere konnte ich nicht selber sehen; ich habe es nur von ihm: wie er hinter Diemut herlief und sie schon wieder aus der Tür strich, und draußen sah er sie schon mit Bibi Jenisch, die das schulterfreie Kleid trug; ausgerechnet Bibi Jenisch hatte sie untergefaßt und zog sie mit sich irgendwohin, als sollte es ein Gelächter geben über etwas, und kreiselte einmal herum mit Bibi Jenisch, und dann stießen sie auf Drautzmann. Es war ja inzwischen schon spät geworden und alles lockerer, jeder schwirrte herum, suchte irgendwen oder kam von irgendwoher. Und sie stellte sich dreist mit Bibi Jenisch am Arm vor Drautzmann hin, daß der anhalten mußte, und Korfiz hörte sie sagen: »Damenwahl. Du kannst nicht ausweichen. Aber wir sind zu zweit, und was willst du machen zu dritt ohne eine, was willst du machen?« Und Korfiz wunderte sich, daß sie die Sprüche gebrauchte, wie sie damals unter den Burschen umgingen. Drautzmann sagte sofort: »Das ist nicht schwierig. Machen wir es als kleinen Ausflug und gehen einen nehmen bei mir zu Hause. Es ist ohnedies niemand da. Das ist doch nicht die Welt.« »Das ist nicht die Welt«, rief Diemut, »ganz unsere Meinung, Bibi. Das ist durchaus nicht die Welt. Aber macht ein bißchen, rasch muß es gehen, wenn wir mitmachen.« – »Gole hat den Wagen«, sagte Drautzmann, »geht nur nach draußen, ich bin sofort mit ihm da.« Und sie fuhren aus dem hinteren Hof und zu Drautzmann. Mit Drautzmann und Gole gingen öfters nach den Tanzstunden ein paar, um was zu trinken. Freilich früher war Diemut Andernoth nicht dabei.
Und dann fiel Korfiz noch etwas anderes ein, und er sagte: »Mutter, hör, Rakitsch sitzt draußen.«
»Was?« sagte ich, »Rakitsch? Ich denke, den seid ihr los, und er sitzt in Grethen und lernt Klaviere bauen.«
»Ja, aber ich bin ihm doch begegnet; er hat mich nach dem Ball gefragt und nach allem. Jetzt sitzt er draußen, und sein Roller steht vor dem Haus.«
»Und seine Mutter sitzt innen. Sie sitzt an meinem Tisch.«

»Ja, aber sie weiß nichts von ihm; ich glaube auch nicht, daß er zu seiner Mutter will. Erst sei er in der Wirtschaft gesessen, sagen einige, aber die Wirtschaft hat jetzt eben geschlossen, und in den Saal kommt er nicht herein. Er ist auch nicht angezogen. Sie haben dem Personal gesagt, man soll ihn nicht hereinlassen.«

»Ja, aber wo denn da?« fragte ich. »Du sagst: draußen!«

»Er sitzt jetzt draußen auf der Staffel vor den großen Saaltüren, die verschlossen sind. Ich habe ihn selber gesehen.«

26

DITTA: DURCH DAS FENSTER DA, UND NOCH NICHT MAL BIS DREI

Diemut kann nicht gewußt haben, daß Rakitsch sich draußen herumtrieb. Davon habe nicht einmal ich gewußt, und ich weiß doch gewöhnlich, was los ist. Nur ein paar haben ihn gesehen. Und es ist Blödsinn, wenn es nachher hieß, Diemut sei aus Angst vor Rakitsch mit den Klöpplern fortgefahren. Nein, in einer verrückten Laune war sie. Bibi Jenisch wollte, sie habe mit ihrer Mutter Streit gehabt. Das kann sein. Vielleicht war es ihr auch einfach zumut wie damals auf dem Karussellplatz: »Hast du eine Ahnung. Ich möchte mal ganz toll lustig sein.«
So was schrecklich Lustiges können die Klöppler nie zuwege gebracht haben. Wenn sie vorher oder nachher sich aufspielten und herumstiegen und es hieß »einen nehmen, damit Stimmung entsteht« oder »kleinen Männerulk machen«, so meinten manche in der Klasse und vor allem Mädchen, wunder was. Aber was soll schon gewesen sein? Ich habe mich nie mitnehmen lassen wie zum Beispiel Bibi Jenisch gewöhnlich oder Thilde Matz, und nicht für einen Wald voll Affen hätte ich mir von so einem Schnösel in den Ausschnitt langen lassen, von dem ich mir klar bin, daß er's bei jeder probiert. Da weiß ich besser, was man haben kann. Viel mehr als so was kann nicht los gewesen sein, und wenn dann noch das Radio lief, kamen sie sich vor wie auf der Leinwand.
Bibi Jenisch machte sich aus dem allem nicht viel, aber es machte ihr auch nichts aus. Als Diemut draußen auf dem Gang ihr entgegenfuhr und den Drautzmann stellte, war ihr egal, ob sie mitkam oder dablieb, sie wunderte sich nur darüber, daß Diemut Andernoth partout einen Ausflug machen wollte. Daß Drautzmann den Zopf studierte, das wußte sie.
Es war alles dummes Zeug, und natürlich hatten sie gar nichts Besonderes vor. Sie können sich nichts vorgenommen haben, denn ein paar Minuten vorher wußte noch niemand etwas von der Unternehmung. An allem war Gole Groepsch schuld. Gole war gutmütig, aber so dumm wie Stroh und dem Drautzmann

ergeben: er dachte, sich großzumachen und dem Drautzmann einen Gefallen zu tun. Was ich weiß, habe ich von Bibi Jenisch, und die mußte es ja wissen, weil sie die ganze Zeit dabei war.
Bibi Jenisch also war aufgestanden und mal hinausgegangen, kaum daß sie oben Platz genommen hatten und Drautzmann die Hausbar hatte anfahren lassen und die Beleuchtung auf intim gestellt. Da stand Gole Groepsch, als sie zurückkehren wollte, auch außen und paßte sie ab. Er sagte, sie wollten jetzt mal einen kleinen Jux machen. Bibi sagte: »Von mir aus, wenn ich nichts dazu herzugeben brauche. Aber von mir kriegst du heute jedenfalls nichts.« Und Gole zeigte ihr aus seiner Tasche den Schlüssel zu dem Gartenzimmer, in dem Drautzmann und Diemut jetzt saßen, und den er abgezogen hatte.
Im Hause war alles verreist außer dem Mädchen, das hinten hinaus schlief, und Gole kannte sich aus, weil sie immer dort zusammen waren. Als er die Sicherung herausgedreht hatte, sagte Bibi zu ihm: »Mein Gott, ist die Walze alt. Könntet ihr nicht mal was Neues erfinden?« Und zugleich hörten sie schon drinnen Diemut laut etwas zu Drautzmann sagen.
»Gib mir eine Zigarette«, sagte Bibi, »damit ich nicht gähnen muß. Hoffentlich ist euer Ulk bald zu Ende.«
Und solange sie anzündete, hörte man drinnen Diemut wieder sprechen. Sie standen jetzt beide an der Tür, und Gole kicherte und wollte Bibi zu fassen kriegen und sagte: »Was denkst du, Bibi, die drin machen jetzt was, sollen wir da nichts machen?« Aber sie stieß ihm den Ellbogen in den Magen und sagte: »Sei still, ich will hören, wie der Zopf sich anstellt.«
Und sie horchten. Nach dem, was Bibi sagte, glaube ich gar nicht, daß Drautzmann etwas probiert hat. Gole war dumm wie Stroh, aber Drautzmann war nicht dumm. Ich glaube, daß Drautzmann das ganze Ding nicht recht war. Sie hörten ihn, wie er sagte: »Ich kann doch nichts dafür. Das ist Gole, der meint, er müsse einen Ulk machen.« Und dann hörten sie ihn sogar rufen: »Gole, Bibi, verdammt, macht doch Licht und macht die Tür auf, ihr Affen.«
Bibi sagte zu Gole: »Mach schon auf, wo soll denn da ein Witz sein?« Aber Gole dagegen: »Ach wo, das sagt Menne bloß, damit sie ihm glaubt, daß er wirklich nichts dafür kann. Jetzt wird es doch erst lustig.«

Weil der Strom weg war, ging natürlich auch das Radio nicht mehr, und sie konnten jeden Laut hören. Diemut sagte heftig: »Wenn nicht gleich Licht wird und sofort die Tür auf, so gehe ich durch das Fenster da. Ich zähle nicht mal bis drei.«
Und Drautzmann rief noch einmal: »Warte doch, sei nicht verrückt, ich kann doch nichts dafür«, und weiter: »Gole, du Rindvieh, mach Licht; meinst du, ich will eine Scheibe bezahlen?«
Und erst da, sagte Bibi, habe sie angefangen, sich zu ärgern, stand mit dem Rücken zur Tür und sog an ihrer Zigarette und sagte: »Soll sich doch nicht so aufregen, das dumme Tier. Was gibt's da schon sich aufzuregen?«
Aber Diemut muß außer sich gewesen sein, und ich denke, sie war es nicht bloß wegen des Lichts und der verschlossenen Tür, das brauchte sie ja nicht so aufzuregen, als deswegen, weil jemand was mit ihr machen wollte, wozu sie nicht gefragt worden war, und vielleicht auch wegen des Streits mit ihrer Mutter. Sie wartete nicht, sondern draußen hörten sie jetzt den Knall und das Splittern, so als falle ein schwerer Schrank voll Geschirr aufs Gesicht und platze. Und noch immer hinterher lösten sich Stücke von Glas und fielen herab und klirrten. Bibi sagte: »Menschenskind, das große Fenster. Das habt ihr hingekriegt.«
Als sie hineinkamen, stand drinnen bloß noch Drautzmann allein und hatte ein Feuerzeug angedrückt und leuchtete, und sie sahen die ganze Wand gegen den Garten hinaus, die aus Glas war, in Trümmern. Und Bibi sagte noch einmal: »Menschenskind, der Zopf. Jetzt könnt ihr blechen.« Und Drautzmann sagte zu Gole: »Mach wenigstens jetzt das Licht an, damit wir was sehen, du Idiot.«
Bibi kannte den Tisch, den Diemut geschmissen hatte, ein kleiner eiserner Tisch mit einer gekachelten Platte, der lag jetzt in dem Loch mit den Beinen nach oben, und die Pflanzen, die vor der Scheibe gehangen hatten, hingen zerrissen, und die Pflanzen unten lagen zerschnitten und zerdrückt, und überall die Scherben dazwischen. Und sie guckten durch das Loch in die Schwärze, und Drautzmann sagte wieder: »Du Rindvieh, Gole. Was sollen wir jetzt sagen, was passiert ist, und wer soll das bezahlen? Jetzt kannst du was von deinem Konto abheben, du Hammel.« Und Gole: »So sagst du jetzt. Euch im

Wagen heraufzufahren, dazu bin ich recht gewesen, und jetzt soll ich dein Fenster bezahlen. Schick doch die Rechnung der, die's kaputtgeschmissen hat.« Und Drautzmann wieder: »Du Hammel, du Hammel.«
Aber plötzlich fiel es ihm ein oder er merkte schon etwas, und er lief auf einmal zu dem Loch hin und rief durch die Scherben: »Hallo, hallo, wart doch ab, he, bleib stehen, Diemut, bleib stehen –« und sagte ins Zimmer zurück: »Du Hammel. Nachts läuft doch der Hund draußen frei.«

27

DAS LAHME MÄDCHEN: DIEMUT UND IHRE MUTTER KONNTE MAN VERWECHSELN

Daß zwischen Diemut und ihrer Mutter etwas aufgekommen war, weiß ich. Herse Andernoth sagte es selbst, als sie mich zu dem letzten Spaziergang abgeholt hatte oder vielmehr mich fuhr: »Es ist nicht wie früher. Aber es wird sich auch verwachsen.« Das sagte sie mit einer trockenen Stimme, einer Stimme voller Geduld; ich denke mir, daß ein Mensch so spricht, wenn er meint, daß nichts, gar nichts verschenkt wird, und daß die Erwartungen eitel sind, und daß Belohnungen nicht stattfinden; und wenn er trotzdem sich vorgenommen hat, daß er leben will und nicht aufgeben.

Es muß angefangen haben, als Diemut von dem Ball fortlief, ohne ihrer Mutter etwas zu sagen, so eilig, daß sie nicht einmal ihren Mantel mitnahm. Zu den Drautzmanns paßte sie ja nicht; es heißt jedenfalls, daß sie dann wieder mitten in der Nacht verschwunden war und in ihrem Kleid den Gartenweg hinunterlief, und daß Drautzmann ihr noch nachgerufen habe: »Der Hund: Paß auf den Hund! Der Hund läuft nachts frei draußen!« – Wahrscheinlich hörte sie im gleichen Augenblick auch selber den Hund und wollte deshalb den Weg abkürzen quer über die Wiese der Mauer zu. Die Mauer muß dort auf der Innenseite so niedrig sein, daß man mit einem Tritt obenstehen kann; aber nach außen gegen die Straße fällt es ein paar Meter. Und weil sie den Hund hinter sich hörte, trat sie auf die Mauer, und als der Hund herankam, sprang sie.

In ihrer Aufregung kann sie nicht achtgegeben haben, ob unten etwas kam, sondern sie sprang hinunter in ihrem hellen Kleid und strauchelte auf die Fahrbahn hinaus; das Auto, das um die Ecke kam, fuhr gerade gegen sie.

Der Fahrer hatte natürlich auch nicht achtgegeben um eine solche Zeit und in einer ganz stillen Straße, in der er nicht damit rechnen konnte, daß überhaupt ein Mensch unterwegs war. Damit, daß in der Nacht jemand über eine Mauer geflogen kommt, braucht einer noch weniger zu rechnen. Der Wagen schleuderte sie zur Seite und bremste sogleich, ich kann

mir denken, daß der Fahrer zu Tode erschrak, als er sie liegen sah in ihrem weißen Kleid und mit den Blutflecken überall. Sie muß einen Augenblick betäubt gewesen sein, der Fahrer brachte sie zu sich, ein Taxifahrer, der von einer Fahrt zurückkam, und sonderbar, ich kann das sehen, obwohl ich ja nicht dabeigewesen bin oder mir jemand es berichtet hätte: wie Diemut dann neben dem Fahrer saß und sich mitnehmen ließ, ganz starr und abwesend und ohne ein Wort zu sagen, und wie sie ihre beiden blutenden Hände hoch hielt und von sich weg und von ihrem Kleid weg, obwohl doch das Kleid schon voller Flecken gewesen sein muß. Der Taxifahrer brachte sie sofort in das Krankenhaus.
Ich mag nicht an das horoskopische Zeug in den Ecken meiner Illustrierten glauben. Glaubte ich an das Zeug in den Ecken, ich hätte Anlaß genug, die Vorfälle damals darauf zu reimen. Das Zeug ist so abgefaßt, daß es immer auf irgendeine Weise paßt. Und doch kommt mir vor, als gäbe es manchmal einen Tag oder sogar eine Stunde, in der es auf einen Menschen abgesehen ist oder auf ein paar zugleich, ob sie nun miteinander zu tun haben oder nur meinen, sie hätten miteinander zu tun, oder ob sie gar nichts voneinander wissen. Denn um eben diese Zeit lauerte ja auch Rakitsch, und daß Diemut sich ganz woanders befand als Rakitsch vermuten konnte, und daß Rakitsch ihre Mutter mit ihr verwechselte, das sehe ich für Zutaten an. Die Kralle war erhoben.
Diemut und ihre Mutter zu verwechseln, das war nicht außer der Reihe. Rakitsch hatte sie ja schon einmal verwechselt. Sie waren beide gleich groß oder vielmehr beide weder groß noch klein und von dem gleichen Wuchs. Herse Andernoth war ja noch jung, und dann war es dunkel, und vor allem hatte Herse Diemuts Mantel über und sogar die Kapuze hochgeschlagen, weil es ein wenig zu regnen anfing.
Herse muß auf einmal unruhig geworden sein und angefangen haben, nach Diemut zu suchen. Von Rakitsch hat auch sie nichts gewußt, sonst hätte sie sich anders verhalten. Eher vermute ich, daß sie mit Diemut sprechen wollte, und ich vermute, wegen Soldner. Sie hat mir das nie gesagt, aber ich weiß es.
Herse ging also hinaus, ebenfalls ohne die Absicht, lange auszubleiben, sonst hätte sie wohl nach ihrem eigenen Mantel

gesucht. Zu ihrem eigenen Mantel zu gelangen, war aber umständlich, weil für die Erwachsenen und die Gäste eine Garderobe eingerichtet war; die Sachen der Burschen und der Mädchen hingen aber offen im Flur. Sie nahm Diemuts Mantel und warf ihn über, indem sie hinaustrat, offenbar ein wenig planlos. Was wollte sie draußen suchen? Aber sie war sehr unruhig, das geht aus allem hervor.

Ich weiß nicht, ob die Nacht oder das Gras oder die Bäume einen trösten können, wenn man in Unruhe ist. Mich selber tröstet die Nacht manchmal oder auch der Nußbaum in meinem einen Fenster, der so viel älter als ich ist und den es noch geben wird, wenn ich selbst längst nicht mehr da bin. Mich tröstet manchmal ein Streif am Himmel, ein bißchen Sonne, das bald schwinden wird auf dem Gesims. Ich lese in meinen Zeitschriften dann und wann, daß die Natur tot sei und uns heute nichts mehr zu sagen habe außer im Reagenzglas oder im Versuchsprotokoll. Und ich frage mich, was dabei mit Natur gemeint sei und wer so redet und schreibt. Bei mir sind es die paar Tage, die ich noch weiß aus der Zeit, in der ich gehen konnte, und die paar spärlichen aus der späteren Zeit, in der ich nur noch selten ins Freie kam. Ich besinne mich auf den Abend des Tages, an dem sie mich mit hinaus nach Nonn genommen hatten, eines Tages ganz ähnlich dem, an dem auch Diemut in Nonn gewesen ist. Es war Abend, und ich glaube, daß niemand etwas an diesem Abend auffiel, aber die Sonne war eben hinab, und über den hohen bleichen Feldern bräunte sich der Himmel, und höher hinauf wurde der Himmel grün, und der erste Stern trat aus, und ein Geruch, eine Wärme strömten aus den Feldern. Ich meine manchmal, ich spüre die Wärme, den Geruch noch auf meiner Haut, auf der Haut meiner Hände, die in meinem Schoß lagen. Und ich mußte zu mir sagen und mich fragen: was ist das? und als ich nachgedacht hatte, gab ich mir selbst Antwort: es ist die Herrlichkeit. Und als es fortging und ich zu spüren anfing, daß ich nichts mehr war und um mich herum alles, und weil ich zu dem allem gehörte und merkte, daß ich nun nichts mit allem und alles mit nichts vertauscht hatte, sagte ich weiter zu mir: nein, es ist nicht genug. Nicht nur die Herrlichkeit, es ist auch die Kraft. Und endlich sagte ich mir: es ist alles zusammen, es ist, was im Gebet gesagt ist, das Reich und die Kraft und die

Herrlichkeit. Mir kann nichts geschehen, was nicht schon geschehen wäre; und alles, was je geschehen ist, gehört mir.
Aber ich kann mich wohl nicht mit Herse Andernoth vergleichen. Aus mir selber kann ich die Unruhe nicht kennen, in der Herse Andernoth fortging, und in der die Luft und das Gras und der Wind in den Bäumen sie hätten trösten sollen. Außerdem gab es da draußen auch nicht viel Trostreiches der Art; nur zertretenes Gras, auf das der Schein der Leuchtröhren herunterfiel, und in dem Zigarettenschachteln und Bonbonpapiere herumlagen, und die mageren Vorstadtbäume, und die Nacht überhaupt nicht vor dem weißlichen Straßenlicht.
Herse Andernoth hat mir erzählt, wie es war, natürlich nicht sehr ausführlich. Und natürlich habe ich auch zu lesen bekommen, was in den Zeitungen gestanden hat und was sie bei den Untersuchungen aussagen mußte, und die Zeitungsleute werden das Ihre dazugemacht oder weggelassen haben; es muß eine Quälerei für sie gewesen sein. Obwohl ich also nicht viel von ihr selber erfuhr und obwohl das andere, was ich zu hören bekam, aus zweiter Hand war, glaube ich doch alles genau zu wissen, weil ich Herse Andernoth gut kannte und weil ich ja fast jene ganze Nacht wach lag, als ich so zitterte und in die Nacht hinausblickte und wünschte, das Licht drüben sollte ausgehen –, und weil es gar nicht anders gewesen sein kann. Herse ging die Lange Straße hinunter bis zur Jungmannstraße, und beim Oswaldschen Magazin bog sie ab und ging das kleine Stück bis zur Äußeren Barfüßerstraße und ging über den Annenplatz, und vielleicht hat sie bis dahin noch nicht einmal gewußt, daß sie auf ihre Wohnung zugehen wollte. Aber da sie jetzt schon am Beginn der Fasanenstraße war, so dachte sie wohl: Wer weiß, vielleicht ist das Kind nach Hause gelaufen.
Als sie über den Annenplatz ging, eben da fiel der kurze Schwung Regen, den ich ja auch bemerkte in jener Nacht, als ich lag und zitterte. Und Herse griff hinter sich und zog in Gedanken die Kapuze über den Kopf, die zu Diemuts Mantel gehörte. Dort kommt ja dann bald das Stück, wo der Garten der alten Klöpplerschen Villa den Raum ausfüllt zwischen der Brühl- und der Fasanenstraße, und wo auch auf der anderen Seite die Häuser locker stehen und einwärts hinter ihren Vorgärten mit den Eisenzäunen davor; es ist dort ganz ein-

sam, niemand würde einen, der schreit, hören. Herse hatte jetzt nur noch ein paar Minuten bis zu ihrer Wohnung; wenn Diemut vorausgelaufen war, hätte sie sogar das Licht im Zimmer sehen können. Eben da kam jemand hinter ihr her.

Sie hatte das Gefühl, daß dieser Schritt sich ganz unvermittelt hinter sie gesetzt hatte, so als gehörte er jemand, der sie zuerst vorbeigelassen hatte, um abzuwarten. Sofort war der Schritt ihr unbehaglich, kein ruhiger, gleichmäßiger Schritt eines Menschen, der nach Hause ging, sondern ein zerstückter, hastiger Schritt, der ihr nachstellte. Sie mochte nicht stehenbleiben; weil aber die Kapuze ihr Gehör behinderte, hob sie beide Hände und streifte die Kapuze zurück. Und mitten in dieser Bewegung spürte sie etwas wie einen Draht, der gegen ihre Hände fiel und ihren Kopf gefaßt hätte, wäre sie nicht eben mit diesen Händen dazwischen gewesen. Sofort fuhr sie herum. Der Mensch hinter ihr, in seiner raschen Bewegung, prallte mit seinem Gewicht auf sie, und mit beiden Fäusten stieß sie gegen ihn, um ihn abzuhalten.

Bis dahin hatte sie gar keinen Gedanken haben können; alles, was sie tat, waren unwillkürliche Handlungen. Und auch was weiter kam, geschah natürlich ganz schnell. In dem Augenblick, in dem sie Rakitsch erkannte, muß auch Rakitsch seinen Irrtum bemerkt haben. Aber ob er nun seinerseits ausbiegen wollte oder ob seine Verwechslung ihn so verwirrte, er hatte durch den Stoß, den Herse ihm gab, das Gleichgewicht verloren. Er trug Schuhe mit diesen dicken, weichen Kreppsohlen, und der Regenguß hatte das Pflaster schmierig gemacht. Sie sagen, man verliere auf solchen Sohlen den Stand auf schlüpfrigem Pflaster. Er glitt und taumelte gegen den Eisenzaun, und jetzt wäre es vermutlich für Herse richtig gewesen, schreiend davonzurennen. Ich kann mir Herse Andernoth zwar schwer vorstellen, wie sie schreiend davongerannt wäre, aber vielleicht hätte sie es doch getan, wenn sie nicht bei dem Stoß mit beiden Fäusten, den sie ihm gab, wieder das Ding gespürt hätte, eine Schlinge aus einer Klaviersaite, die um eine seiner Hände gewickelt war, und das brachte sie außer sich.

Es ist schwer, sich die Gedanken Herse Andernoths vorzustellen. Ich vermute, daß es gar keine Gedanken sind in solchen Lagen, sondern etwas anderes, das sich höchstens hinterher, wenn wir uns zu erinnern versuchen, in Gedanken um-

setzt. Sie hatte das ekelhafte Ding gespürt, und sie sah in dem bißchen Laternenschein von gegenüber den Kerl, der sie quälte, wie er strauchelte und nach einem Halt griff und sein Kopf einen Augenblick in dem eisernen Rechen des Zauns lag, und da schlug sie noch einmal zu mit aller Wut, die ihr die Angst eingab. Das kommt natürlich nicht aus dem Kopf. Ich glaube, daß etwas, das nicht aus dem Kopf kam, ihr sagte: Jetzt. Der Kopf sagte ihr erst später, was geschehen war.
Man kann genausogut der Auffassung sein, daß es die Eisenstangen gemacht haben. Natürlich waren es die Eisenstangen, und als er zusammenrutschte und still unten am Zaun lag, da erst tat sie, was sie vorher nicht getan hatte. Sie rannte davon, sehr schnell, aber ohne daß sie schrie, und lief in einem Zug bis dorthin, wo sie wohnte, und holte die Schlüssel aus der Tasche Diemuts und schloß auf und ging hinauf die zwei Treppen, machte Licht in der dunklen Wohnung und sah, daß niemand darin war, und warf den Mantel ab, daß er im Flur auf dem Boden liegenblieb, und lief ins Bad und machte auch dort Licht und drehte den Wasserhahn auf und ließ das Wasser über ihre Hände strömen. Und dann erst sah sie sich im Spiegel und sah, daß sie im Bad stand und daß über ihre Hände das kalte Wasser schoß, und ich kann mir denken, daß sie sich noch bis dahin in einem Gefühl befand, das ihr immer nur sagte: *Jetzt. Jetzt. Jetzt, und nie mehr* –, und daß dieses: *Jetzt* – älter als die Zeit war, und daß sie dann erst ihr Gesicht im Spiegel sah und ihr Kopf ihr sagte: Ich habe etwas getan.
Und sie muß sich gesagt haben: Ich habe etwas getan. Ich habe etwas getan. Und das Wasser lief immer noch, als ihre Füße sie nicht mehr tragen wollten, und sie setzte sich auf den Wannenrand, und das Wasser schoß immer heraus und konnte nichts fortnehmen, und ein Zittern befiel sie, solang sie ein Tuch ergriffen hatte und an ihren Fingern rieb, und sie wußte nicht mehr, daß sie dasaß und an ihren Fingern rieb, und daß ihre Finger zitterten.

28

DITTA: NUR NOCH HEUTE SO BILLIG

So oft ich zurückdenke, sage ich mir das gleiche: eine nette Zeit damals in Neu-Spuhl. Natürlich klein alles, aber zusammengenommen eine nette Zeit. Als ich auf die Dolmetscherschule kam und mich da fragte: wie war denn eigentlich Neu-Spuhl? – so sagte ich mir: Nun, etwas Besonderes ist es nicht gewesen, es war weder nett noch auch gerade nicht nett. Aber heute sage ich mir, daß es eine nette Zeit war. Alles wird ja kleiner; die vergangenen Sachen muten einen komisch an wie altes Spielzeug. Man versteht gar nicht mehr, wie dies oder jenes einen aufgeregt hat. Nur Rakitsch konnte einen natürlich schon aufregen.
Rakitsch kam in die Illustrierten, und es wurde zusammenfotografiert und gefaselt wie aus der Romanzeitung. Sie brachten ein Kinderfoto von ihm und die Trompete, auf der er geblasen hat, alles wie im Kino. Wenn er das erlebt hätte, da hätte ihm nichts mehr gefehlt, und wenn ich eines glaube, so das: es spukte ihm so was im Kopf. Wenn so ein Kerl ganz genau wüßte, daß sie ihm seinen Kopf nehmen, anstatt daß er in die Illustrierten kommt, so würde er sich mancherlei überlegen. So krank ist keiner, daß ihm das nicht eingeht.
Alles andere war Bagatelle. Fünfunddreißig Meter Tüll drauf und eine Frisur zu achtzehn fünfzig, das hat dich damals aufgeregt. Heute lachst du. Du lachst und würdest doch auf der Stelle noch mal mitmachen. Was haben sie gelacht, als es den Stunk gab mit Soldner, und als Soldner Hals über Kopf aus Neu-Spuhl verschwunden war. Sie sagten: Das soll sich einer ansehen! Ein Magister, immer gegen das Abschreiben und fürs Moralische, und dann alles ein Schwindel so groß wie ein Haus. Und der Drautzmann ging herum: »Das habe ich gleich gesagt, daß man gegen den was machen kann.« Und Gole Groepsch sagte: »– machen kann.« Aber kaum, daß er eine Weile fort war, haben die meisten über Soldner gedacht wie früher. Soldner hat es gut mit uns gemeint. Bei anderen kannst du froh sein, wenn sie überhaupt was mit dir meinen. Sie

meinen so wenig was wie ein Apparat. Wir haben allerhand von Soldner gehabt.
Einmal traf er uns auf dem Weihnachtsmarkt, ein paar von uns. Gleich waren wir ein Haufe und fingen an, den Markt auf den Kopf zu stellen. Er nahm mich am Arm und stellte sich mit mir vor den Mann hin, der Schürzen verkaufte, und sagte zu dem Mann: »Jetzt habe ich das ganze Jahr gespart. Jetzt werde ich meiner kleinen Schwägerin eine Schürze kaufen dürfen.« Und der Jakob in dem Stand brachte Schürzen hervor, und es gab ein großes Probieren, und sie banden mir eine um, die ganz glatt und steif war, so daß sie knirschte beim Umbinden, und Soldner machte mir die Schleife im Kreuz und sagte: »Das ist aber eine gefrorene Schürze! Haben Sie nicht eine, die nicht gefriert?« Und als keine andere kam, ließen wir den Krempel liegen, und Soldner sagte: »Nichts für ungut, aber dann warten wir bis zum nächsten Jahr! Dann will ich meiner netten jungen Schwägerin lieber etwas anderes kaufen, vielleicht eine schöne Figur auf die Kommode oder aufs Radio.«
Und wir zogen eins weiter, wo ein Italiener stand, ich weiß nicht ob das ein echter war oder ein nachgemachter, und Figuren verkaufte, ich weiß auch nicht, waren das echte oder nachgemachte. Und er vollführte ein Theater und bückte sich tief in seine Kiste, und hatte er etwas herausgekriegt, noch dick in Zeitungspapier, so lief er rot an und machte es immer spannender. Wenn sich ein Kopf zeigte oder ein Bein, so schrie er: *»mia mamma«* oder *»che meraviglia, eh –!«* und deckte eine Hand vor die Augen, als könnte er die Pracht nicht ertragen. Die Leute mußten schrecklich lachen über sein Geschrei. Wenn er aber seine Sprüche zu Ende gebracht hatte, so streckten sich gleich Hände genug aus.
Plötzlich stand Soldner neben ihm auf einer anderen Kiste und fing auch an auszuwickeln und verkaufte mit ihm um die Wette. Ich weiß nicht, konnte er vom Krieg her gut Italienisch oder bloß aus Büchern, jedenfalls ich dachte: so möchtest du es auch einmal hinkriegen; wenn du so Sprachen kannst, da mußt du doch schön verdienen können. Und wenn der Italiener seine Figur herausstrich, die er gerade hochhielt, so lobte Soldner die seine noch mehr und schrie lauter. Es wurde ein Riesenhaufe von Zuschauern.

Er packte aus und schrie: »*Avanti*, Leute, *forza*, *forza*, kauf, denn die Nacht kommt, *La Noche Triste*, und *le grand luxe* ist schon ausgebrochen. *Ecco*, Genossen, nur noch Spuren von Bekleidung, *la Volupté éclairant le monde!* Nur heut noch billig, schöne Figuren, heute wertvoll, morgen kosten auch sie schon ihr Geld. Morgen sind schon die dran, die keinen Wert haben. Heute werden sogar die Guten noch verschenkt.«
»Aber nicht nur die Guten!« schrie er und wickelte fleißig aus. »Zum Beispiel hier habt ihr Gole Groepsch in bestem Kunststoff. Der gleiche, ob ihr den Kopf nach unten oder nach oben nehmt! Vielseitig verwendbar, stets dieselbe Wirkung! Eine Figur, Leute, bei der es auf den Kopf überhaupt nicht ankommt. Wertvoll noch sogar, wenn der Kopf mal abgegangen ist. Leise Orchestermusik tönt, wenn er den Kleiderschrank aufmacht oder was von seinem Konto abhebt, Leute. Man muß sie gehört haben. Alles für zwei siebzig, und der Kopf ohne Aufschlag dabei!«
»Dazu«, schrie er weiter, »hier sein Hund Struppi, Leute! Hund Struppi mit dem regulierten Kiefer und der Jackettkrone auf Nummer vier oben links! Das sollte sich keiner entgehen lassen. Nur allerkleinste Auflage, heute nur eine Mark. Morgen, ihr Leute, wird die Anleihe gekündigt, morgen wird alles zurückbezahlt. Kauft, Leute, kauft, flieht mit mir in die Sachwerte, Leute, denn selbst die Plombe in eurem Mund wird morgen nicht mehr euer Eigentum sein.«
Er schrie: »*Mamma mia-eh!* Mein allerschönstes Stück. Aber komm heraus, Ditta, denn auch du mußt dran glauben; die Leute wollen dich nicht um einen Wald von Affen. Seht, hört, schon spitzen sie die Ohren. Hier habt ihr Ditta, Leute, Ditta mit dem Dutt, mit dem Zahlenkopf, mit der Windstoß- oder Rasierpinselfrisur ganz nach der Mode, immer nach letztem Schrei. Nehmt sie hin, Ditta, Wohlstand für alle, fünfunddreißig Meter Tüll drauf, immer ganz schön was dran. Leute, was bloß alle die Sachen kosten! Dabei ist sie selber billig, und was nicht sein muß, Leute, das erst muß sein. Darum nehmt sie, und *three cheers for Ditta! For ever Ditta*, meine kleine Schwägerin!«
Und wir bogen uns alle vor Lachen und halfen ihm immerzu dabei, keiner nahm ihm was übel, auch wenn er uns durch den

Kakao zog; sogar Gole war hoch geehrt, daß er ausgerufen wurde.
»Schneller, schneller!« schrie Soldner, »nehmt alle mit! Ihr könnt machen mit ihnen, was ihr wollt, sie stehen zu eurer Verfügung. Ihr könnt sie behalten oder weiterverschenken, ihr könnt sie in Tropfen einnehmen oder äußerlich anwenden und aufs Radio stellen. Das ist hochmodern, jeder, der zu Besuch kommt, der weiß gleich, daß er bei Leuten ist und bei was für welchen. Aber macht, sage ich, denn die Dämmerung kommt, in der nicht mehr verschenkt wird. Ich werde verschwinden, und ob ich die Kiste mitnehmen kann, ist fraglich; aber ihr werdet nichts mehr in ihr finden. Ist die Kiste erst einmal zu, ist auch nichts mehr drin. Kauft, ihr Leute, nehmt sie euch mit, *quella bella* beispielsweise mit dem schrägen Herzen. Zwei und eine halbe Mark, das ist kein Geld, wenn einer sauer drum arbeiten muß. Heraus mit den hartverdienten Groschen, heraus mit den leicht angeflogenen Hundertmarkscheinen. Alles *ein* Geld, und nur heute noch billig!«
Und er packte wieder aus und schrie: »Noch ein Posten! Eigene Fertigung, zum Patent angemeldet in allen Kulturstaaten! Für jeden, was zu ihm gehört, dem einen das eine und keinem nichts anderes! Unten ist oben, und oben nicht unten, jedes Ding da, wo es nicht hingehört. Der echte Spuhler in Serienfertigung, *homo spulicus*, alles mit Mechanik, nichts ohne Federkraft, ohne doppelten Boden. Macht Geld im Schlaf, ist trotzdem täuschend menschenähnlich. Ohne kostspielige Reparaturen, innen echt natürlicher Kunststoff. Perfektes Seelenleben ohne Räder, ohne Spezialantrieb! Keine Seltenheitswerte mehr, darum ein Stück wie 's andere!«
So ging es eine ganze Zeit; beide kamen gar nicht mehr nach mit Auspacken, so kauften die Leute. Und als Soldner genug hatte, stieg er herab und sagte zu dem Italiano: »So, und jetzt will ich auch noch selber was haben für meine bildhübsche junge Schwägerin, die noch keine zwanzig ist, damit sie eine Erinnerung an mich mitkriegt und was aufs Radio.«
Und der Italiano schenkte ihm was, und zwar nicht nur für mich, sondern allen teilte er etwas aus, jedem was von dem billigen weißen und angemalten Zeug und doch gar nicht viel schlechter als was in Geschäften herumsteht und achtunddreißig oder hundert Mark kostet. Ich kriegte einen weiblichen Cowboy zu

Pferd mit einem Sombrero auf und einem Hund daneben. Ich habe das Ding nicht aufs Radio gestellt, aber mit ihm umgezogen bin ich immer. Ich hatte es sogar noch, als wir heirateten. Mein Mann sagte zu mir: »Was ist das denn für ein Dings, Ditta?« und ich erzählte ihm, von wem ich's hatte. Mein Mann sagte: »Das ist aber ein komischer Lehrer gewesen.« Und ich sagte: »Komisch war der schon, aber lustig war es mit ihm, und schade, daß wir nicht ein bißchen mehr verstanden.« – »Wieso denn verstanden«, fragte mein Mann, »was meinst du mit verstanden?« – Und ich lachte und antwortete: »Sag du es! Weiß es selbst nicht.« – Schließlich warfen wir die Figur fort, denn wir haben in der Wohnung andere stehen, die was gekostet haben, und so ein Ding vom Jahrmarkt fiele dazwischen auf. Wir steckten sie in den Mülleimer. Aber eine nette Zeit ist das doch gewesen damals. Ein bißchen klein, aber wir konnten uns die Sachen kaufen. Wem es nicht gut ging, der hätte, glaube ich, die Schuld bei sich suchen müssen. Jeder hat doch seine Chance. Ein bißchen was dazutun natürlich muß er. Ich würde sie gleich noch einmal mitmachen, wenn ich könnte, die nette Zeit in Neu-Spuhl.

29

SOLDNER: KEIN GLÜCK ZU TAGESPREISEN

Dort bei den Metzgerpalmen, in dem schäbigen Vorflur in Neu-Spuhl, ging es zu Ende. Ich habe es falsch angegriffen mit Herse, wie ich fast alles in Neu-Spuhl verkehrt angriff. Ich habe sie gestört, und ich hätte sie nicht stören sollen. Ich wollte ihr etwas abnehmen, und als ich gehört hatte, ich könne sie nicht bekommen, bin ich weggerannt wie der Jüngling, der ich nie gewesen bin, um noch vor Tag aus Neu-Spuhl abzureisen. Sie aber, Herse Andernoth, konnte nicht aus Neu-Spuhl abfahren. Sie mußte alles selbst tun.

Meine Abneigung gegen die Zeitungen war nicht zu mehr gut, als daß ich erst ziemlich lang hinterher erfuhr, was in Neu-Spuhl noch gewartet hatte. Ich entnahm es beim Friseur einer Illustrierten, und als ich zurückblätterte, stellte ich fest, daß die Nummer ziemlich alt war. Viel brachte mir das nicht ein, aber doch ein wenig mehr als gar nichts; vielleicht wäre ich sonst spornstreichs noch einmal umgekehrt und gelaufen, mich anzubieten. Nein, ich konnte nichts tun für sie. Ich gehörte nicht zu ihr. Ich mußte sie das Ihrige leben lassen und selbst das Meinige leben. Aber was soll das sein?

Ich, Soldner, genannt Mack, der vorzeiten in Zelten geschlafen und an Feuern gewacht hat, oft auch an Feuern geschlafen und im Zelt gewacht, der so gut zu Pferd saß und dann dieser Herr Soldner wurde, der aufstand, wenn ein Inspektor zu Pferd durch den Wald kam: immer habe ich spät begriffen, weil ich so früh glaubte, ich wüßte es schon. Ich habe Rosamund erst begriffen, nachdem ich schon lang nicht mehr an sie gedacht hatte und sie lange tot war. Deshalb begriff ich auch Herse Andernoth nicht. Jetzt, seitdem ich mich öfters mit Rosamund unterhalte, weiß ich auch, wovon diese Herse lebte. Vielmehr, ich kann es ahnen.

Ich, als ich dieser Herr Soldner geworden war, dachte, ich könnte Herse glücklich machen. Aber sie war viel weiter als ich und anderswo. Und eine Weile, nachdem ich aus Neu-Spuhl abgerückt war, dachte ich, diese Welt wäre nicht mehr auszuhalten, obwohl: *ich kann nicht leben ohne dich* – eine alte Platte ist. Denn natürlich konnte ich leben und verdiente sogar ziemlich gut dabei, wenn auch in einer anderen Branche. Ich nehme den Wohlstand mit, bis die nächste arme Zeit kommt. Dann werde ich vielleicht wieder irgendein Herr Soldner.

Diese Welt, dachte ich, wäre kaum auszuhalten. Aber diese Welt, in der unaufhörlich nach Glück gestrebt wird, die voll ist von Glücks-Offerten, lauter Glücksartikeln zu Tagespreisen und von erster Marke, Glück durch Nagelpflege und Klangmöbel, Glück durch Busen, Ventilation und Vitamine, durch Wunscherfüllungen, Rasierwasser und seelische Entschlackung – sie läßt sich ertragen von einem Augenblick an, in dem man den Wahn beseitigt hat, des Morgens müsse ein Glück neben der Uhr auf dem Nachttisch liegen. Wenn du dich morgens lang machst in deinen Federn und voll Verlangen in deinen Gedanken suchst: worauf kann ich rechnen? was ist parat an Wünschbarkeiten? da kannst du dir eine Weile noch die und jene Antwort geben. Aber nach einer Weile weißt du nichts mehr und bliebest voller Ekel am liebsten flach. Sagst du dir aber: viel werden kann nicht, doch es ist eine Art von Dienst, vielleicht hier nicht und vielleicht jetzt nicht, schwer an jedem Dienst sind die toten Zeiten – dann kommst du über den Tag. Du bist nicht eingetreten, sagst du zu dir, also steht dir auch das Abtreten nicht frei. Und wissen zu wollen, was mit dir gespielt wird, ist ein bißchen viel Anspruch auf öffentliche Aufklärung.

Meine Jahrgänge, habe ich früher gern gesagt. Dabei haben wir verloren, wo wir irgend etwas angriffen. Trotzdem warte ich und stehe morgens auf. Ich weiß nicht, was ich bin und wozu, und worauf ich warte. Aber ich warte noch.

30

DAS LAHME MÄDCHEN: DER LIBELLENTAG

Ich konnte Herse nicht sehen, sie ging ja hinter mir. Ich hörte bloß ihre Stimme, ich spürte ihren Händen etwas ab. Ihre Hände lagen auf dem Rückenteil meines Stuhls. Obwohl die Hände nur an das tote Metall rührten, und obwohl dazu die Räder stießen und holperten auf dem unebenen Weg, ich meinte die ganze Zeit doch, ich fühlte ihre Hände zwischen meinen Schultern. Die Hände waren unruhig, ihre Stimme hatte etwas Betäubendes. Vieles ging mir durch den Kopf.

Es war herrlich für mich, daß Herse mich abgeholt hatte und daß ich an jenem Tag hinauskam und die Luft atmen und die Sonne auf meinem Gesicht und meinen Händen spüren konnte. Aber obwohl ich das alles ohne einen Abtrag genoß und immerfort atmen mußte, weil es so eine herrliche, ganz leichte Luft war: ich konnte nicht gleichmäßig atmen, und es war eine Wirrnis in meinen Gedanken, und mein Herz lag mir schwer in der Brust. Denn die Last war schwer für Herse Andernoth, der Teil, den ich kannte, und der Teil, den ich nicht kannte, das alles, wovon wir nicht redeten und wonach ich sie nicht fragen konnte; und was zwischen ihr und Diemut aufgekommen war, drückte sie, und ich konnte sie nicht einmal fragen: Was ist mit Diemut; warum ist Diemut nicht dabei?

Diemut war wohl allein zu Hause. Ich bin fast immer allein, genau genommen immer. Ich kenne nichts anderes, als daß ich allein bin. Es muß sehr traurig sein, zu jemandem zu gehören und im Augenblick für ihn nichts anderes tun zu können, als daß man ihn allein und ihm Zeit läßt. Vielleicht konnten Diemut und ihre Mutter an jenem Tag nichts sonst für einander tun. Das meinte Herse wohl, als sie »es wird sich verwachsen« sagte.

Ich will nicht sagen, daß Herse Andernoth nicht ohnedies einmal wieder gekommen wäre, um mich zu holen und mich mitzunehmen. Aber an jenem Tag kam sie auch deshalb, weil sie allein war. Daß Herse Andernoth an jenem Tag so allein sein mußte und niemand als mich hatte, das war es, was ich an ihren Händen spürte und was mich zwischen den Schultern schmerzte. Das schmerzte so, daß es mein schönster Nachmittag war. Denn ich habe es, solang ich auf dieser Erde aushalten muß, nie dahin gebracht, daß jemand nur mich hatte und auf mich angewiesen war. Das schnitt wie mit Scherben, und der Tag glänzte wie keiner.

Diemut, sagte sie, war aus dem Krankenhaus zurückgekommen. Sie hatte nur ein paar Tage zu liegen gehabt und mußte einen Verband tragen; sie mochte, sagte Herse Andernoth, mit ihrem Verband nicht auf die Straße. Sie selbst aber, Herse, sagte ich mir, ging auf die Straße, sie verkroch sich nicht.

Sie war also gekommen und hatte gesagt, diesen Nachmittag hätte sie Zeit, und es sei eine herrliche, leichte Luft, und wir brauchten uns nicht zu eilen. Sie half mich herunterbringen und nahm mit mir die kleinen, mit Schlacke eingestreuten Wege zwischen der Spinnerei und den Gärten hinter der Blecherschen Siedlung, wo wenig Menschen unterwegs sind, und wir fuhren über die Bahn und dann rechts den Heckenweg an der Bahn entlang und ließen die Pansalva rechts liegen. Und sobald wir die Pansalva in unserem Rücken hatten, hörte langsam der rote Staub auf, und der Wind kam noch leichter und frischer, und es gab jetzt viel Grün auf allen Seiten.

Ich habe wenig gesehen und kenne keine großartigen Landschaften außer durch Abbildungen, und ich denke, es ist keine besondere und vielleicht sogar eine langweilige Landschaft da in der Ebene vor Neu-Spuhl, ein Weg mit einem Bahnkörper rechts hinter einer verschnittenen Hecke, links ein paar Wiesen mit Weidezäunen. Aber doch ziehen sich dort allmählich ein paar schöne Baumgruppen herein, und wir kamen bis über die Rote Brücke, wo der Bahnstrang nach rechts abschwenkt und links der Wald eine Strecke lang den Weg begleitet. Bis dorthin war ich vor Jahren schon einmal gekommen, und man hatte mir damals auch die Bombenlöcher gezeigt, die noch ziemlich frisch waren, Einschläge von Bomben, die wahrscheinlich einst der Brücke gegolten hatten.

Die Löcher waren jetzt zu Tümpeln geworden, die Tümpel sahen wie natürliche Tümpel aus. Um die Tümpel herum war Wüstung, denn der Wald war damals niedergestreckt worden oder abgebrannt. Aber es schossen schon wieder Jungstämme herauf; dazwischen stand dickes Geschling von Farnkraut und Brombeeren; kleine Pfade führten darin kreuz und quer. Wir rasteten an einem der Tümpel, und ich konnte in die Blöße hineinsehen und zwischen den Stämmchen hindurch und dahinter die grüne Wand des Hochwalds, und ich hielt mich ruhig und hatte zu tun, um mir alles zu merken; ich bin ja auf Vorrat angewiesen. Die Sonne war kräftig, doch blieb der Wind eher kühl. Alles ganz blau und leicht, leichte weiße Wolken oben; das Blaue und die Wolken spiegelten sich. Der Teich war außen von Binsen umwachsen, und Binsenstöcke standen da und dort bis ins Wasser hinein. Das Wasser war braun an den Stellen, wo es nicht den Himmel spiegelte und wo es nicht von verwehtem gelbem Blütenstaub in wunderlichen Zungen bedeckt war. An den Rändern gab es Geniste von Blättern und Stengeln, die bleich herausragten oder unter Wasser von bärtigen Algen behangen waren, faserten und faulten.

Plötzlich fiel mir auf, daß sich in dem Morast etwas rührte: undeutbares schmutziges Leben. Es war erst, als ob ein Rindenstückchen, ein zernagter Stengel sich plump rege und wieder erstarre. Allmählich aber sah ich, wie überall in dem Uferschlamm etwas vorging. Ich habe gute Augen. So erkannte ich plötzlich, daß ein scheinbares Aststück, das Schlamm einhüllte, in Wirklichkeit eine große, häßliche Larve war. Die Larve drängte mit einer plumpen, unstillbaren Kraft zu einer trockenen Stelle hin und blieb dort in offenbarer Erschöpfung liegen. Und schon unterschied ich eine zweite Larve, die an einem Halm bis über die Wasserfläche gekrochen war. Wenn man nicht scharf aufmerkte, schien sie ein wintergraues Geflock aus Bast. Dann sah ich eine dritte, und diese Larve war wie Pergament durchscheinend; sie war nur noch eine leere Hülse. Die verlassene Haut war so dünn, daß sie im Luftzug schwankte, sie wehte wie ein Fähnchen an dem Stengel.

Und ich entdeckte eine vierte Larve, die plötzlich sich zu krümmen und auszuschlagen anfing. Der graue Balg platzte, und ein Leib, der feucht funkelte, sträubte sich blau und grün geringelt. Dann mit einem Ruck zog es sich lang und schlank aus der Röhre; eine Wasserjungfer saß an dem Halm und zitterte unmerklich Ihre gewaltigen, räuberischen Augen schienen noch tot, indessen jetzt von irgendwoher, vielleicht aus der Luft, Substanz einströmte und den noch schlaffen Körper füllen half. Auch härteten sich an der Luft die zerknitterten,

feingeäderten Flügel, sie streckten sich spröde. Die Augen gewannen Glanz, so als ob ein Puder, der sie getrübt hatte, von ihnen schwände. Sie erleuchteten sich von innen. Schließlich sah ich die erste Libelle surrend über dem Wasser. Ein Blitz; sie stand surrend; sie sprühte als blauer Funke davon.
Ich wollte Herse ein Zeichen geben, denn der Vorgang betraf mich heftig; einer von denen, über die man kaum sprechen mag; aber ich sah, sie war gleich mir aufmerksam geworden. Und jetzt sahen wir schweigsam weiter zu. Es war jetzt etwas Besonderes an dem, daß wir es gemeinsam hatten. Seltsam, ich besann mich darauf, daß es so auch im Traum vorkommt: Erst war gar nichts dagewesen, dann eine einzelne Larve, dann zwei. Schließlich, wohin wir blickten, sahen wir nur noch Drängen und Schlüpfen. Der braune Tümpel schien ein Ort der Verwandlung. Sie krochen und stiegen. Überall ein Emporsträuben und Schlüpfen. Sie regten sich in der warmen faulen Flut, an den Binsen hockten sie und klammerten sich zitternd fest, sie kämpften sich aus den Hülsen. Wir sahen Ausgekrochene mühselig gebäumt, und wir sahen andere ihre hart und gläsern gewordenen Flügel spreizen und sahen andere, wie sie schwirrend aufschossen. *Imago.* So wird es sein.
Es war außer dem geringen Knistern und Schwirren ganz still. Aber den ganzen Vorgang umhüllte ein Feld schrecklicher, betäubter und betäubender Anstrengung, in der Erleiden und Entschluß sich mengten. Wir verstanden, daß die geschlüpften Tiere eine Spanne äußerster Gefahr durchmaßen. Noch erschöpft, erst langsam sich beseelend, waren sie wehrlos jedem Zugriff ausgesetzt. Ihr Wesen schien von einem Frost benommen; die langgestreckten Leiber, noch glasig und weich, durchscheinend, ertrugen noch keine Nahrung. Langsam breitete sich auf den Flügeln ein irisierender Hauch. Aber auch die Stunde schien ausgesucht, wir erkannten keinen Feind, der störte. Eine Libelle nach der andern erhob sich zum ersten Sprung.
Immer noch sahen wir gebannt zu, und eine Weile hatte ich Herse Andernoth fast vergessen, dann fiel mein Blick wieder auf sie. Zwei Schritte von mir, wie sie da am Rande des Tümpels kauerte und den Tieren zusah. Ihr Gesicht war hergewandt, aber nicht zu mir, jetzt hatte sie mich vergessen. Ich sah, daß sie weinte. Vielleicht war es ihr selbst nicht bewußt,

denn sie tat nichts, um es zu verbergen. Ich sah den Ausdruck in ihrem Gesicht, und es schien mir, als ob sie nicht allein aus Schmerzen weine. Ich hätte ihr gern etwas abgenommen von dem, was ihr eine Last war, und hätte gern teilgehabt an dem, was ihr etwas anderes als eine Last war. Aber das konnte nicht für mich bestimmt sein. Es war ein Nachmittag, ein einziger Nachmittag und wie sonst keiner. Ich hätte gern auch geweint, wenn ich gekonnt hätte, aber es ist mir abhanden gekommen. Nur im Schlaf manchmal: wenn ich aufwache, ist mein Gesicht naß, aber ich besinne mich auf nichts. Ich saß da und konnte nicht beiseitegehen und gab mir nur Mühe, Herse Andernoth nicht zu stören. Sie hat ja viel für mich getan. Und es schoß mir durch den Kopf, was Diemut damals gesagt hatte, als sie sich über den Mond beklagte, der verlorengegangen war: Weinen ist nicht so einfach.

Gerd Gaiser im Hanser Verlag

DIE STERBENDE JAGD
Roman. Leinen. 296 Seiten.

SCHLUSSBALL
Roman. Leinen. 280 Seiten.

ORTSKUNDE
Geschichten und Betrachtungen
Leinen. 280 Seiten.

Gerd Gaiser wurde 1951 mit dem ›Fontane-Preis‹ der Stadt Berlin und 1955 mit dem ›Literaturpreis der Bayerischen Akademie der Schönen Künste‹ ausgezeichnet, 1959 erhielt er den ›Immermann-Preis‹ der Stadt Düsseldorf. Den ›Wilhelm-Raabe-Preis‹ der Stadt Braunschweig erhielt er 1960 für den Zeitroman »Schlußball«. Dazu ›Die Welt‹:
»Dieses Buch enthält Sprengkraft. Es wird Zeit, sich das Gesamtwerk von Gerd Gaiser in den Bücherschrank zu stellen.«

Virginia Woolf

Die Dame im Spiegel
und andere Erzählungen.
Band 1984

Die Fahrt zum Leuchtturm
Roman. Band 2119

Die Jahre
Roman. Band 2120

Mrs. Dalloway
Roman. Band 1982

Orlando
Roman. Band 1981

Zwischen den Akten
Roman. Band 1983

Fischer